MY GOLDEN TRADES

我的金饭碗

Ivan Klíma

[捷克] 伊凡·克里玛 / 著

刘星灿 / 译

南方出版传媒
花城出版社
中国·广州

图书在版编目（CIP）数据

我的金饭碗 /（捷克）克里玛著；刘星灿译. -- 广州：花城出版社，2014.10（2020.9重印）
（蓝色东欧 / 高兴主编. 第2辑）
ISBN 978-7-5360-6922-0

Ⅰ. ①我… Ⅱ. ①克… ②刘… Ⅲ. ①短篇小说－小说集－捷克－现代 Ⅳ. ①I524.45

中国版本图书馆CIP数据核字（2013）第319547号

合同版权登记号：图字19-2011-086号
MY GOLDEN TRADES
Copyright © 1992 by Ivan Klíma
Published by arrangement with Hodgman Literary LLC,
through The Grayhawk Agency Ltd.

出 版 人：	肖延兵
丛书策划：	肖建国　朱燕玲　孙虹
出版统筹：	李倩倩　夏显夫　欧阳佳子
责任编辑：	黎萍
技术编辑：	薛伟民　凌春梅
装帧设计：	棱角视觉 ANGULAR VISION

书　　名	我的金饭碗 WO DE JINFANWAN
出版发行	花城出版社（广州市环市东路水荫路11号）
经　　销	全国新华书店
印　　刷	恒美印务（广州）有限公司（广州南沙经济技术开发区环市大道南路334号）
开　　本	880毫米×1230毫米　32开
印　　张	7.5　2插页
字　　数	193,000字
版　　次	2014年10月第1版　2020年9月第2次印刷
定　　价	48.00元

本书中文专有出版权归花城出版社独家所有，非经本社同意不得连载、摘编或复制。
如发现印装质量问题，请直接与印刷厂联系调换。
购书热线：020-37604658　37602954
欢迎登陆花城出版社网站：http://www.fcph.com.cn

我的金饭碗

目 录
CONTENTS

记忆，阅读，另一种目光（总序）/高兴 / 1
回味无穷的大饼（中译本前言）/刘星灿 / 1

画家梦 / 1
偷运 / 25
考古 / 49
司机 / 71
递送员 / 99
土地测量助理员 / 141

记忆，阅读，另一种目光

(总序)

高兴

昆德拉说过："人的一生注定扎根于前十年中。"我想稍稍修改一下他的说法："人的一生注定扎根于童年和少年中。"童年和少年确定内心的基调，影响一生的基本走向。

不得不承认，二十世纪五六十年代出生的人都有着不同程度的俄罗斯情结和东欧情结。这与我们的成长有关，与我们的童年、少年和青春岁月有关。而那段岁月中，电影，尤其是露天电影又有着怎样重要的影响。那时，少有的几部外国电影便是最最好看的电影，它们大多来自东欧国家，几乎吸引了所有人的目光，是我们童年的节日。在某种意义上，甚至可以说，它们还是我们的艺术启蒙和人生启蒙，构成童年最温馨、最美好和最结实的部分。

还有电影中的台词和暗号。你怎能忘记那些台词和暗号。它们已成为我们青春的经典。最最难忘的是《瓦尔特保卫萨拉热窝》。"'空气在颤抖,仿佛天空在燃烧。''是啊,暴风雨来了。'""看,这座城市,它就是瓦尔特。"简直就是诗歌。是我们接触到的最初的诗歌。那么悲壮有力的诗歌。真正有震撼力的诗歌。诗歌,就这样和英雄主义和浪漫主义,紧紧地连接在了一道。

还有那些柔情的诗歌。裴多菲,爱明内斯库,密茨凯维奇。要知道,在二十世纪七八十年代,读到他们的诗句,绝对会有触电般的感觉。而所有这一切,似乎就浓缩成了几粒种子,在内心深处生根,发芽,成长为东欧情结之树。

然而,时过境迁,我们需要重新打量"东欧"以及"东欧文学"这一概念。严格来说,"东欧"是个政治概念,也是个历史概念。过去,它主要指波兰、捷克斯洛伐克、匈牙利、罗马尼亚、保加利亚、南斯拉夫、阿尔巴尼亚七个国家。因此,在当时,"东欧文学"也就是指上述七个国家的文学。这七个国家,加上原先的东德,都曾经是以苏联为首的华沙条约组织的成员。

一九八九年底,东欧发生剧变。此后,苏联解体,华沙条约组织解散,捷克和斯洛伐克分离,南斯拉夫各共和国相继独立,所有这些都在不断改变着"东欧"这一概念。而实际情况是,波兰、捷克、匈牙利、罗马尼亚等国家甚至都不再愿意被称为东欧国家,它们更愿意被称为中欧或中南欧国家。同样,不少上述国家的作家也竭力抵制和否定这一概念。在他们看来,东欧是个高度政治化、笼统化的概念,对文学定位和评判,不太有利。这是一种微妙的姿态。在这种姿态中,民族自尊心也发挥着不可估量的作用。

但在中国,"东欧"和"东欧文学"这一概念早已深入人心,有广泛的群众和读者基础,有一定的号召力和亲和力。因此,继续使用"东欧"和"东欧文学"这一概念,我觉得无可厚非,有利于研究、译介和推广这些特定国家的文学作品。事实上,欧美一些大学、研究中心也还在继续使用这一概念。只不过,今日,当我们提到这一概念,涉及的就不仅仅是七个国家,而应该包含更多的国家:立陶宛、摩尔多瓦等独联体国家,还有波黑、克罗地亚、斯洛文尼亚、塞尔维亚、黑山等从南斯拉夫联盟独立出来的国家。我们之所以还能把它们作为一个整体来谈论,是因为它们有着太多的共同点:都是欧洲弱小国家,历史上都曾不断遭受侵略、瓜分、吞并和异族统治,都曾把民族复兴当作最高目标,都是到了十九世纪末二十世纪初才相继获得独立,或得到统一,第二次世界大战后都走过一段相同或相似的社会主义道路,一九八九年后又相继走上了资本主义发展道路。之后,又几乎都把加入北约、进入欧盟当作国家政策的重中之重。这二十年来,发展得都不太顺当,作家和文学都陷入不同程度的困境。用饱经风雨、饱经磨难来形容这些国家,十分恰当。

换一个角度,侵略,瓜分,异族统治,动荡,迁徙,这一切同时也意味着方方面面的影响和交融。甚至可以说,影响和交融,是东欧文化和文学的两个关键词。看一看布拉格吧。生长在布拉格的捷克著名小说家伊凡·克里玛,在谈到自己的城市时,有一种掩饰不住的骄傲:"这是一个神秘的和令人兴奋的城市,有着数十年甚至几个世纪生活在一起的三种文化优异的和富有刺激性的混合,从而创造了一种激发人们创造的空气,即捷克、德国和犹太文化。"①

克里玛又借用被他称作"说德语的布拉格人"乌兹迪尔的笔为我们描绘了一个形象的、感性的、有声有色的布拉格。这是一个具有超民族性的神秘的世界。在这里,你很容易成为一个世界主义者。这里有幽静的小巷、热闹的夜总会、露天舞台、剧院和形形色色的小餐馆、小店铺、小咖啡屋和小酒店。还有无数学生社团和文艺沙龙。自然也有五花八门的妓院和赌场。布拉格是敞开的,是包容的,是休闲的,是艺术的,是世俗的,有时还是颓废的。

---

① 见伊凡·克里玛《布拉格精神》第44页,崔卫平译,作家出版社1998年版。

布拉格也是一个有着无数伤口的城市。战争、暴力、流亡、占领、起义、颠覆、出卖和解放充满了这个城市的历史。饱经磨难和沧桑，却依然存在，且魅力不减，用克里玛的话说，那是因为它非常结实，有罕见的从灾难中重新恢复的能力，有不屈不挠同时又灵活善变的精神。如果要用一个词来形容布拉格的话，克里玛觉得就是：悖谬。悖谬是布拉格的精神。

或许悖谬恰恰是艺术的福音，是艺术的全部深刻所在。要不然从这里怎会走出如此众多的杰出人物：德沃夏克，雅那切克，斯美塔那，哈谢克，卡夫卡，布洛德，里尔克，塞弗尔特，等等。这一大串的名字就足以让我们对这座中欧古城表示敬意。

布拉格如此，萨拉热窝、华沙、布加勒斯特、克拉科夫、布达佩斯等众多东欧城市，均如此。走进这些城市，你都会看到一道道影响和交融的影子。

在影响和交融中，确立并发出自己的声音，十分重要。不少东欧作家为此做出了开拓性和创造性的贡献。我们不妨将哈谢克和贡布罗维奇当作两个案例，稍加分析。

说到捷克作家哈谢克，我们会想起他的代表作《好兵帅克》。以往，谈论这部作品，人们往往仅仅停留于政治性评价。这不够全面，也容易流于庸俗。《好兵帅克》几乎没有什么中心情节，有的只是一堆零碎的琐事，有的只是帅克闹出的一个又一个的乱子，有的只是幽默和讽刺。可以说，幽默和讽刺是哈谢克的基本语调。正是在幽默和讽刺中，战争变成了一个喜剧大舞台，帅克变成了一个喜剧大明星，一个典型的"反英雄"。看得出，哈谢克在写帅克的时候，并没有考虑什么文学的严肃性。很大程度上，他恰恰要打破文学的严肃性和神圣感。他就想让大家哈哈一笑。至于笑过之后的感悟，那就是读者自己的事情了。这种轻松的姿态反而让他彻底放开了。借用帅克这一人物，哈谢克把皇帝、奥匈帝国、密探、将军、走狗等等统统给骂了。他骂得很过瘾，很解气，很痛快。读者，尤其是捷克读者，读得也很过瘾,很解气,很痛快。幽默和讽刺于是又变成了一件有力的武器,特别适用于捷克这么一个弱小的民族。哈谢克最大的贡献也正在于此:为捷克民族和捷克文学找到了一种声音,确立了一种传统。

而波兰作家贡布罗维奇与哈谢克不同,恰恰是以反传统而引起世人瞩目的。他坚决主张让文学独立自主。在二十世纪三四十年代,贡布罗维奇的作品在波兰文坛显得格外怪异离谱,他的文字往往夸张扭曲,人物常常是漫画式的,他们随时都受到外界的侵扰和威胁,内心充满了不安和恐惧,像一群长不大的孩子。作家并不依靠完整的故事情节,而是主要通过人物荒诞怪僻的行为,表现社会的混乱、荒谬和丑恶,表现外部世界对人性的影响和摧残,表现人类的无奈和异化以及人际关系的异常和紧张。长篇小说《费尔迪杜凯》就充分体现出了他的艺术个性和创作特色。

捷克的赫拉巴尔、昆德拉、克里玛、霍朗,波兰的米沃什、赫贝特、希姆博尔斯卡,罗马尼亚的埃里亚德、索雷斯库、齐奥朗,匈牙利的凯尔泰斯、艾什特哈兹,塞尔维亚的帕维奇、波帕,阿尔巴尼亚的卡达莱……如此具有独特风格和魅力的当代东欧作家实在是不胜枚举。

某种程度上,东欧曾经高度政治化的现实,以及多灾多难的痛苦经历,恰好为文学和文学家提供了特别的土壤。没有捷克经历,昆德拉不可能成为现在的昆德拉,不可能写出《可笑的爱》《玩笑》《不朽》和《难以承受的存在之轻》这样独特的杰作。没有波兰经历,米沃什也不可能成为我们所熟悉的将道德感同诗意紧密融合的诗歌大师。但另一方面,需要注意的是,由于语言的局限以及话语权的控制,东欧文学也极易被涂上浓郁的意识形态色彩。应该承认,恰恰是意识形态色彩成全了不少作家的声名。昆德拉如此,卡达莱如此,马内阿如此。赫尔塔·米勒亦如此。我们在阅读和研究这些作家时,需要格外地警惕。过分地强调政治性,有可能会忽略他们的艺术性和丰富性。而过分地强调艺术性,又有可能会看不到他们的政治性和复杂性。如何客观地、准确地认识和评价他们，同样需要我们的敏感和平衡。

　　一个美国作家，一个英国作家，或一个法国作家，在写出一部作品时，就已自然而然地拥有了世界各地广大的读者，因而，不管自觉与否，他，或她，很容易获得一种语言和心理上的优越感和骄傲感。这种感觉东欧作家难以体会。有抱负的东欧作家往往会生出一种紧迫感和危机感。他们要用尽全力将弱势转化为优势。昆德拉就反复强调，身处小国，你"要么做一个可怜的、眼光狭窄的人"，要么成为一个广闻博识的"世界性的人"。别无选择，有时，恰恰是最好的选择。因此，东欧作家大多会自觉地"同其他诗人，其他世界，和其他传统相遇"（萨拉蒙语）。昆德拉、米沃什、齐奥朗、贡布罗维奇、赫贝特、卡达莱、萨拉蒙等等东欧作家都最终成为"世界性的人"。

　　关注东欧文学，我们会发现，不少作家，基本上，都在出走后，都在定居那些发达国家后，才获得一定的国际声誉。贡布罗维奇、昆德拉、齐奥朗、埃里亚德、扎加耶夫斯基、米沃什、马内阿、史克沃莱茨基等等都属于这样的情形。各种各样的原因，让他们选择了出走。生活和写作环境、意识形态、文学抱负、机缘等，都有。再说，东欧国家都是小国，读者有限，天地有限。

　　在走和留之间，这基本上是所有东欧作家都会面临的问题。因此，我们谈论东欧文学，实际上，也就是在谈论两部分东欧文学：海外东欧文学和本土东欧文学。它们缺一不可，已成为一种事实。

　　在我国，东欧文学译介一直处于某种"非正常状态"。正是由于这种"非正常状态"，在很长一段岁月里，东欧文学被染上了太多的艺术之外的色彩。直至今日，东欧文学还依然更多地让人想到那些红色经典。阿尔巴尼亚的反法西斯电影，捷克作家伏契克的《绞刑架下的报告》，保加利亚的革命文学，都是典型的例子。红色经典当然是东欧文学的组成部分，这毫无疑义。我个人阅读某些红色经典作品时，曾深受感动。但需要指出的是，红色经典并不是东欧文学的全部。若认为红色经典就能代表东欧文学,那实在是种误解和误导,是对东欧文学的狭隘理解和片面认识。因此,用艺术目光重新打量、重新梳理东欧文学已成为一种必须。为了更加客观、全面地翻译和介绍东欧文学,突出东欧文学的艺术性,有必要颠覆一下这一概念。蓝色是流经东欧不少国家的多瑙河的颜色,也是大海和天空的颜色,有广阔和博大的意味。"蓝色东欧"正是旨在让读者看到另一种色彩的东欧文学,看到更加广阔和博大的东欧文学。

二〇一三年十月三十一日定稿于北京

主编简介:高兴,诗人、翻译家,一九六三年出生于江苏省吴江市。中国作家协会会员。国务院政府特殊津贴专家。现为中国社会科学院外国文学研究所研究员,《世界文学》主编。曾以作家、翻译家、外交官和访问学者身份游历过欧美数十个国家。出版过《米兰·昆德拉传》《东欧文学大花园》《布拉格,那蓝雨中的石子路》等专著和随笔集;主编过《二十世纪外国短篇小说编年·美国卷》(上、下册)、《伊凡·克里玛作品系列》(5卷)、《水怎样开始演奏》《诗歌中的诗歌》《小说中的小说》(2卷)等大型图书。主要译著有《梵高》《黛西·米勒》《雅克和他的主人》《可笑的爱》《安娜·布兰迪亚娜诗选》《我的初恋》《索雷斯库诗选》《梦幻宫殿》《托马斯·温茨洛瓦诗选》等。

回味无穷的大饼

——

（中译本前言）

刘星灿

　　评介伊凡·克里玛这部作品，让我追忆联翩、感慨万千。
　　早在二十世纪五十年代，我与伊凡·克里玛便同在布拉格查理大学文学院学习，只不过那时我们几乎互不相识。因为不同班，他是我的高班学长，我们只是见面点个头、道个好而已，算是一种面熟人不熟的关系吧。巧的是他当时的恋人、如今的妻子海伦娜却是我的同班同学。整整五年，我们几乎天天在一起学习，直至一九六〇年毕业。海伦娜有着一头漂亮的金发，总是面带微笑，很是招人喜欢。她弹跳轻巧，我们两人在班上较优异的体育成绩，自然增加了我俩关系的亲密度。当时，全班同学都知道她同伊凡相恋，但都没对伊凡给予特别的关注，因为他当时只是一个内向、腼腆，不爱与人尤其是陌生女孩主动交往的大学生。直到毕业后，他一直在文学杂志社或出版社当编辑，并不断发表自己的作品，逐渐成为一位较有声誉的作家。出于我与他妻子作为同窗好友的自然交往，也出于我一直关注和翻译捷克文学的专业需要，我与伊凡·克里玛的关系也自然密切起来。我每次赴捷访问，在看望好友海伦娜的同时自然与伊凡·克里玛有了进一步的接触，而每当我在他们家做客，与海伦娜、伊凡坐在一起交谈时，我都发现伊凡仍是那么腼腆，甚至有点羞怯，几乎全是海伦娜热情满怀、滔滔不绝地在叙述、在提问；伊凡则笑眯眯地坐在一旁静听，连插句话的情况都很少有。可有趣的是"一同上山采蘑菇"的建议却是由伊凡·克里玛主动提出来的。海伦娜忙接着说："你知道吗？星灿，采蘑菇是伊凡最喜爱的活动之一。"我即使再迟钝，也能意识到这位腼腆的老学长难得表现出的"主动"，是他的一种发自内心的友好情谊。当然要去啰！我们在他家附近的一座森林里足足转了两三个钟头，大概是因为天气没对上号，我们没有遇上雨后天晴长蘑菇的日子，结果三个人中只有我采到了唯一的一朵小蘑菇，真可谓战果"辉煌"！可我一点儿也不感到遗憾，因为我的心思本来就不在采蘑菇这件事上。与伊凡·克里玛在安静的树林中的近三个小时的交谈，却让我直接从他嘴里听到了有关他的不凡经历和叙述。我的"你从小就爱采蘑菇吗"的一个并不经心的提问，引来了他关于他不幸童年的断断续续的叙述："我的童年哪有采蘑菇的福分啊！""一九四一年，也就是在我刚刚十岁那年，我和我妈妈还有三岁的小弟弟便住进了特莱津法西斯集中营……""就在那时候，我因不准上学，胸前还不得不戴上犹太人必须戴的星徽记号，从而意识到自己是犹太人后代，第一次感到比谁都矮了一截，十分见不得人。""因为吃过战争年代的大苦，对后来遇上的不论多大的苦，也就能平静地应付了……"现在想来，他在作品中的那种平静，原来是来源于他在经历大劫大难之后所表现出的大彻大悟。我对他那不温不火的平静性格自然更增添了几分理解。对于这一点，在读他的这本《我的金饭碗》时就会让你深有感触,那哪是他的什么"金饭碗",哪是他所干的什么开心行当啊!那分明是在苏联入侵与占领捷克之后,伊凡·克里玛在当时捷克傀儡政府对捷克知识分子、作家们的高压统治下不得不改行干的、与作家身份八竿子打不着的倒霉行当。他们不许发声,不许出书,被迫劳动改造,去当递送员、当司机、测量土地、挖"古董"……伊凡·克里玛甚至还干过在书中尚未提到的烧锅炉工、医院清洁工,干着推车运送血迹斑斑的外科病号手术衣物等最脏最累的活儿。可在这部作品中,我们却听不到伊凡·克里玛的哀声诉苦,看不到他怒火满胸膛的愤慨激昂;有的只是平静叙述、娓娓道来。

但就在这不一般的平静叙述中,却让你不得不为"集体掩埋"这灭绝人性的法西斯暴行,为无时无地不存在的"尾随"、"盯梢"、逮捕、搜家等恐怖行为感到心惊胆战……

我真觉得,伊凡·克里玛这部作品犹如一块大饼,初尝不甜、不咸、不淡,但细细品味则越嚼越后味无穷。

我不想在此多啰嗦。谨默默奉上这块饼,请您细嚼慢咽,便能品尝出它深层的滋味。

二〇一三年四月四日

画家梦

　　一大清早我就决定出门。今天看上去会是个好天气。我妻子要一直工作到晚上,家里虽然安安静静,只我一个人在家,但我还是啥也写不出来。最近一段时间以来,我总感到该写的都已经被人家写过了,所有的故事都被人家讲完了、拍摄完了或者表演完了,而我也许还摸不着门儿。别人说出来的大部分事情,我即使有一百个脑袋,也打听不到。

　　今年冬末我的画家表妹建议说,明年全年她将住在共和国的另一端,我们可以使用她在乡下的那所小房子。表妹很漂亮,个头也非常小,她的那所小房子跟她一样小巧玲珑。我唯一不满意的是小屋坐落在公路旁边,打那儿过的小轿车、大卡车,还有拖拉机,成天跑个不停,而且还有一条铁路经过那里,火车就在小屋的窗子底下呜呜叫着。不过只要我决心一下,往背包里塞进几本书和几片抹好黄油果酱的面包,抓紧时间赶到火车站,个把小时就能到达那里。

　　最让我期待的是,按表妹所说,附近住着的尽是一些有趣的人。比方说:紧挨着我们的那栋房子,不久前搬进了一对茨冈夫妇,也许我能从他们那儿发现些有趣和新鲜的故事。

　　小屋里满是表妹的画作,跟它们的作者一样每幅都小小的。画面上尽是些各式各样的怪物、巫婆和吸血鬼之类的东西。它们或在空中和废墟上蹿来蹿去,或在地下室里横竖乱爬,或探头从窗户口张望那些紧紧拥抱着的惊恐恋人。在表妹所有的抽屉里、桌面上都摊着颜料、铅笔、炭笔和其他绘画所需的用具。我若想重拾在很久以前曾经

1

有过但已放弃了的爱好的话,就尽可以将这些绘画用具利用起来。

　　从孩提时起,我就羡慕和渴望这门能够描绘世界和人,用五颜六色来表现一切的技巧。我曾下决心:要是当不成医生或者作家,我就去当一名画家。然而我的一生却完全没有按照我预先设想的轨迹来发展。在战争年代我没法上学,除了饱受牢狱囚禁之苦①,没有受过任何专业方面的训练。这一切恰恰发生在作为一个人最能长见识的时期;可同时,也正是在战争年代,我虽被关在集中营里,却有幸觅到了难得的几张纸和更加珍贵的水彩颜料。那是最便宜的颜料,一种用一只洋铁盒子装着的十二种颜色,我很快就发现,几种颜色一混合还能变成另一种新的颜色。那时我见到什么就画什么:军营②的墙壁,领取食物的长龙队伍,被驱赶的扛着箱子和包袱的可怜百姓……我当时对透视毫无概念,但我注意到军营那长长的墙壁通到远处便仿佛汇成了一点,我就照着这个感觉来画,画面上的军营立即变得更真实。这一发现让我兴奋不已,于是我便更加起劲地画着房子和墙壁,直到纸用完了为止。

　　战争刚结束时我就相信自己将成为一名画家,这时候军营已从我脑子里消失。我画得更多的不是房屋,而是我同学的肖像,通常是在我最不喜欢的"公民课"或我那没有半点天赋的音乐课时,在课桌下偷偷为那些与我关系最亲密的同学画像。很快我的才干使我和同学们的关系更加亲密;甚至连姑娘们——如果我肯把画好的像送给她们的话,她们也乐意为我坐下来当模特儿——当然是穿着衣服的。肖像画将我与大家的关系拉近了,这是我最渴望的。试想还有比当一位画家更美的梦想吗?

---

　　① 伊凡·克里玛是犹太人,在第二次世界大战期间,被德国法西斯关在集中营里。
　　② 集中营的所在地曾是一所旧军营。

已是早上八点半，火车要在半小时之后才开，可是从我决定走的那一刻起，我就有些坐立不安了。我关上门，沿着那条长街朝火车站走去。途中路过一座新房子，那是温德拉克先生花了五年左右的时间建成的。他是一位令人钦佩的人，他掌握与盖房子有关的一切手艺：亲自担任泥瓦匠、盖房工、电工、水电煤气工、油漆工。多年来我一直从远处观察他，直到最近才从近处清楚地欣赏到这位建筑专家。他连抹墙也是自己亲自动手。有时候他妻子也来，但来的次数很少，而且也只是当当助手而已。当然，温德拉克先生已经注意到我。我们彼此打了招呼，有时还交谈几句，通常是他向我抱怨建房子的有些材料找不到。

　　在离铁路道口的拦道木不远的人行道上蹲着一只蜷缩着身体的鸽子，它那么个蹲法让我感到很惊讶。瞧！它这是怎么蹲的呀?！哦，原来是只死鸽子。我觉得它很可怜，竟如此凄惨地死在这条脏兮兮的人行道上。我知道，世界上很多人都悲惨而孤独地死去；甚至也跟这只鸽子一样死在人行道上，而每一个生命的死亡都会让我感到无比悲痛。这只鸽子就像我一样只有唯一的一次生命啊！它死时的孤凄与我将来死时的孤凄会有什么不同呢？这条人行道，与医院那间既不让临终祝福的牧师进去，也不让亲属进去的临终单号子又有什么不同呢？

　　如今不兴谈死。仿佛是因为我们害怕这样会危及生命的尊严；或是因为，从来也没有过像现在这样多的侮辱尊严的埋葬法，从来没有过这种没有葬礼就将那么多死者扔进一个坑里①的缘故？

　　从前，人们会为那不得不被杀掉的动物而哭泣，还用布将死去的人裹起来，念着经或至少举行个仪式送他上路，因为他们希望亡者的灵魂能得以安宁；而在我们现今这个世界里，死者却常常被暴露在大庭广众之下，名气越大的死者，就越这样裸露着。

　　这只鸽子有着灰褐色的羽毛。突然，我又注意到树上的一只花斑纹啄木鸟。关于这种鸟在鸟图册上是这样介绍的：它的整个背部呈黑

---

① 指二战期间德国法西斯活埋被占领国的无辜老百姓。

色，只是在两肩翅膀上各有一个大白点，在大白点的下方还有几个小白点，鸟臀周围、尾部羽翅的下方有很明显的深红色。而这只啄木鸟显得生动活泼，全身的颜色也很相配，只是那些斑点让我觉得不怎么白，几乎是灰色的，屁股周围的深红也有些褪色，是随着时间的流逝而变浅了。颜色在大自然中会逐渐变得灰暗，而图片上的色彩却总是那么鲜艳。

体面的葬礼跟体面的人生一样，至少要体现出基本的人与人之间的团结友爱精神。古希腊神话中的安提戈涅与他们牺牲的兄弟就很具有这种精神。有人失去了生命，生者总是满怀敬意地埋葬死者。今天我们对此可能感到惊奇，但千百年来我们一直凝神屏息聆听着这些故事。可时至今日，既然我们已经听任无数兄弟姐妹在这个世纪遭受折磨、杀戮、枪击、毒死或其他方式的屠杀，像垃圾一样统统被扔到一个坑里；既然我们已无动于衷地看着他们的骨头混进灰烬被撒在地里，抛进河中，甚至对他们的呼救声装作视而不见、听而不闻，又怎能领悟到人类尊严呢？其实我们的团结友爱精神像那已遭怀疑的历史传统以及信念一样，已经完全动摇了。

庄严的葬礼以及坟墓，表达出我们明知逝者已不存在，但仍然想要保存他们完整外貌的意愿。我们在坟上立碑，并刻上名字和几个数字，实际上是想竭力保存死者生前的模样和一个不可复制的故事。然而就像失去"生命必须过得体面并有尊严"的理念一样，在丧失团结友爱精神的地方，一旦丧失了对往昔的怀念，就不再产生真实的动人故事，只会响起充满恐惧的吼叫。

除表妹这位画家之外，我还有几位画家朋友，其中之一是卡瑞尔。他让我在今天放下一切工作，因为他昨天意外地在我这儿掏出一瓶南斯拉夫的李子烧酒。他刚从那里回来，在我拒绝喝酒的情况下，他给自己倒上了一杯，接着便开始对我讲述他对那里的倒霉印象。

卡瑞尔是一个忧郁的哮喘病人，留着一撮浓密的艺术家派头的胡须，有着一副已经看透未来的采访者似的锐利目光和一副总没睡够的苍白面容，他的声音犹如严冬夜间花园里寒风颤抖的轻声哀咽。他对我说："我见过各式各样的画廊，老兄，可一个也不像在那里看到的。你知道黑山在哪里吗？"

我知道个大概。他进一步告诉我说，这是一个由大群黑色山脉和荒凉峡谷组成的国家，住在这个国家的首先是农民，葡萄种植者，还有一些牧羊人。在这些山谷里你还可以找到建有清真寺和集贸市场的小镇子。有个小镇子的昔日王宫里，甚至还有一个很大的画廊……他接着说："老兄，我只是因为外面天气太热，加之还剩了点儿时间才钻了进去。我走进一个展厅，简直让我惊呆了。我远远地看到那里挂着布拉克①、鲁奥②、蒙克③和恩斯特④的画作。我简直无法相信，挂在那里的还有波洛克⑤、哈同⑥、莱因哈特⑦，甚至还

---

① 乔治·布拉克（1882—1963），法国画家，与毕加索共同发起立体主义绘画运动。作品绝大多数为静物，画风粗放，用色较薄，沉着而和谐，结构完整且严谨。

② 乔治·鲁奥（1871—1958），法国画家。曾为象征派画家的得意门生。初期画风为学院式，1898年后受梵高、高更和塞尚影响，导致他在1905年成为野兽派的同路人。成为虔诚的天主教徒后，经常出入巴黎地方法院，仔细观察那些失去正常恩宠的人们。丑陋的妓女、落网的歹徒、毫无怜悯之心的法官便成了他常画的人物。题材渐渐地更具宗教性。

③ 爱德华·蒙克（1863—1944），挪威著名油画家和版画家。他以高度个性化艺术与19世纪矫揉造作的学院派相对抗，是20世纪表现主义艺术的先锋。

④ 马克斯·恩斯特（1891—1976），德裔法国画家、雕刻和真实派（超现实主义运动的一支）的创始人。

⑤ 杰克逊·波洛克（1912—1956），美国抽象表现主义的主要代表。以在画布上点溅颜料作画而著名。其作品对当时及以后的美国绘画影响极大。

⑥ 汉斯·哈同（1904—1989），法国画家。出生于德国，因憎恶纳粹主义，于1935年定居巴黎。青年时开始用墨渍作抽象画。早期受康定斯基的影响。晚年利用团块墨渍、线条（如日本书法）和色彩的明暗，取得富有诗意和扣人心弦的力量。他的很多作品用数字或字母作标题。

⑦ 威廉·亨利·莱因哈特（1825—1874），美国画家、雕塑家。他被认为是"最后一位重要的古典风格的美国雕塑家"。

有沃霍尔①的作品。看着看着，还发现那里有我国画家的作品。我老远就认出了拉达②等人的画作。后来我戴上了眼镜，好让自己能看清楚画上的落款。一个叫什么马尔让的。毫不意外，还有一个叫什么塔尼采的，茨维科维支，斯坦科维支，真搞不清还会有谁的。突然，让我最害怕的事情出现在我眼前：我甚至还找到了我自己的画。我已经想不起来是什么时候画的了，大概是五年前吧！在画面上我当时用的名字是卡乌里支·古尔托维支。我对此仔细审视了好多次。"他接着诉苦说："……当我在慕尼黑、华沙和布达佩斯的时候，我们所有人的画都往那里挂，只不过落款是混乱的。而这些可悲的后果还反映到我在那儿的蜗居里。朋友，绘画事业完蛋了！已经什么也想不出来了！我们大家都变成了同一个人。往往一个主意就有一长队人在等着，根本没有发觉这个想法已经是上百年的陈旧玩意了。仅仅有一个蒙德里安③，或者一个纽曼④，这还显得很新奇，你会惊讶地拜倒在地，两个这种人也还行；第三个雷同的也还能让你耐得住；可你要是看到上百张，像出自某个油漆工之手的一色画布，上面平涂着白色或黑色的颜料，如果这时你不想从十三层楼上跳下去的话，至少也会想要呕吐。这是艺术的灭绝，从此什么也没有了呀。既无想法也没感受，更没创造性，我暂且不谈真实性。这对于每个人来说已经引为笑谈了。这纯粹是骗人的所谓美术，只有艺术骗子才造得出这种骗人的鬼把戏来。

---

① 安迪·沃霍尔（1928—1987），美国美术家，电影制片人。20世纪60年代流行艺术运动的发起人和主要倡导者。1962年因展出汤罐头画和布利洛肥皂盒"雕刻"而闻名。他所有的作品都是用照相丝漏版制作的。

② 约瑟夫·拉达（1887—1957），著名捷克画家，童话作家。因为哈谢克名著《好兵帅克历险记》画插图而名扬天下。曾于1947年获"人民艺术家"称号。

③ 皮特·科内利斯·蒙德里安（1872—1944），荷兰画家。风格派运动幕后艺术家和非具象绘画的创始者之一。对后代的建筑、设计等影响很大。以几何图形为绘画的基本元素。是立体派的代表人物，最典型的作品是《百老汇爵士乐》。

④ 巴内特·纽曼（1905—1970），美国画家。抽象表现主义画派的代表人物。

晚上，等卡瑞尔走了之后，我打开了《旧约》，就像我多次看到的，那上面什么都已写到了，我也的确从那上面找到了如下这一段：

万事令人困乏，
人不能说尽。
日光之下并无新事。
岂有一件事让人能指着说这是新的？
哪知，
在我们以前的世代早已有了。①

但他还是写了，在他之后又有那么多人写过。

尽管我对还能找到别人没有讲过的故事这一点已不抱最后一线希望，但仍让我感到钦羡的是：塞内卡②、苏埃托尼乌斯③跟契诃夫、怀尔德④、伯尔⑤、迪伦马特⑥或德米尔⑦一样，仍然没有放弃在文学和不断重复的故事中点点滴滴地继续寻找。他们从早到晚踮着脚尖，站在这片汪洋大海中，就像我也站在里面一样，为的是至少能让眼睛

---

① 见《圣经·旧约》中的传道书第一章。
② 塞内卡（公元前4年—公元65年），古罗马著名的演说家、哲学家和政治家。除大量的哲学著作外，他还有散文和十部悲剧传世。
③ 苏埃托尼乌斯（约公元69年—公元130年之后），古罗马传记作家、文物收藏家。著作包括《名人传》（一部罗马著名文学人物的小传集）以及《诸恺撒生平》，此书收入涉及前十一位皇帝生活的流言蜚语，因此名声经久不衰。
④ 桑顿·怀尔德（1897—1975），美国作家，以别开生面的小说和剧本阐述人性的普遍真理。
⑤ 海因里希·伯尔（1917—1985）德国作家，1972年诺贝尔文学奖获得者。撰写关于第二次世界大战期间和以后德国艰苦生活的讽刺性小说。
⑥ 弗里德里希·迪伦马特（1921—1990），瑞士剧作家。他的悲喜剧是第二次世界大战后德语戏剧复兴的主要作品。除剧本外他还写侦探小说、广播剧和评论文章。
⑦ 詹姆斯·德米尔（1836—1880），加拿大作家。写过三十多部有广泛感染力的长篇小说。他的妙语和幽默是作品中的不朽因素。

和鼻尖都露出水面,继续不断地寻找下去。

那时我已经不关心故事了。我曾坚信,自己将成为一名画家。我得到了油画颜料、画架和油画纸、画框和一卷帆布。只要能抽出一点儿时间,我便将看到的想到的东西一一画出来。我已经学会了临摹,甚至自己创作。我看过真正的大师作品,可是他们精湛的技艺并未让我感到不安。实际上,我画的人脸,至少从远处看很逼真。我画的白桦林荫道,大概也能让你想象得出白桦林荫道的样子。我自信至极,觉得离大师级已很近了。

当时正在与我谈恋爱的那位姑娘非常文雅,喜爱诗歌、小溪的潺潺流水、公园的僻静墙角,还有梵高,特别是他画的向日葵。在她十八岁生日前夕,我想出了一个非常棒的主意:我家里有一幅向日葵的复制品,我要是照着它临摹一幅画送给她会怎么样呢?

我说干就干,蒙好了画布,立即开始动手,因为时间所剩不多了。我决定不在草稿上花费工夫,直接从葵花画起,再逐步朝下画花瓶。在我动笔之前,觉得没有比模仿梵高那果敢潇洒的笔触更容易的了;可奇怪的是我的向日葵却死活不像那张复制品,那个花瓶甚至不肯进入画面上剩余的空间里去。快到半夜的时候,我弟弟朝着被我当成画室的厨房瞅了一眼。他比我小七岁,作为一名未来的精密科学家,他根本瞧不起艺术。当他看到我拼命地想将花瓶塞进已经没有多少空间的画面时,便把我从画板前推开,在画板上甚至在复制品上画了一个四方网格,然后便在这些小方块中改涂上了相协调的颜色和形状。

第二天,我将我的向日葵临摹画送给了那位姑娘并得到了她的夸奖,我却受之有愧,这件事让我心里很不是滋味。我突然明白,美术不能给我提供足够的表达空间和足够的创作余地,我没法准确地表达出我需要什么——也许这就是一个故事。从此,我将颜料盒放到地下室里,一直到今年春天,我没再画过一张画。

尽管现在才是星期五的早上，火车上挤满了穿着退伍军装或肮脏的牛仔装的流浪汉，我还是找到了一个空座位。在我对面坐着三名年轻人。他们三人共同将一位姑娘搂在怀里，第四名年轻人则抱着一把吉他。车厢茶几上放着几个破旧背包，背包口里还露出了几支啤酒瓶。假如他们有宿营小木屋的话，我估计，等他们来到宿营小木屋时，便会由姑娘去煮一锅红烧牛肉汤，然后开始喝带来的啤酒，同时他们将弹吉他和唱歌。那不会喝啤酒的就会去跟他们带来的姑娘谈情说爱。姑娘那蓬乱褪色的头发半掩着毫无表情的脸，嘴唇上残留着早晨、更可能是在前一天抹过的廉价口红，指甲上涂的红色也已脱落，手很脏，跟她的牛仔装一样。她真是毫无魅力可言。小伙子们在她面前讲着粗话，她却咯咯直笑。当他们中有人摸到她的乳房时，她只拍了一下他的手，并没有从他怀里挣脱出来。

要是时光倒流二十年，我肯定想更进一步了解他们。我虽然停止了画画，但是描绘我周围世界的愿望仍然存在。我又开始了写作，为认识新的环境和各处动人而新鲜的故事而着迷，我仍旧想投入这准备淹没我们所有人的大海。《旧约》对这种愚蠢行为也有说法：

    智慧人的口说出恩言，
    愚昧人的嘴吞没自己。
    他口中的言语开头是愚昧，
    他话的末尾是奸恶的狂妄。
    愚昧人多有言语，
    人却不知将来会发生什么事；
    他身后的事谁能告诉他呢？[1]

有些人也许根本没有时间去看那打算淹没人类的大海。我突然想

---

[1] 见《圣经·旧约》传道书第十章。

起曾在某个星期六或星期天,看到温德拉克先生穿着蓝色劳动服,在他新建的屋上干活儿。他的衣服已经褪色,新屋也在逐渐增高。有时我还听到他在这所屋子里面的某个地方吹口哨。那屋子很大,我真想问问他,独自一个人建造这么大一所房屋的感觉怎么样,可我又不好意思问,直到上个月他不知为什么将我请到房子里去参观他的业绩。前厅的地板上不褶不皱地铺着亚麻地毯,暖气设施也装得很到位,房屋的窗框都安得妥妥帖帖,墙壁平直,屋角端正。我奇怪他从哪里学到的这些本事。他说他是一名广告刻印艺术家。我进一步问及他的工作,他却避开回答。我倒不觉得他像是要对我保密,更可能的是他不知怎么说才好。他已全身心融入了这座建筑,他向我讲述了各种尺寸大小的管子以及寻找瓷砖的艰辛。我注意到这座房屋的所有窗户都朝着花园,没有一扇是朝着街道开的。我们刚来到屋檐下,他便让我在最上面的一层台阶上等一等,他自己却跑到下面去了。我听见他打开了一扇门,随后突然一种教堂音乐响彻了整所房子。我徒劳地寻找这声音出自哪里。温德拉克先生仍未回来,我便去找他,想夸夸他这一完美的音响设备。当我从台阶上往下走时,发现音乐是从地下室某处传来的。我走下去便看到摆在那边水泥地板上的簧风琴,穿着褪色劳动服的广告设计师温德拉克正坐在它的后面演奏巴赫[①]。他对我说:"我正在为庆祝房子落成而做准备。"

几天之后,果真由开着送货车的搬运工运来了家具。这些家具很一般,更确切地说是一些磨损了的旧家具,可到了晚上,街道上却灯火辉煌、热闹异常。

那几位流浪汉比我先下车,有人为他们写过小说、报告文学、专题论文,拍摄过他们的访谈录,还拍过电影。当然也不单是在我国这

[①] 约翰·塞巴斯蒂安·巴赫(1685—1750),德国著名音乐家。是巴洛克时期代表性的作曲家之一。

样做。不仅仅有社会学学者,而且有心理学者,甚至犯罪学学者都考察研究过他们。带着怀疑、同情甚至也带着反感谈论他们这类人,不过大家还是尽力去找出并记录下或者至少以漫画手法描绘出他们的相貌。谁若对他们感兴趣,尽管去找些有关他们的作品来看看。

我突然想到,我们快要到尽头了。我们不仅耗尽了大部分燃料、有色金属、饮用水、洁净的空气,而且也耗完了大部分故事,没什么新东西可补充的了。

作者们为了不愿承认这个事实,便生编硬造,或出于绝望或为谋私利而瞎写一气:说什么一个儿童如何如何被埋在土里,泥土堆到他脖子根那儿,一群准备叼走他的眼珠子的乌鸦围着他,等等;或者写一个父亲如何抛弃他的已遭性侵犯的未成年女儿;写一个男人如何对一个已不能动弹的六十岁老妇大发兽性;或者竭力描绘一个猛男如何充满雄性魅力的故事以吸引读者。这些作者也许认为他们终究找到了新的故事或者至少是找到了恐惧与丑恶的新尺度。他们之所以这么想是因为他们忘记了关于俄狄浦斯和坦塔罗斯①的神话,没读过苏埃托尼乌斯的作品,对陀思妥耶夫斯基、索尔仁尼琴,对科西奇②和古尔卡③以及上千万甚至上亿人的经历毫无感受。从恐惧或丑恶、从性的偏狂反常中是编不出故事来的。虽然有些人也渴望反映友爱,并知道没有尊严的生活不是真正的生活,但我担心,这样的人就像手艺人和帮工学徒、行走僧、航海家、小商贩、曾经步行或以马代步的环球旅行者们一样越来越少。我对这类人的减少毫不感到惊奇。大部分人,尽管他们竭尽全力踮着脚尖,也早已被那平淡无奇的海洋淹没了。

我在离表妹的小屋越来越近时,看到了满脸微笑的茨冈女邻居在

---

① 俄狄浦斯与坦塔罗斯均是古希腊神话中的悲剧人物。
② 杜博里卡·科西奇(1921—),塞尔维亚作家和政治家。
③ 古尔卡(1911—1995),捷克的犹太作家。

晒内衣。

在早些年的一个冬天,我第一次来看望表妹,这位女邻居也在晾晒内衣。她一见到我这个陌生男士,便向我招了招手,我也对她招了招手,随后她耸了耸肩膀,仿佛想要说:"已经晚了,你该早一点来!"还张大着嘴巴冲着我笑,仿佛在补充说:"不过咱等着看戏吧!"有什么办法呢?她才十八岁。

我很快就见到了她丈夫。他鼻子底下长了一撮浓密的八字髯,挺着个啤酒肚,四肢粗壮无比,我可不愿落到他手里。

表妹注意到,他们两口子都在高兴地注视着我。她对我说:"那位男士名叫尚多尔,在农场工作,他妻子叫玛丽亚。他们在很年轻的时候就结了婚,那时她才十五岁,如今已经有了两个女儿。可惜我没见过茨冈人的婚礼。"表妹很遗憾地说。然后从木箱里掏出一张小画来,上面画了几个从小轿车里下来的巫婆,正带着同伴们朝人群走去。从这群巫婆当中我认出了我们这位年轻的女邻居。我问表妹:"你为什么把她画成这个样子?"

"她在她们中间不是很合适吗?"表妹这么回答,引起了我更大的好奇。

我在表妹的小屋里过了夜。第二天早上,看到那位男邻居穿着出门的服装匆忙去赶火车。

火车一开动,篱笆旁便出现了一个花白头发、衣冠楚楚有模有样的男子。那位年轻的母亲连忙从屋里跑出来。他们说些什么,我没听清楚,只听得从她那儿传来女人甜蜜的咯咯笑声。

"尚多尔通常要到晚上才回来,对她来说一切就都好办了。"表妹说。

过了一会儿,女邻居便裹上毛披肩,还带着孩子们朝那汉子奔去。

可出乎她意料的是她丈夫中午就回来了。我偶然看到他匆匆从火车站往家走。两只手提着两个大包。他敲了一会儿门,无人应答,他便自己打开了它。尽管他家与我们的住房隔着两道墙,我还是能听到他在喊她的名字。他重复喊了好几遍,到最后只听得他含糊不清的吼叫声,至少我是这么感觉的,也许因为距离较远所以听不清。

我开始预感到可能发生的事情。他心中的怒火让嗓音变得越来越高。这声音是爆炸性的、毁灭性的甚至是撕心裂肺的,让我惊吓不已。但愿他不要发展到愚蠢的巅峰,干出什么暴力蠢事来。

尚多尔一会儿从屋里走了出来。他没再穿外出的服装,而穿了一件防风夹克衫和一套运动服,身后拖着一副雪橇。我没弄明白他为什么要拖出一副雪橇,天晓得他是为什么!或者是要拖着谁到哪儿去?

我惊奇地看到,他直奔山坡。山坡上有些小动物在尖叫,白的黑的都有。一会儿我辨认出了他那件红色的防风夹克衫正朝山坡下飞驰。

傍晚我在小酒馆里看到了他。酒馆老板给他端来了啤酒。我还听到他在大声说话,旁边桌子的顾客也听得很开心。"你看上去好像弄得狼狈不堪呀!尚多尔。"

那茨冈人痛饮之后说:"你们知道我做了一个什么梦?"他马上开始讲梦,说一个什么小班长把他发射到火星,他只得步行到地球上。"可那王八蛋只给了我三天期限,我只得拼命地跑,汗得全身湿透。"他喝完啤酒,又痛苦地补充了一句说:"我还得把梦记录下来。"

表妹告诉我说,这家邻居在婚前曾在婚姻咨询处接受婚前教育,学习如何建立彼此的亲密关系。咨询处的人提醒他们要警惕梦中受压抑的潜意识或语言能驱使人去干鲁莽的事情。尚多尔曾被他的潜意识吓坏了,下决心将这些梦记录下来,时不时带着这些梦去找心理学家。不过尚多尔在大多数情况下不做梦,顶多梦见食物和战争。"我有时便将自己那些有妖魔鬼怪的梦送给他,"表妹结束她的介绍说,"而他便以帮我劈柴来回谢我。"

情况就是这样。故事在它们产生之前就被扼杀了。要是莎士比亚活到今天碰上这情况也毫无办法。假如苔丝狄蒙娜①硬坚持让奥赛罗上婚姻咨询处去，莎士比亚恐怕也会在这一刻妥协下来。尽管我对住在这里没指望会有多舒服，但还是接受了表妹让我使用小屋的建议。至少这里风景很好，傍晚出现的雾气让人觉得清香宜人。

我走进小屋，闻到里面散发的一股颜料和松节油气味。

我没在屋里耽搁很久，便拿起一个速写本和彩色笔到野外去了。在万里无云的九月，耸立在地平线上的树林密布的山峰，在雾中颤抖，大地开始由黄、褐两种色调主宰。我漫步在这一带的住宅区里，只见辛勤的屋主们在专心致志地干着活儿，好让他们的住处和花园变得更完美。秋天的鲜花、成熟的果实和房屋新刷上的涂料让空气变得芳香。在小别墅群后面的几所圆木架成的小屋，炊烟缭绕。有位姑娘正在水泵那儿往水桶里灌水，她与我在火车上遇到的那些放荡不羁的女孩完全不同。我跟她打了个招呼，她抬头看了我一下。她眼睛红红的，不知是哭红的还是烟熏的，她匆匆瞅我一眼，便又转向她的水桶。

圆木房后面是缓缓通向森林的草坪，铁道从浅水凹地通过。我来到第一片树林中，想在那儿物色一个作画的好景区，在这里我大多画风景画。让我很开心的是我妻子甚至相当喜欢这些画，说画中表现出了我个性中令人快慰的、少些矛盾的一面。

阳光洒满大地，不远处的小山坡上空，云朵缭绕，山脚下的小鱼塘波光粼粼，几棵柳树的枝条垂到池中，鱼塘旁一条矮小灌木丛镶边的窄窄小路一直通到我跟前。离我很近的灌木丛中耸出一株高大的花楸树，树冠上结满了橘红色的果实。我找到一块被太阳晒得暖洋洋的大石头，坐在上面，开始对着远处山坡的轮廓画了起来。

"在那里，唯一让我动心的，"我的朋友卡瑞尔在谈到他访问黑

---

① 苔丝狄蒙娜为莎士比亚戏剧《奥赛罗》中的人物，奥赛罗的妻子。

山画廊的感想时说,"大概除了已去世的海格杜西支①之外,就数老格涅拉利支②了,你瞧,他的那只猫坐在窗子上,面前还有几只苹果和洋葱。你就会感觉到:这位老兄有着无穷的创造力。实在不能怪他,他的确是一个头脑十分单纯的人,他不善思考,不会捏造,只会老老实实地画画。比方说画一只挂在钩子上的褪毛公鸡。你能想象出现今世界还有含义更加清楚的画吗?还有比禽鸟被褪光了羽毛更大的羞辱吗?这就跟一个什么也没有了的人一样,就跟既没有上帝也没有希望一样。只是那位画家根本没去想这些,他以为只是画了一只他们村子里的惨不忍睹的公鸡而已。你说,有必要去费那个劲画出来吗?老实承认这样做不对不是更好吗?现在就请你回答我。"他举起干瘦的手像要打我的样子。

对此《圣经》也有答案:

看风的,必不撒种,
望云的,必不收割。③

我估计,我面前这一景色已有好几位画家画过。至于有多少人拍摄过它,更难以计算。为了不同于别人,我也许可以用立体派或超现实主义手法去表现它。不是将花楸树果实,而是将那只死鸽子或至少是将那只羽毛褪了色的大啄木鸟放到画面的突出位置。我可以故意表现我看到的景色是与用照相机拍下的、特别是与大多数人所看到的完全不同的另一种颜色。可我为什么要这样做呢?我要是一位画家,就可能会像我的朋友卡瑞尔一样感到绝望,因为他看到自己勉强跨过的

---

① 克里斯多·海格杜西支(1901—1975),前南斯拉夫画家,插图画家,剧院美术设计师。克罗地亚人。
② 伊万·格涅拉利支(1914—1992),克罗地亚画家。
③ 见《圣经·旧约》传道书第十一章。

极限在他之前早已有人跨过了。有幸的是,我因那张画坏了的向日葵而永远地消除了我在美术方面的任何打算。我可以毫不自责地为我画的花楸树从远处看还有点花楸树的样子而感到欣慰。

  火车拉长汽笛叫了一声,接着仿佛紧挨着我的后背驶去。
  有时我觉得,为一个新发现而这么硬赶死赶是一种病态的和最富破坏性的表现。我们宣告了追求偶像的进步,我们将进步理解为尚未有过的新东西,亦即必须是一种比现实存在更好的东西。它并不取决于我们在技术、科学、社会活动或艺术领域中的成就。发现新事物曾经被认为是天才的专利,可今天只要一所学校的毕业证书或经历了几个月培训的培训班证书,再加上勇气,说得更准确点,是厚颜无耻,就行。假如我们少去操心我们是否看到和表达了新发现这一问题,而多去关心一些我们所看到和表达的东西压根儿对某人是否有必要,可能会更好一些。

  林中传来噼啪声响,我转过身去,看见一位穿着牛仔裙和蓝色牛仔衬衫的姑娘从小路走来。第一眼看去像是我今天见到的那两位姑娘(一个是火车上见到的,另一个是刚刚在水泵那儿见到的)的孪生姐妹。她看到了我,立即愣住了,我觉得她也有一双发红的眼睛,也许是我的目光蒙上了一道红色的雾。她猛地颤抖了一下,急忙转身,朝着铁轨经过的田间小路飞奔而去。
  穿牛仔裙的姑娘在画布上也许很好看。她可以靠在花楸树旁的那块大石头上,用一双红眼睛望着我。可她究竟有着什么样的表情呢?最近一段时间,我觉得姑娘们的脸上都很少有表情,我越来越多地遇见一些毫无表情的姑娘。我也为故事已经枯竭、辞句海洋中的语言韵律已经失去意义而感到绝望。人本来决定要去抵御这些现象,可有时一想到自己的孤独与无能为力,便又有些畏缩。最近我碰到这么一件事:我从医生候诊室的桌子上拿起一本图画杂志,从中读到:"庞大的电缆系统是电气化不可忽略的组成部分,成功的科技发展是以孜孜不倦与高质量的研究工作为前提的……"丧失含义的语言(至于美,我已根本不敢提了)被无数的扩音器加以放大,响彻整个地区,直钻进我们的房子,我们的灵魂,我们的心肺,直至将我们呛死。我没把握是否能找到一位勇敢的姑娘,在我们无法忍受而死去之后,能将我们体面地埋葬。

我们连声招呼都不会打,又怎能获得真正的互相支持呢?在我们生活的人群中,我们逐渐沉溺于孤独,在孤独中我们即使在焦急不安的那一刹那间也召不来救援。

不久前卡瑞尔给我捎来了一位诗人朋友写的诗句,这诗人不久前上吊死了,诗是这样写的:

  一……这一天
  二……这一早上
  三……这一上午
  四……这一中午
  五……这一下午
  六……这一傍晚
  七……这一晚上
  八……这一夜里
  九……对,就在这时
  十……发生了这件事

这是他最后的一首诗。他肯定相信,他是以这一纯净的话语来与那毒水的浊浪相对抗;他曾相信,为自己准备好一只船或一块木排,坐着它可以漂到其他人所在的某个地方;可后来又想,即使这样也达不到目的,于是放弃了此举,将自己扔进了坟墓——就此了结。

从远处传来火车的呜呜呜叫,可我没去在意这些。

有些人对近在眼前的边境感到绝望。他们坚信，必须越过它，否则就会在这块土地上白白地浪费自己的生命。可其他人又怎样呢？他们留在某个深处，不仅看不到边境，也看不到希望，听不到好消息与只言片语的安慰，只能听到扩音器里发出的吼叫声，看到惨白光亮的显像屏。

火车突然在近处出人意料没完没了地鸣叫起来，刹车声嘎吱直响。随后我听到一声锐利急促的尖叫，接着便鸦雀无声了。我没看到火车，但我听说，火车停了。

我连忙站起来，想准确地知道究竟发生了什么事。仍然一片静寂。只有一只啄木鸟在某处鸣叫着。那声尖叫自然激起了我的猜测，听起来不太真实。尖叫声仿佛来自谷地，若在铁路旁边，连人们的说话声都能从那儿传到我这里，何况是火车鸣叫声呢。

我又坐了下来。掏出铅笔，将画纸摊在画板上，面对着铁路。

火车一直停在那里，这是一辆货车。

我就在耸立于铁轨上面的悬崖上。从上向下看到三名铁路工人，正弯身对着一具没有脑袋的躯体，同时又小心翼翼地躲开那摊血泊。血泊浸泡着那件蓝衬衫和牛仔裙以及姑娘残缺的胳膊。我若绕过崖峰，就可下到铁路那儿，但已经毫无意义，人已经没救了。

其中一位铁路工人爬上了机车，不一会儿便带着一块闪亮的大布回来。他抖开布，将它盖在血淋淋的残肢上，但那块布只够盖住尸体的上半身。男人们先商谈了一会儿，说话声传到了我这儿，可听不清讲的什么。随后两个男人沿着小梯爬上了机车，第三位一动不动地站在尸体旁边，仿佛定住了，过了一会儿才摇晃着走了几步，离开了那具用布盖着的尸体。那两个工人在机车上对他喊了一通，然后从机车上下来挽着他的胳膊，共同将他推到小台阶上，便又立即开动了火车。

我能做什么呢？仰望天空，求老天有眼，我祈祷了一番。

我回到小屋里，捡拾了一下各类颜料，瞅了片刻我速写的宁静风景，然后将画纸搓成一团扔进了废纸篓。远处传来了救护车或是警车的鸣笛声。

我没有任何罪过，可我无法消除在不适合的时候画了一张多余的画的不悦感觉。假如我预感到那位姑娘决心自尽……我又能干什么呢？一个人常常可以这么说，但是没有人听他的。他可能找到或只是重复着希望这个词：

> 不要行恶过分，也不要为人愚昧，
> 何必不到期而死呢？①

可他的声音消失在周围翻滚的水浪声中。屋内表妹留在这儿的怪物们从墙上对着我挤眉弄眼。

屋外，笑容满面的女邻居的篱笆前站着几位妇女："您已经听到了吗？"她们冲着我喊道。

为了显示自己的男子气和孩子气，我有点儿牛气地说，我甚至看见了那躺在铁轨上的死尸，我恐怕还是最后一个看到死者生前模样的人。

她们马上想知道，我看见什么了，她长得什么样子。她们对我说至今她们谁也不知道这死者是谁。我让她们失望了，其实我什么也没看到，而且那姑娘长得跟其他姑娘差不多，样子普通得一点也引不起我的注意。

我觉得她好像来自某个村子或集居地，又或许是个外乡人。

我拿不准，可我肯定在此之前我连一眼都没仔细瞅过她。我这么说了之后，又意识到，我对有没有见过她这一点也肯定不了。我搞不清她长得什么样子，那我又怎么能知道，我是否曾经见过她呢？

我让她们失望了。即使这样她们还是说服我有责任作为一个见证人赶快跑到警察站去报个到。

我对她们的建议表示了感谢，心想反正也不会准许我去埋葬她。

---

① 见《圣经·旧约》传道书第七章。

妻子在家中总算放下心来迎接了我。说她整个下午都有一种不祥的感觉。她下午下班回家时，在街上遇到救护车，吓了一大跳，以为我出事了，却原来是那个不久前在我们街上盖了新房的男人……

"他出了什么事？"

据说是中风了。可怜的，这是累的呀！"你干啥去了？"她想知道，"采蘑菇去了？"

火车撞死人的事情发生得很突然，让我觉得很不靠谱。我怀疑它是否真的发生过，不过无论如何我现在不想对妻子讲述，怕她睡不着觉。

我便说，蘑菇没长出来，我画了一幅画，可没画好。

晚上，妻子已经躺下，有人按门铃。

门前站着一名包头巾的上了年纪的妇女，一眼看去像是一名村妇。她为这么晚来打扰我们而感到不好意思。她竭力表示我曾经见过她，常常在 M 商店碰面；她也多次见到我在画速写，甚至还画过她们的小房子。

我点了点头，尽管我什么也没想起来。我请她进到屋里。

她谢绝坐下，不想耽搁我的时间，但说了人们告诉她最后见到那……（她找不到一个合适的词表述那具被碾轧的躯体）的人就是我。所以不得不来打扰我一下。星期五她的女儿要从集体宿舍回来，可至今没有到家，尽管她早已离开宿舍了。

我试图让她平静下来，说她女儿一定会回来，我肯定帮不上她的忙，因为我几乎啥也没看清。她说这没关系，她可以拿照片给我看，看到照片我肯定就能认出来。她翻了一通小提包，左翻右翻也没找到照片，说肯定是因为慌乱而忘在家里了。

我说没事。心想她要是找到照片，会逼着我回忆她女儿的模样儿，而我又没有把握想起她的模样儿来。

"现在怎么能知道真实情况呢？这丫头有时回家来，可有时又留在女朋友家，甚至一周都见不到她，她就是这么一个爱到处游逛的人。"

"您瞧，她不会有事的！"我连忙说。

"我现在该怎么办呢？"

"不过……您要是认为出事可能跟您女儿有关，您可以请求他们让您看看她……"

她去过那里了，也看到了那具尸体，可伤残得无法辨认。恐怕谁也认不出来那是谁，谁也认不出来。"我曾一时认为，这是她，是她的肚子。可后来我又觉得，这个女孩的腿长一些。您知道，那双腿给碾轧得多厉害啊！"她又开始大哭起来。

我说，我觉得那女孩不可能无缘无故撞到火车下面去，我认为她女儿得有个理由才会去干这种事。

"谁知道呢？"她抽咽着说，"您是知道他们的，他们不爱惜生命，他们甚至不知道为什么活着。"她又翻了一通她的小提包，"您不能跟我走一趟吗？我这儿有车。"

"没有必要吧！您即使拿照片给我看，我还是拿不准。而您，既然您看到了尸体，您应该看到她穿的是什么衣服，比方说您女儿穿了牛仔裙吗？"

"她们所有的人不都穿得一样吗？！您不是看到那条裙子尽是血渍吗？衬衣好像是别人的，可她们常互相换着穿的。您不是画家吗？"她突然说，"您可以画出来她的样子啊。"我拒绝说："即使我是个画家，恐怕也画不出我几乎没印象的这位姑娘来。她戴了什么戒指吗？"

"没戴。要是戴了恐怕也有人把它偷走了。"

"她有什么特征吗？"

她摇了摇头："可您见过她了呀！当时只有您见过她呀！"

"太太，"我说，"我乐意帮助您，可我真的记不起来她的样子了。"

"您不能跟我坐车去一趟吗？"

那姑娘只是一晃而过，我没看清她的脸，只知道她的眼睛发红，而这什么也说明不了，我怎么跟她解释好呢？我说："即使您拿照片给我看，我也告诉不了您那是不是她。也许您能找到另一个见过她的人。没准他能够告诉您她究竟是不是您的女儿。"

她走到大门口："我只有这样一个劲儿地等下去?"在大门口她又停下了脚步："可这要是她,我就得准备葬礼啊。"

这我倒没想过。

她注意到我在犹豫："您能否试一试……"

我将她带到饭厅,自己来到卧室,找出一张纸来。思路回到出事的那个地方,红红的花楸树果在我眼前跳动,随后我看到了火车上那位姑娘的没有表情的脸。我没法打消这个念头,站起身来走到窗子跟前。月光洒在花园里,天空浮过一片乌云,很明显要变天了。风儿在屋檐下瑟瑟呼叫,仿佛水泵发出的吱吱声。如今,当我闭上眼睛,便又看到那酷暑中的第二位姑娘的模糊形象。树枝微微摇动。

有什么意义呢?她应该根据什么来辨认她?医生、警察,这位老妇人应该认得出她,只要不是有意不肯认出她的话。

在我所处的下方,火车又响亮地鸣叫了一声,随即听到树枝的噼啪声。我猛一转身,只见她站在那里,离我只有几步远,头发盖过她低矮的额头,遮了她的左耳,在她的右耳上却吊了一个大耳环,是塑料做的或是陶瓷的?她的有些发红的眼睛彼此离得很远,眉毛很粗而不明显,在三分之二处仿佛突然断掉。在圆头鼻子下面有一张与大下巴很不相称的小嘴。如果要说她的面貌有什么独特之处的话,这个朝前翘起的下巴就是她脸上最有特色的部位。当然还有那双眼睛,我不是指它们的颜色,而是说那眼光里深藏着绝望的忧伤。这双眼睛正凝视着大海,凝视着这个威胁着要将一切统统埋藏在它那鲜血淋淋的水面下的大海。

我怀着惊讶和不可置信的神情凝视着我面前的这幅画。这是从哪儿冒出来的这张脸呢?是从某个深渊浮出来的吗?跟哪个真实的相貌有关吗?是焦虑让我怎么也想不明白这个陌生的来访者是谁?我是否只是描绘了一个下意识的忧伤回忆?我将那张画塞到了一大堆写过字的废纸下面。然后走进了饭厅,"可惜……"我说:"我真的记不起来了，您回家吧，您女儿兴许已经在家里等着您呢！"

"您这么认为？"

我送她朝大门那儿走去。

"这是谁呀？"我妻子问道。

"一个顾客，"我说，"她想要我给她画张画。"

"这么晚？"

"有些人就是奇奇怪怪的嘛！"

"你瞧，"我妻子说，"我经常对你说，你的画画得不错嘛，画中表现出了……"

"我知道，"我打断了她的话，"可这不是那么回事，明天我再向你解释。"

"我老在想着我们街上的那个人，"妻子说，"花了那么多年盖房子，可如今，哪怕盖成了也……"她接着补充了一句，"不过这也是常有的事，那些死乞白赖朝着某个目标拼命的人，往往在他们快要达到目的地时便累垮了。"

大概还真是这样。事情干完了，却已经没有力量再去干下一件事了。我曾想象过，温德拉克先生如何在黄昏时爬到他新屋的最高一层阶梯上，很有把握地认为，五年来他干得很不错很成功，水淹不到他了。他已预见到了想要将他淹没的大海，他怕自己来不及逃命。可如今呢，海浪已在他耳边咆哮，就在此刻他的心脏停止了跳动。

他不该去建屋，就算已经开始建造，也绝不要把最后一层造完，否则会惹来灾祸。

关于这，《圣经》也曾说过：

> 我为自己动大工程，
> 建造房屋，
> 栽种葡萄园，
> 修造园囿……

> 我察看我手所经营的一切事
> 和我劳碌所成的功。
> 谁知都是虚空，都是捕风。①

有的人根本还未开始做事便发觉，他的气力已经用完。他一瞧这大海便意识到他游不过去，他的周围海浪在咆哮。他呼喊救命，但他知道叫不应的，只好放弃。她跑到森林里，看到一条铁轨，便躺在上面，等待着。就是这样一个故事——她的唯一的，不可重复的故事。只有几句话。

谁来将她埋葬？我吓了一跳。

慢慢地我睡着了。那尸体要是一直无人辨认出来，我便要拿块石头，将她埋在铁轨旁。我看见自己如何将她的画像、或者我认为的她的画像，放到花岗岩下。至少这样。

我又重新想起了今天早上见到的死鸽子，我捡起它，免得它躺在柏油马路上。我一拿起它，它身上的羽毛便往下掉，就像秋天的落叶，我束手无策，不想将它光秃秃地扔到垃圾箱里，于是就将它一直送到铁轨旁边的草地上。我看见草茎在它身上轻轻晃动，仿佛想要遮盖鸟儿光秃的躯体。《圣经》对此也有说法：

> 我知道世人，
> 莫强于终身喜乐行善，
> 在他一切劳碌中享福。②

一九八三年

---

① 见《圣经·旧约》传道书第二章。
② 见《圣经·旧约》传道书第三章。

偷 运

电话里响起了一个熟悉的声音:"我是桑达·克劳乌斯,您下午有空吗?"

"我下午可以抽出空来。"

"太棒了!"对方匆匆回答了一句便挂上了电话。他说的是那种难以模仿的捷克语,只有父亲为墨西哥人母亲是印度人的混血儿才会这么说话。他肯定相信话说得越短,我们的对话就越不会引起偷听者的注意。道出桑达·克劳乌斯这个名字,就说明是从国外打来的电话。他是生意人,常从国外来做生意,替我捎来书籍。

此时已经十一点半,外面下着大雪,汽车被我妻子开出去了,等我坐车到她那里,起码要到中午了。我其实不喜欢坐车,但我不知道米古拉什①给我带来了几袋书,琢磨也琢磨不出来,肯定比我所能搬动的要多。

我是偶然认识这位米古拉什的:我汽车上的油泵坏了,只得停在车库里三个月没动窝。有人便将米古拉什的名字和地址给了我,说他常往国外跑,肯定能给弄个泵来。

我曾想,他根本就不认识我,怎么会替我干这事儿呢?可他干了,因为我是位作家。他喜欢文学,更确切地说,他深爱着他那喜欢文学的妻子。

---

① 米古拉什即是桑达·克劳乌斯,桑达·克劳乌斯是米古拉什为安全起见而用的化名。

我怎么付给他酬劳呢？

我用不着为此操心——对于一个富商来说，这么一点点酬劳就像斤把苹果一样。我可以送他一本题上赠言的书，或者请他吃顿饭。

我犹豫了个把月，当确实弄不到油泵时，便去按了一户陌生人家的门铃。

一个星期之后我不仅有了油泵，而且还得到了一包书。

他满面笑容，个子高高的，头发有些花白，很明显跟他的爸爸一样是条黝黑的汉子。他因能为我做这件事而感到高兴。他尊重艺术，也知道我正处于什么境况之中。

我送了他一本书并请他和他妻子吃了晚饭。

由于生长在这个特殊的时期，在他来访时，我总是非常警惕，保守自己的写作秘密，这也是我仅有的可供泄露的秘密。可他整个晚上都没向我打听什么。谈了一会儿对我来说一点儿不摸门的贸易世界，然后主要听他妻子谈话。她叫安琪拉，至少比他年轻二十岁，她的容貌与她的名字很相配。我们谈到博尔赫斯和马尔克斯，谈得最多的是科塔萨尔和他的《跳房子》。这是我们两人都很敬重的作家。可我们对某一个场景的意见不一致，作者让女主人公在几块架在三层楼上相对的两个窗口之间的木板上爬行，仅仅是为了满足两个古怪而贪图安逸的男人的任性，在让人发晕的酷热天气里，从深渊上方给他们送去一包香叶茶和一把丁香籽。安琪拉从这一图景中看到她祖国中妇女的奴隶地位；而我却觉得，这一图景更像是女主人公夹在两个男人中的犹豫，事情总是将女人带到威胁其生命的深渊之上方。作者同时表达了对有决心和勇气完成这一任务的女性的钦佩，她竟然敢于进行这种让男人只能钦羡的赌博。

很可能我们两人都是对的。绝妙的文学往往有着多方面的意义。安琪拉激情满怀地述说着，聆听着，引得我也想开始进行我一直乐于避开的文学叙述。我觉得，她在交谈中倍感幸福，她丈夫也显得很满意。

一个月后桑达·克劳乌斯又给我来电话了,他为我带来了一包书,其中大部分是捷克文的,甚至有两三本重复的。他难道知道,我有一些像我一样对书感兴趣的同事?

肯定的,可他怎么会想到要给我们运书来呢?

安琪拉断言,若不这样我们就得不到这类书。我同意这种说法。并向克劳乌斯表示了感谢,并将一部分书分送给了朋友们。

过了一些时候他给我送来了两包书,除书之外还添了些杂志,这是比书还要难得的。我高兴极了,但同时又开始有点儿害怕起来。

在二百四十七年之前,当伊希·沃斯特利将禁书从萨斯克运到捷克来时,便立即被捕并投进监狱。当然他们最感兴趣的是,他究竟将这些书带给了谁,目的是好把收书人也关进监狱。监狱看守人装得像他的朋友一样,向这个年轻而毫无经验的走私者许诺说,愿意替他捎信出去。不久前我在利托麦什尔①的书信集里读到了这封信,语言明白易懂,仿佛不是落上了两个半世纪尘埃的古信。

> 德斯利锤子,我在牢房里给您写信,请您办点儿事,您会知道该如何办。您若有什么书籍,就请分送出去,也请告诉他们(您知道指的谁)……上帝知晓,我关在牢里,不会出卖任何人,亦请您持同样态度,在您读完这张字条之后,再将其转交其他忠诚可靠的人……

我妻子没去上班,到洗衣房的烘干机取衣服去了。这更耽误我的工夫了。

我急着要出去,因为米古拉什邀我在下午,即他不在家的时候去。他大概是担心等到晚上下班时,可能会有人跟踪他。对他来说就

---

① 捷克共和国巴尔杜比采区的一个城市,市中的一座城堡被联合国列为世界文化遗产。

像对一个外国人,或者更确切地说像对每一个住在这片国土上的人一样,不时会发生这种事:跟踪者们一直相跟着到家门口,然后就留在那里傻等着,或者躲到地势更高的街口球场去。在那儿不仅可以更清楚地看到网球场,而且可以看到米古拉什家的大门口,跟踪者会一直待到换班或被召回。我肯定不愿出现在他们的视线内,何况我还提着一大包书。

我不知道,我能不能谈及米古拉什这个人,他只不过是从商而已呀,但是关于我自己,我从来没想过我这辈子会干走私这档子事儿。在一个货物运转正规的地方走私违禁的东西,只有走私专业户才干得了。人们通常认为,这是一些很精明能干的人,他们对各个地区和追捕者们的情况都摸得很清楚。他们遇事冷静,喜好冒险,对法律法典所禁止的,或者虽然法律未提及、但却是我们公认的办事准绳等等一概不放在眼里。我并不蔑视他们中的任何人,但当我确定法规与他们之间存在矛盾时,我必须作出选择,便将优先权赋予后者,尽管自己无能力干这类事,却多次收下这些走私货物。使我感到欣慰的是在我们熟悉的人中,只有极少数人从事他已经学会了的、并且很适合于他的这一行当。

不久前米古拉什给我带来很多书,足足装满两大书包。当我提着它们上电车时,样子显得很可疑,或者至少是很狼狈。大家都朝我看,这让我更加心绪不宁。特别是有一名男子,他在上车前就跟我走过了好几条街,现在又跟着我上了同一辆车。我将一袋书放在膝盖上,另一袋塞到了座位底下,以免显得那么引人注目;同时我还绞尽脑汁琢磨:要是那个男子真是我所认为和害怕的那种角色,我该说什么和做什么。我设法观察那小子是怎么关注我的行李的,而他面无表情。可我在下车时只顾注意他而忘了塞在座位底下的那袋书。当我已经走到车门前,有位好心的妇人叫我回去。我能对她表示感谢吗?那个我差点儿忘记带走的提包里装着我的所有证件。要是这个提包落到那些把未经书刊审查的书当作禁运品的人手里,我真不知道怎样才能摆脱厄运。

我为差点儿可能惹出的这场大祸而吓了一跳。我开始考虑是否要请米古拉什别再给我捎书来。他如此大度向我提供礼物,使我不好意思仅因自己的胆怯而拒绝他。除此之外,这些书就像桥梁,通向这个离我越来越远的世界!

禁运品目录的范围越扩大,偷运违禁品的人就越多。我曾于大战期间被关在犹太人特定居住点。在那里几乎所有物品都成了违禁品,甚至连大米、可可、打火机、信纸、咖啡、蜡烛也算在禁运品之列,更不用说珠宝、首饰、香烟、钱币了。那时期连那些最守规矩的人都下决心不去理会那些反常的法规。凡遇上法规不近人情的地方,大家便都坦然地去违背它。我父亲是位科学工作者,他的工作本身就使得他办事小心谨慎、一丝不苟、规规矩矩,但他竟然也偷带了一捆一千克朗的钞票出入边境。他有生以来第一次在每个走私贩都会面临的一个基本问题上发起愁来:把这些走私货藏到哪里去呢?

在我们曾经被迫居住的特定居住点,我们只留下了唯一的一件家具——一个有很多小破抽屉的碗柜。由于木匠的手艺差劲,你一打开靠左边的那个抽屉,旁边就会出现一个空当来,这是隐藏我家财物的一个理想之处。小抽屉旁边的那个空当,窄得只能伸进一只小孩的手。于是我便得到了将这笔钱藏到抽屉缝里去的任务。我的这一行动不得向任何人泄露;而且我还不许长胖。否则手就伸不进去了。我当时算是毫无疑问地完成了自己的任务,而且我在十岁这个年龄段里便已经站在了跨越边境的违禁者的行列之中,我怀着完成了一个了不起的任务的坚强信念进入了社会。

我到达目的地时已是下午两点半钟了。这时还一直下着大雪,城近郊的雪尚未融化,重重地压在树枝和屋顶上。网球场周围的铁丝网旁也堆满了雪,活像给它镶了一个厚边。汽车轮子在车道上轧出了一道深坑,行驶起来很是困难。我对这个小镇的边缘地区可是了解得一清二楚。我的初恋情人就曾住在离这儿不远的地方,我俩曾多次在这些邻近的小街上游逛。当时我们曾设法找寻可以拥抱的暗处，可是眼下这些事儿我都有些记不起来了。世界变成了陌生而不友善的空间，每个人对我来说都可能是危险的。

你得在心里暗自推敲：要是被抓住了，你要如何保存自己，如何回答问题。至于人家会问些什么，这倒是相当容易猜到。

"他让您带些什么书？"除问了些别的问题之外，检查机关在一七三二年四月十九日曾对二十七岁的偷运禁书者伊希·沃斯特利问过这一问题。

"我带来三本书：一本是《新约》，第二本是《论基督教的真正含义》，第三本为《两位同胞交谈信仰问题》。"

"那些书在哪里？是给谁的？"

"利托赫莱夫得到了《论基督教的真正含义》，付给了我二十五个小钱币。石村的磨坊主卡利班得到的是《两位同胞交谈信仰问题》，第三本曾放在我兜里，他们抓到我时把它没收了。"

"您曾经说过，除了摩拉西采的利托赫莱夫以及鲁布尼的克拉吉沃之外，没到别人家去过。您还去过塞德利什杰的磨坊主家吗？"

"去过。我没记起来。"

"后来您怎么知道那磨坊主也跟您有着同一信仰，跟您站在一边呢？"

"是他们告诉我的，说他跟我信一个教。利托赫莱夫也告诉过我，说他信我们这个教。"

"您在磨坊主卡利班那里干过些什么事？你们谈到过谁？"

"我们谈到过信仰。他说在这里过得很糟糕，我说上帝会给他们力量的。"

"你们还谈了些什么？"

"我不记得了。"

"告诉我，您还去过谁家？或者您还打算去谁家？或者您知道谁还信你们那个教？"

"我不知道。"

一个半世纪前就曾是这么个状况,如今毫无改变。据我所知,在登记册上有一大堆错误。书记员连名字都登记不准。我首先扫视了一下球场四周,除了两位母亲,不顾阴雨泥泞推着婴儿车沿着厚雪堆着的篱笆根儿向前走,再没见到别的人。

停在那儿的小轿车里也没有人,在我正朝后面走去的街道上却停了一辆送货的小汽车。盯梢的人可以稳妥地藏在里面,车上也可能安装了隐蔽的摄像机。我用心审视了这一辆车,可是没法看清楚里面,然而我觉得那辆车子仿佛是遭抛弃和冷落了的废车。

我来到的这条街没有出口,是条典型的死胡同。我得经过三所小房子才能到达米古拉什的住处。我又环顾了一下四周,对面的人行道上有一辆盖满了雪的萨普车①在闪着光,它倒与这地方很相配。可在离这儿不远的地方我发现了一辆两个月前还不曾停在这里的大篷车。

我吓了一跳。

我并不过分青睐那些在解除禁令前就往我们这儿偷运的、因其"颠覆内容"而被当时的边境检查站认定的禁书;或者说,与对待早期的书籍走私贩不同的是,我至少对这些印刷品并没有如此敬仰。我知道,在太多的时候对于干渴的灵魂并未提供解渴的饮料。我们所写的这些早已未对我们传达出上帝的声音。跟我们自己一样,好坏参半。有时是明智的,更多时候是愚蠢荒谬的。书刊禁令虽能增加它们的吸引力,但一点儿也无法增加这些书的智慧。

我走到大篷车那儿。周围的白雪未被触动,窗户被关得严严实实,向风的那一面沾满了雪。我倒没有发现可能是偷拍镜头的小孔,便朝着米古拉什住处的大门走去。当我正要伸手去按门铃时,突然意识到自己该最后环顾一下四周,于是又将手缩了回来。尽管我通常并不注意门旁的门牌,此刻我凝视了片刻,然后慢慢地转过身来。对面

---

① 瑞典生产的一种汽车。

屋的窗口是暗黑的，且拉上了窗帘，假如里面藏了什么人，我完全无法瞥见。一位拿着锈铁盒的老妇人从小公园那儿朝这儿走来。一条狗站定了，伸着鼻子在雪地里嗅来嗅去，老妇朝它弯下身子。我可以假装找错了门，而后走到邻家的门口去，可是我这样做也太丢人了，竟然在一个无辜的老妇面前来这一套，于是我按了一下门铃。

　　记得十年前我和我妻子去以色列，我们是第一次到这个世界的一角。我的妻子不仅琢磨出了这么一次旅行，而且陶醉于自己克服了许多麻烦的机关手续。她兴奋地得知，在船上就有好几个以色列人，她马上开始跟他们交往。她最喜欢的是黑发褐皮肤的莱瓦娜，虽然她让我联想起杂技团里的世俗美女，可她却因为教唱了以色列歌曲而赢得了我妻子的心。她表示其劳动不能白费力气，当我们驶近海法①时，便向我们要了点儿报酬。她正想送给她母亲一块希腊小地毯，无任何特殊之处。可是海关对其本国公民却态度生硬，而对外国人却显得很宽容。我妻子帮她拿着地毯过了关之后，再把它送到指定地点交给她。莱瓦娜写下了相会的地点，同时交给了我妻子一个用深褐色纸包得严严实实的包裹，这包裹比我们所有行李的重量总和还要重。

　　我问妻子是否考虑到，在这个包裹里除了地毯以外会不会还裹有拆开了的机枪、可卡因、偷来的东西或者金条什么的。可是她坚持说里面只卷了一块小地毯，她新交的朋友不至于会对她撒谎。我努力对她解释说：她可能成为职业走私贩的牺牲品，明智之举是把这包裹还给她，或者至少打开确定一下里面到底是些什么。

　　妻子说，她从来没有将自己降格到去打开别人的包裹的地步。

　　在此期间，船靠岸，包裹的主人消失在旅行者中。我们或可将包裹放在船上或扔进海里，或者把它带走。我妻子的力气从来都不大，可她见我怀疑这包裹里面的内容，便拒绝让我来拿包裹，将它往肩上一甩，被它压得弯腰弓背地走过船上的木板桥。

---

　　① 海法为以色列北部最大的一座城市。

我们来到一个大厅里，里面穿着制服和便服的人挤来挤去。我们注意到里面有大量的海关人员正在进行最严格的通关检查。当我们靠近长长的柜台时，只见在海关人员的监视下人们必须将行李箱、行李袋和大小提包里的东西全倒出来，我惊讶地注意到轮到我妻子那儿时却有了变化。她挺直了身子，肩上的包裹显得很轻巧，然后装作一副根本没意识到要倒出包裹中的物品进行检查的若无其事的无辜样子，来到了检查柜台前，对"包裹中装的什么"这一问题她坦然地回答说给熟人捎带的一块小地毯。奇怪的是海关人员并未表示出想要打开看看的愿望，于是我们便通关到了边境的另一边。我们究竟捎带的是什么，大概永远也不会知道了。但我们那时已经明白，该如何表现，才能装成一个善良的旅行者；而且也明白，我遇事惶恐不安的性格让我永远无法成为这种人。

安琪拉出现在便门那儿，问候了带狗的那位太太，亲了我一下。

在前厅的条椅上有满满的三袋书在等着我。"这是给您的，"她指了一下书说，"您喝点茶？"

我要是提着书袋匆匆走掉恐怕不大礼貌，尽管我很想这样做。可我知道，安琪拉想要我坐一会儿。她好几个小时独自待在这个语言不通的外国的陌生城市边缘的陌生房间里，一定无奈得很。我打开了其中一个袋子，一包包不相识的书籍立刻呈现在我面前。我使劲克服了跪到书袋前去翻阅的欲望，最后我甚至勇敢地给了米古拉什一个我特别想读的书名清单。他找到了这些书吗？我拉上拉链，准备喝茶。

毫无疑问，对书感兴趣的人越来越少，对它一无所知的人越来越多，我想说服他们，但他们听不懂。

我们知道，水和空气中威胁我们生存的有毒物质越来越多，然而却很少有人会因我们的语言逐渐成为毒性物质而受到惊吓。谁会去注意语言的污染像水和空气污染一样危险呢？因为它涉及到我们自古以来从中孕育出并使其神清气爽的人类啊！

书——我远远没将这个字理解为每一本上面印了字和用机器装订

成册的本子——像一块还能干净地喷射出语言，可以让羚羊、狮子或者让最后一群野马在其中自由奔跑的领土。

安琪拉溜进屋里，银盘子上放着一只壶，从壶中为我倒了一杯薄荷茶。

米古拉什的这位妻子来自阿根廷，我不管何时来到她跟前，都下意识地注意到我们之间的这一距离。我几乎看不见躺在我们之间的原始森林、宽阔的河流和原野。

她坐在我对面，给自己倒上了葡萄酒。她那长长的黑发从左肩一直垂到腰间。她取下了眼镜，凝视着我。她的眼睛从颜色到形状都显露出她的先辈中有印度人的血统。安琪拉本应选一位诗人而并非商人为夫，她要是真的这么做了，那她也会很幸福或者会发现，诗人是跟商人相像的人，你可与他们同享快乐与痛苦。

我知道，她离开她的祖国与米古拉什结合不是一件容易的事。

边境，或说得更准确些，边境哨所常常不仅设在走私贩和逃犯常经的道上，而且也堵截每个渴望自由地行走于国土上的人。当然哨兵越无情，这些人便越机敏和勇敢地反抗那些想将他们投进监狱的人。他们在围着铁丝网或砌了围墙的地面下挖隧道，用床单缝制热气球，制作小凳，将其吊在麻缆上以便在危急时对付铁蒺藜。尽管他们知道，在这种情况下他们很可能会被击毙。他们干这一切的目的只是为了越过那可恨的边境线、牢狱、围墙。他在片刻间将自己看作一种物品，一种以后永远不再让那些随心所欲者任意摆布的怀着希望的违禁品。

安琪拉曾经提到，她逃离祖国并非那么富于戏剧性。朋友们为她弄到了一张假护照，可她照样在某些时候会想象到这样一种时刻：边境上全副武装的人将她的护照拿在手里，看看护照，然后又看看她的脸，立即对一个藏在掩所的隐形人点一下头，那人发出一声听不清的喉语，或放出一条嘴冒白沫大声吠叫的狗来，扑向她，拽着她离开，有时会一直将她拽到沿着窄窄的大山脊背的边界线上。敞开在道路两旁的是一片万丈深渊，她知道，她会被推向这边或那边的山谷底去。

她给我倒了茶，给自己倒上酒，开始讲述她在离开祖国之前的生活。

　　她父亲曾是一名军人，官至上校。他们家有房子和女仆，但却过着不舒心的生活。父亲的举止富有军人风范，对别人彬彬有礼，富有牺牲精神；对自家人却表现得很自负，态度生硬。母亲的任务是要做好一切让父亲满意，她患重病时，却认为应该自己面对。父亲不仅不关心她的痛苦，而且拒绝放弃他的一些习惯，甚至包括与朋友们酗酒的习惯。在母亲临终时，他甚至还喝醉了。但是，当他独自一人时，因为缺少了母亲的关心照顾，便开始感到她不在的痛苦。他喝得更凶了，还上赌场玩钱，到最后挥霍掉了房子乃至他的名誉，不得不搬到罗萨里亚镇郊区的一所又小又破旧的房子去住，女仆们都离开了。那时，小安琪拉刚刚十二岁，但她决定开始照顾父亲，将自己的时间奉献给了他，让他能过得舒适，总有可口的晚饭等着他，让他回家时有种家的感觉。但父亲几乎没注意到这些，只有一次，当他特别兴高采烈地从赌场回来，从口袋里掏出一大把极可能是在打牌时赢得的钞票塞到她手里，说她配得到这些钱，他对此毫不怀疑。

　　我不知道，安琪拉为何今天要把这些说出来，可我认真地听了她的讲述。我要是不必担心时间会可怕地飞逝的话，还会更投入地听她讲述。专业走私者们若知道不共戴天的仇敌已经靠近，肯定不会待在一处耗费时间的。

　　安琪拉接着说，家庭的贫穷影响到她的哥哥。他读过法律，却离开了学校，开始专业工作。他好几次带她去参加他做报告的会议。他口才很棒，非常能吸引听众。因此让她感到开演讲会就像看一场在大厅里所有人都参与的、由她哥哥扮演主角的很棒的演出。然而这不是戏剧，有一天他没有回家，谁也不知道他的去向。她有很长时间自慰地想他也许躲在某处，可后来他的同伴们也开始失踪，大多数人消失得毫无痕迹，只找到其中的一人：一具浮在巴拉那①河面上的伤残尸

---

① 巴拉那河流经巴西、阿根廷。

体。死者的眼睛被扎瞎了，胸口上的皮肤被烫焦。她明白了，她的哥哥遇上了什么样的命运。她连在梦里也无法驱走哥哥被捕，被五花大绑，一些陌生的大汉在折磨他的念头。她仿佛看见金属锥子正在钻他的眼睛。

我感受到了她的痛苦与折磨。我没有趁日近黄昏而提着提包悄悄溜走，而是伸出手去抚摸她的长发。我忘了在古代神话中长发预示着危险。

我突然想到，我亲自创造的某种狂暴的恶魔像一块飘浮而怪异的乌云笼罩在大地上。它的影子落在世上各个角落，有时亦盖在整个大陆上，如今正挂在她祖国的上空。即使这乌云的旅程不会结束，但它总会被驱赶掉的，谁知道它下次又将停留在何处呢。

"我必须跑掉。"她轻声说，仿佛在自我解脱，"他们可能会毁掉所有家庭，甚至烧毁房屋。"她最初的日子很艰难，后来遇上了米古拉什。米古拉什是一个不平凡的好人，也许根本不适合当商人，因为他生性乐于助人。我知道，他母亲曾亲眼见过甘地，她是否曾经参加过他领导的所有非暴力的活动呢？

终于发生了不得不发生的事情：我听到外面传来的汽车驶近的声音。安琪拉跑到窗子边，"米古拉什！"她说，"看来是冲着他来的。我耽搁了您这么长时间。"

逃跑已经无济于事了。我和米古拉什在一起坐了一会儿，与他妻子商量好三天之后来取装书的提包，免得经常在这儿露面。我对米古拉什为我所做的一切表示了感谢，他微笑着说："这不就是几本书吗？"就这样我们便分手了。

盯梢的人在网球场前的车里等着。当我一出门，他们便亮起了前灯，也许是向我示意：他们已经做好了准备，或是为了更好地看清楚我。

邻家小屋里的电视已经打开。

"他们干吗要看电视？"米古拉什不久前曾经有些惊奇地问过我，

"他们明明知道电视里说的都是谎话呀。"

我突然想到，他为何为我寻找并冒着各种风险偷运我们这儿的统治者禁止的书籍？关于这些书，他尽管是个外国人，却已正确地料想到那些恰恰是国内真正需要的书。他信仰非暴力的反抗，谁若决定用自己或其伙伴织就的布料来缝制衣服，就用不着让外国商人带着外国商品进到自己的家里来。

记得二战期间，有三个受过特别训练的盯梢老媪总在我们被囚禁的地方转来转去。这三个巫婆，我们给她们取的诨名叫三只瓢虫。一大清早，还在囚犯去服劳役之前她们便开始寻找违禁品。她们倒腾行李，翻查衣物，拆开草垫甚至被褥。摸查大衣袖子，将囚犯小包里的咖啡或者甜食倒在地上。当她感到有什么可疑之处时，连地板也被撬开检查一通，她们的努力很少会落空。她们找到什么就拿走什么，谁若被证实有罪，她们便把他送进毒气室处死。

有一天早上她们也撞到我们的囚房，当时我还在睡觉。我刚一醒来便看到了她们，我的心一下子跳到了嗓子眼上，不得不立即起床。我穿上衣服，看着她们的勾当，我对自己隐藏违禁品的地方知道得一清二楚。一捆纸币已被木柴烧掉，像送我上路的纸钱。我也知道绝不能朝这个方向看，绝不能露出马脚。

我看着我前面的一面墙壁，不时瞅一下那三个女巫，她们正在进行那非女性的活动。可在我眼里她们只是一些在诡异行动着的怪物。她们的外表在我面前仿佛模糊不清，我没法留神看清她们。

直到后来，当她们走到碗柜那儿，我才突然清楚地看见她们：三个肥胖的丑八怪，她们中的一个找出了那只性命攸关的小抽屉，我清楚地看到她那肥胖的爪子。她们三个都有着与其脑满肠肥的身体相配的粗大四肢。她们中任何一个都没法触摸到我们的秘密存物处。我意识到这点，在这片刻，我心底里第一次响起了轻松愉快的笑声，我忍着不笑出声来，但在我内心，在这些巫婆翻腾我们的东西的整个期间，一直响着这笑声，这是送走死亡，将它赶到门外的笑声。

我慢步走向我的车子。其实我可以将车子停在这里，沿着网球场步行一段，再从其中一条陡峭的小街往下跑去，不过若真有人在监视我，我也很难逃脱他们的视线。不过我反正没带任何违禁品，既没带大米，也没带可可；既没带未曾用过的信纸，也没带上面写了字的信纸，虽然我身上藏了一点儿钱，但有关违禁品的限量是根据游动的"乌云"浮动的。当下的法规认为思想——所有可能传播甚至扩散的思想才是最大的威胁，于是才委派"三个肥婆"来侦察特别门类的违禁品，给她们配备了载物而又有效地用于揭露甚或是清除不良思想的器械，目的是为了在其所统治的领土上抑制语言纯洁的灵魂或有声的任何火花的弥漫，通常我对这些支队的行动视而不见，或至少努力不把它放在心上。我不乐意被她们搅乱，到头来除了她们徒劳的行动之外，我似乎什么都没看见。不过她们却不时在我梦中出现。早上我一睁开眼睛，便看到她们在毁坏我的书，往地上撒白粉末，阅读我的信件，或听见她们的脚步声，有时她们从黑暗中冒了出来，用聚光灯照着我，像与我有着亲密关系的死神一般。在这一刹那，反抗之情控制了我，我必须尽快做点什么——只是为了证实我还活着，证实我还活动于其中的这个世界至今还是人道的。我准备好了，在这跟踪着我，寻找私密物处的灯光下绕着弯儿走。当我觉得已经骗过了他们跟踪的警惕性时，便听到了自己心灵深处的笑声。

我抖掉了鞋上的雪，张开双臂甩一下手。只要他们还对我感兴趣，我就对他们表示得无所谓。我打开车门，坐到车上。我不得不经过他们身边，没有任何一条可从这儿离开的别的路。他们也紧随着我。我开动了车子。

我无所谓，在车上除了装着妻子为我熨平的内衣的箱子外，没带别的东西，他们可以记下我的车号，在车子开动之前。

可他们为什么还要跟着我呢？难道他们发现了我偶尔装着书籍的书包？还是他们并不知道，或是估计到有别的什么？或者他们既不知情也没估计到什么,而是随便检查一下米古拉什正在与谁联系?米古拉什究竟和谁有联系?对此我一无所知。但肯定同与他做生意的人有联系,那可就多了去啦。也许是他们怀疑他有什么坏意图?

他们一直跟着我,我知道,他们有比我更好更新的机器,而且他们还装备了可以发出将我拦截在第一个大十字路口的指令发射台。我却渴望摆脱他们。

这会儿我开得很慢,穿过刚下过雪的雪堆,在第一个十字路口刹了车。我的追随者们也在后面停了车。

我准备进入这条街道笔直通向山峰,从上面开来了几辆车子。我等了一会儿,等他们开到最近处,我再开到十字路口。我踩了一下油门,一下冲到顶上,在半山腰上我瞅了一下,发现跟踪者没能跟上我,如今还在等着。沿着滑溜的车道慢慢往下开的车子为他们腾出一个通道。在我开到下一个十字路口时,我看到他们还在离我很远的地方。

我在狭窄的小街上转悠了片刻,一次又一次地拐着弯。对呀,这所大门宽阔的房子我认得啊!在房子里面曾经有一座小花园,大树下面甚至还有我们曾经坐在上面接吻的小条椅啊!我将车子开了进去。从前的树已经长大了。停在这里的小车也多起来了,不过我还是在停车的地方找到了一个空位,我下了车,又回到入口处,观察了一下屋前的街道。那些暗中监视我的人没有出现。

我又坐到车里,突发奇想,决定通过最短的路途开车到他们最不可能去找我的地方。

我将车直接停在米古拉什家门口,按了一下门铃,装满书的大包仍然摆在原处。

"这是个好主意!"安琪拉诧异地说,"您大概也想钻到那木板下面去吧!"她回忆起我们关于科塔萨尔的谈话。此时米古拉什已经将其中的一包书提到我车上来了。

我将那包书扔在车上前后两个座位之间的地上,准备上路。我刚刚逃脱了跟踪。在第一个十字路口时我没直上山顶，转而往下朝回家的路走了。只是为了能到家，我必须穿过整座城市。他们要是还不放手的话，便可在途中某个地方找到我。我竟为那几个装书的袋子回来了，大概我这么做不聪明，而安琪拉那激动不安的嗓音一直响在我耳边，自然会引起我对血染的面孔、受折磨的身体和燃烧的房屋的回忆。

雪到傍晚便开始冻硬，汽车在拐弯时打滑得厉害，非常危险。只要从对面开来一辆车，就会引起我想躲避的任何一场车祸，最好还是不去想它。我从反光镜中瞅见了正跟在我后面的那辆车闪烁的车前灯，它一直与我保持恰当的距离。这就是他们？

当我真的携带违禁品的时候，我该怎么办？我继续开着车，更多地不是朝前面看，而是盯着车前镜，注视着跟在我后面的车子。我徒劳地想看清楚里面坐了多少人和什么人。我的车轮陷进了车道中的坑洼里，嘎吱直响，上面盖着内衣的藏书袋撞着了我的座位。我放慢了速度，我必须小心避开偏执狂的深坑。我拐到伸向河边的主道上。我前后的汽车增多了，一味地去注意它们是毫无意义的。

去年春天，我家请两名泥瓦匠修理了篱笆，他们是这个时代培养出来的劳动者。他们喝着啤酒，站在篱笆旁，为有这么好的春光和被派到这么一个美丽而僻静的地方来干活而感到高兴。两天的活儿被他们拉长到整整一个礼拜。他们还不时按一下门铃，建议我一道喝一杯咖啡，或者别的什么更刺激一点的饮料。要是在午前按响门铃，我估计就是他们。我就犹豫要不要假装没听见门铃声。

然而门外站着的是一个脸色苍白的小个子男人，在我尚未开口之前就看出他是个外国人。他想让我确信，如果让他进来，他绝不会伤害我。还在前厅时他便问我是否老是那么被监视。他已试着想要在我这儿待上三天。

这是一位年轻的牧师，为我偷运了像他一样无辜的好几本书。当他看到两名他在工作时从未见过的、正东张西望的男人，便认为他们是化了装戴了面具的秘密警察，于是便没再走近我家一步，将书埋在附近林中的树叶下面，并专门来通知我。

在通往森林的路上，我对他说不必这样。

他微笑一下，像是为自己辩白说，人若到了魔鬼的王国，便估计会遇到来自四面八方的魔鬼。

病态的灵魂会掉进偏执狂的深渊。但只有当我们在健康的人世间考虑生命时，这条定律才会应验。假如我们生活在一个有着病态灵魂的世界里，便不得不为避免堕入阴暗的思想和不幸的企盼而付出更多的努力。

我从远处瞅了他们一眼。黄色轿车就停在道路旁。两名穿着制服的人，其中的一员照例拧开了灯。

不足为奇，既然他们一路都在窥视着我，怎么会不追捕我呢？公路就像一道走私贩必须穿过的山口，他们在这里也最常被抓到。

我停下了车。

"公路检车。请出示您的证件，司机先生！"

我熄了火，下了车。车道上满是湿漉漉的烂泥，显然这里曾有撒盐车走过。穿制服的人在翻阅我的身份证。

跟早些年被抓住的伊希·沃斯特利相比，他只带了一本书，而不利的是我带了三袋书，唯一对我有利的也许是我比他老一些，也就是有经验一些。我知道一个被抓住的人要尽量少说话，别说出任何一个名字来，别与他们发生任何争执，别企图去说服他们，即使他们装得有兴趣甚至怀着同情听你说话也别这样。就像一个凭良心办事的人，不跟他们对着干。你要是与他亲近的人抬杠，那就更糟糕。

"您在巴尔杜比采这儿的什么地方，谁家待过？您为何去到那儿？"他们这样询问书籍走私贩伊希·沃斯特利。"我带了些布去卖。"有幸回答得不错。

我也带了十五块麻布。

要是连人带物证被他们抓住，或是此前多余地和无所顾忌地与这些官员聊过天的话，这种情况也不大妙。

在一个月前他们给一名妇女判了一年刑，原因是她抄了几本这样的书。它们肯定没有我书袋里的四分之一的书那么多。而且她还有两个小孩子，在多数情况下法庭会考虑到这些，判刑会要轻些，可这一次没有。显然是当局认为这属于非常严重而对社会有危险的犯罪行为。

"您总得在某人那里待过，随身带了一些书吧？"

"我没在任何人那里待过，也没带任何书，海关对我们进行过检查。"

"您被逮捕之后是谁把您送到禁闭所来的？"

"有四个人送我来到这里。"

"您在路上对送您来的这四个人说过些什么？"

"我希望我们那里不信天主教，而是崇拜一种多神教。"

基于他的这种激情，他对当兵的还说了许多别的，那些士兵，由着他们的性子，毫不留情，连走私老手也难以摆脱他们。而且除此之外他还将一个秘密的而同时又是一份书面的告诫托付给了狱卒。

"您从牢狱里出来也就已经提醒人家要时刻小心。"

"我说要是有书，就该立即清除掉。"

"您向谁提醒过？"

"那个利托赫莱夫和克拉吉沃，还有卡利班居民区的一个磨坊主。"

"这是您的笔迹吗？"

"是！"

"您通过谁给他们写东西，然后寄给他们？"

"夏德拉夫斯基答应我给办的。"

"您肯定经常在这儿，肯定带来过很多书，也肯定认识更多该认识您的信仰的人。"

"我对谁都一无所知。"

扩散禁书算最重的罪行,三个年轻人不久前在离伊希·沃斯特利于二百四十七年前被捕的地方附近为此举在牢里被关了六年半。

"您没在任何地方上班?"那检查员在翻看我的身份证时惊讶地说。这是条相当高大的汉子,鼻子下面留了八字须。

"我是自由职业者。"

他不信任地瞅了我一眼,仿佛是第一次听说,或者他就是不喜欢"自由"这个词。他问我能不能向他提供有关证明。

我给他的证明是一份保险单。但还排除不了他对进行这次偶尔的检查时所听到的这一概念的怀疑。

他假装在研究那张保险单,然后将它折起来还给了我。其他文件仍未归还,接着又问:"司机先生,您喝酒了吗?"

"我当然没喝酒,我没想拿自己的生命去做不必要的试验。"

他装作知道自己该怎么做的样子,又要求我打开一下车灯,当然没什么问题。他接着要求我把随身带的药品盒拿给他看。我只好打开后车门。很容易就发现衣筐将书袋遮掩得好好的。可在慌乱中我一下想不起来药品盒放在哪里了。谢天谢地总算在车座下方摸到了它。同时我尽量用身子挡住车里可能被看到的东西。

两个穿制服的男人始终有兴趣地看着我的一举一动。"您知道什么叫药品盒吗?"一直沉默不语的那一位终于开口说话了。"常用药箱,您知道为什么吗?"

我只得听他关于"常用药箱"词源的解释。

"您为什么用箱子装行李?"第一个人终于将问话引到了要害之处。

大约在五年前我的剧作版权代理商从美国飞来。她是一位年纪稍大的夫人,出生于欧洲,她利用慈善文化包括集中营经历,以致能相当好地理解与处理决定我一生的事件。我需要给在瑞士的朋友寄一封信,信的内容根据我们那警觉的宪法是无害的,但若是让第三者来阅读它,这令我很反感,我请求这位善良的女士尽量设法不经过边防检查而带出这封信。可是这位代理在机场受到了严格的搜身检查,当她必须从口袋里掏出这信件时,她撕开了信封,等他们还来不及从她手中抢走信时,她便将信纸塞到嘴里,当着海关人员的面把它嚼碎吞下了。

可是我能把三袋书嚼吃了吗?唯一让我感到安慰的是我意识到,最可怕的乌云已经过去,他们的眼睛并没有戳穿我的那三个口袋。我终于在一堆破布中摸到了药品盒。"我的箱子用来装轮胎了。"我突然想到了一个荒唐可笑的托词。我把那个上面有红十字的盒子交给了留着八字须的人。

"那么说您箱子里还有个后备轮胎啰?"我的回答引起了他的兴趣,"可以拿给我们看看吗?"

我从车里钻出来,碰上了车门,打开了行李箱盖。

小药盒在一堆旧布里,袋子摆在地板上,装着衣服的筐子放在座位上,备用轮胎在放行李的地方,"司机先生,我们实在不喜欢您这种安排法。应该将后备胎放到它该放的地方去,将小药盒放到后窗下方的置物板上或者司机座位旁的盒子里,把袋子挪到专放行李的地方去。来,我们帮您搬,这可够百把公斤的,您这装的是什么呀?"

两名检查员都对着车后的行李存放处弯下身来,察看了轮胎的厚度。"这样摆放备用轮胎,"那位八字胡须的人说,"这样运载才能保存得最好。您最后一次充气是什么时候?"

"几天前。"我始终不明白,他们为什么迟迟不开始盘问那最根本的事情。

"几天前?您可不可以让我们再测量一下压力?"

"我的测压器放在方向盘旁边的盒子里。它的特点是无论在什么环境下始终标示出两个大气压。"

"算您走运。"他不信任地看了一下稳稳当当地指着"2"的指针。"您可以盖上尾箱盖了。"第一个人说。

"您可以回到车上去了。"另一个人对我说。

我突然一下明白了这场荒唐无聊而有点儿冗长的游戏的秘密:他们几个得到的是"拦住我,耽搁我"的任务。而那个真正对我和我的禁运品感兴趣的人大概由于某种原因偏偏迟到了。他一到,便会看到我那几个装了书的袋子,自然可能饶有兴趣而高兴地说:"想必您不至于断言这几袋东西是有人在您不知情的情况下塞到汽车里来的吧。"

的确,这种断言恐怕没法让人相信。我是从哪儿得到这些袋子的呢?也真特别,一个人哪怕有二百五十年的时间,却没对这个可能提出的问题准备好哪怕是一点点可以说得过去的回答。

我得赶快琢磨点什么出来呢?这袋子我可以说是从家里拿的,是一个不认识的人送来的,可我现在为什么会将它们搁在汽车里呢?我慌忙考虑了各种没信服力的解释。我将它们藏在汽车里,后来就忘在那里了。

不,我想将它们藏在哪个亲戚那里,可后来又改变了主意。或者说我甚至想将它们交出去,后来也改变了主意。

他打开其中的一个口袋。我意识到又一个无法更改的错误。整个下午被我和安琪拉磨蹭掉了,三个口袋中的两个我连一眼都没看过。跟伊希·沃斯特利不同的是,我根本不知道袋子里装的是什么书,袋子里也可能有杂志,这就更招人注意了。

"是从家里带来的!比方说这一本,"他板着脸念着作者名和书名,"这是你的印刷品?"

"这是我的书。"

"你从哪儿得到它的?"

"我得到这本书,大概并无任何违背宪法之处吧?"

"你读过它了吗?"

"我有很多很多至今还没来得及读的书。"

"你至少可以解开这包书吧，"他责备地看我一眼，"看你包得也够严实的。这种书还有两本呢，"他边翻着书边说，"甚至还有三本呢，你要将这些袋子运到哪里去？"

在我心底里跟那些视书为炸弹或毒品的人已经有过多年的纷争了。在这一时期我已经酝酿了断言书籍在任何时候都不应该成为违禁品的一大篇演说，我坚决捍卫有尊严和反映真实生活的自由的创作。当然我无处发表我的这一演说。而此刻实现这一愿望的企图非常强烈，但我不能不控制自己。此时此地向这些边防兵诉说自己的信念就像在几个世纪前一样愚蠢。

那两个人商量了一下，也许是通过对讲机彼此询问什么问题，我担心过分注意他们有失尊严。

等到他们急切盼望的下一批人来到，我至少可以向他们提个问题："为什么，恰恰只有你们这些认定一个人的生命只能限制在这微不足道的时间连接点上的人，有权将我们其他人限制在由谎言、卑污和压迫造成的令人窒息的混杂体中？"

谁也没等来。此间那两个穿制服的人又回到了我的车旁。

"司机先生，你知道自己犯了什么规吗？"他们等了一会儿，然后那个留八字须的干脆替我说了："你停车的时候是关着灯的。"

"我难道是关着灯开的车？"我比对自己的疏忽更感到惊奇的是，他们磨了这么长的时间就为这么点儿屁事？

"就是这么回事儿，司机先生，在这种天气里，你就像一个海盗，只差竖一面黑旗了。我们完全可以没收你的驾驶证，你知道吗？"他们又注视了我片刻，不见我提抗议，那个八字须便问道："你愿意支付一百克朗罚款吗？"

我掏出绿色钞票，很不是滋味地意识到，我在给他们钱时表情极其心甘情愿。

他们数了一下罚款，还祝我一路平安。从表情上我看出他们跟我一样有种干了件好事的良好感觉。

妻子等我都等得不耐烦了,她担心我碰上了什么倒霉事儿。我们将口袋搬到房间里,然后我打开了一包书,这些书还带着刚印刷出来的香味。书名至少暗示着某种精神上的慰藉,语言也还流畅。

我翻开了一个集子中的一本,但我没法集中精力看书中内容。我不知道我还能活多久,即使我能活到一百岁,而且在整个有生之年视力大脑都还行,也没法读完其他人所写的兴许对我有所教益和安慰的一小部分。

有些书米古拉什的确买了两三本。这就意味着,我明天必须充当小信差,去一趟莫拉西茨、卢布尼,还有石宅区的卡比纳那里。

伊希·沃斯特利后来的命运会怎么样呢?当然他们已经让他通关了,十八世纪总不至于跟中世纪一样吧?在档案库里仍保存着中世纪之后一段时期的材料。当局又再抓住了当时这个年过三十的不可救药的走私犯。从审讯中看出,他这些年来并没有闲着,在此之前他也被逮住过,曾在利多米什尔被关进过监狱。这个不可救药的惯犯,在里面待了"减去八个星期天的三年"(在此期间他成功地溜掉过多少次,我们永远不得而知),然后凭良好的表现被释放了。他便跑回家,回到老婆和孩子那里去了。

他在这次新的审讯中的结果如何,没有保留有关信息。但一切证实他这一次想要溜掉可不那么容易。可与此同时,在后两个世纪对走私书籍的宽容赦令已经出台。要是这个倒霉的走私犯再年轻二十岁就好了。

然而这毕竟是个危险的历史游戏。人们献出时间、自由甚至生命,目的只是为了跨过或消除边界。他们也知道这是荒唐的。而突然,这么紧接着,片刻间,只由于一个政府决定,边界就消失得无影无踪了。因此,边界便显现出它的短暂性,也表明以往所作的一切牺牲的微不足道。难道反之不也是这样吗?要是无人与边界作斗争,边界也消灭不了,说不定还会变成一个网,我们大家只是在网上挣扎的被捉住的昆虫。

　　我妻子突然提醒说："装内衣的篓子你带回来了吗？"
　　"篓子留在车上了。"
　　外面已经不再下雪。在飞奔的云块中露出了星星，雪花在路灯下闪烁。我听到从远处传来警车的鸣笛声。
　　我打开车库门，取出汽车上的篓子，觉得它不像原来那么重，当我走上阶梯时，觉得里面有个金属物响了一下。
　　我真想掀开内衣看看下面藏着什么，但我还是控制住了小小的好奇心，将篓子拿到饭厅里，最后小心地放到桌子上，便只顾阅读我的书去了。

一九八五年

考 古

　　太阳已经将大篷车晒得暖烘烘的。我连忙打开那只工人们经常用来放衣服的小铁箱，从里面掏出两支画笔、画具和一小包纸袋。我感到口渴，但找不到任何可喝的，桌上只有几个小苹果，是维特克师傅从他们的果园里摘给我们的。我装了一个到衣兜里，又拿起一个咬了起来。我带上轻便的行李离开了大篷车，将钥匙放在后车轮旁的铁盒里面。我知道所有开大篷车的人在遇上不测之事时都把钥匙放在这里。我走在一大堆刚挖出来的泥土与不久前雨天留下的水坑之间。从这儿还看不到坟场，却见得到对面山坡上的松树林和几乎整个建筑工地。未来大厅的钢结构支架炽热烫人，我突然意识到，至少有一百人在上面干过活或该在上面干活的这座建筑物此时安静至极，比任何时候不会多于五人活动的坟场还要安静。

　　我与考古没什么特别的关系，它肯定不在我的爱好之列，在中学时期我有一位同学极想当一名考古学家。有一段时间我们相处亲密，那时他常带我到布拉格附近的坟地，甚至逼着我将镐和铲子放进背囊里。我们的确偶尔会从地里挖出一块泥陶碎片，随后那位朋友便满腔热情地向我介绍这遗物的创作情况。多亏他让我多少了解到一点儿有关漏斗形酒杯的文化、古代圆形双耳瓶文化、螺旋形银器的捷克铜器时代的文化，以及有关带着绳状陶器的古人的知识。我朋友的考古研究却不被赏识，他的父母拥有一部蒸汽滚轧机，那时人们对这类东西还很看重。而我经过这些年几乎忘掉了我听到的有关史前陶器或凯尔特①城堡的一切。在我脑海中只记住了那些个别的富有诗意的古代文化的名称。

不过我一向对历史感兴趣。例如有关人是从哪儿来的和如何来到这个世界的秘密，我指的是整个世界，尤其是我生活的地方。

道路沿着建筑工地拐了过去。从这儿可以看到坟地和汇集在坟地上的人们，包括我们这次懵懂行动的领队、考古学家丽达太太，还有她在博物馆的助手彼得太太和义务劳动者玛申卡，她正骑着装满了土的自行车在赶路。我还记录说这是在整个建筑工地上唯一显得很活跃的人。后来，我不得不专心致志地盯着我脚下两个水坑中间搭着的一条窄木板路。

建筑工人存放衣服的更衣间也在漏水。我穿过垃圾堆，绕过一张桌子，上面还放着昨天用过没洗的保温锅，破旧不堪的脏碟子和黏糊糊的刀叉。我找到了一只还剩下一半饮料的玻璃杯，里面有没喝完的啤酒，酒里还泡着一只蜜蜂。我将杯里的残酒倒在地板上，走到洗手间。这里的水是带颜色的，仿佛掺了血液。三个洗脸池中只有一个水龙头有水，这个水池可能自开工以来就无人使用过，上面覆盖着一层锈菌和油污。我尽可能仔细地清洗了杯子，盛了些水到里面。

有关我们的凯尔特我不太了解，几年前我朋友给我介绍过。他们身后没有留下刻着文字的文物古迹。连与凯尔特人斗争多年的恺撒也证实，德鲁伊特人，即凯尔特的君王们认为用文字将自己的所见所闻记载下来是一种罪过和不信神的表现。我们对这些历史的了解多亏了其他人——外国人与敌人，就像恺撒所作的记述。在他的记述中反复谈到凯尔特人是一个对宗教格外虔诚的民族，他们相信死后灵魂的转移，甚至以人当作祭品来敬奉神明。

---

① 凯尔特为公元前2000年活动在中欧的一些有着共同的文化和语言特质有亲缘关系的民族的统称。主要分布在当时的高卢、北意大利、西班牙、不列颠与爱尔兰，与日耳曼并称的蛮族。

或当作祭品来烧掉，
或发誓一定烧掉他们。①

可我并不希望入侵军队的某个元帅的笔记有一天成为我们民族关于生活的主要书面证明。

史学家也更乐意听取考古学家为他们提供的证据，不幸的是考古学家大都从坟墓里吸取知识。即使我承认人们在现今的葬礼上大谈关于活人之间的关系如何堕落甚至消亡，我对我们可以从坟墓里认识生活的概念仍然充满怀疑。还是在恺撒遇上德鲁伊特时期宗教之前很久的时候，凯尔特英雄们，还有自然力量即大地之母女神，就已算是被发现的最早的先人。他们周围的一切都被古罗马神话中的庇护神们所发现。他们竭力去倾听和理解这些先人的声音，以便能够幸存下来。

我极感兴趣的是：这些声音究竟是什么样的？因为我也在竭力倾听那些听得见的和隐藏着的声音。是像风的呼啸？鸟的歌唱？蜂的飞鸣？还是相反像与其金属时代相匹配的金属炸裂声？或者像看不见、听不着、但能渗透到人心的一种波动，让他充满忧虑、爱情、内心的关注以及预卜未来的梦想？这声音就这样一直响到了今天？

"您都找到什么了？"丽达太太放下用来扒开坟里一层薄土的扒子说。我们这位考古小组的领导还算年轻，只是她的头发过早地灰白了，但这与她挺拔的身材及仪态还很相称。

我把工具交还给了她，她对我露出了笑容，就像惯常的那样。随即将好几个口袋交给了彼得太太。彼得太太往里面撒了些小土块。

"没别的什么啦？"

"哪儿的话！还有一点儿炭块。今天天气真糟糕，就像过去的这整个星期一样。我早上一起床就感觉到了。"彼得太太的身材像秘鲁

---

① 见《高卢战记》，恺撒著。

壁画上的妇女：细腰、巨乳，还有那几乎连成一条线的黑眉毛、杏仁眼，她也有点儿像希腊女人。"上星期，我一瞅见公车旁的人就告诉他们说，我们会挖出宝来。"

上星期一他们在一部分已挖开的坟墓边上挖到了卡尔托萨①风格的青铜针夹子和半截空心细管子。它更像一个注射针管，用途没法弄清。我们并未提出一个可以完全推翻以往所有关于古代医学概念的什么科学假说来（这本来是我喜欢做的），而是将所有这些东西用棉花包裹起来，放进盒子里，一直将它送到邻近一个县里去给人家看。此时从科学院来的一位副教授女士正领着一帮乡村退休人员在那里的一片小麦地中央挖着什么。

丽达与彼得太太一路都在谈论她们刚出土的青铜器。而我却在欣赏一直被荒无人烟的茂密森林覆盖着的美景。在这里，凯尔特人大多在高处筑建他们的住宅。他们和他们的庇护神在这里生活了数百年，后来突然消失了。他们真的消失了吗？唯一留下的就只是这几块我们在坟墓中找到的碎玻璃片？

副教授太太是研究青铜器的专家，人很好，对我们很和气，在挖开的墓地上将每颗小碎粒乃至还留在地里的大器皿指给我们看，后来又请我们吃点心，但那个小细管的用处我们仍然弄不清楚。"你不得不为你挖到了独一无二的东西而知足。"丽达太太说。她乐得满脸通红。

这会儿我正朝邻近的一个半敞开的坟墓走去，我拿起一把镐，开始挖了起来。

义工玛申卡已经推着独轮手推车回来了。我挖出来的那块泥土被她小心翼翼地用铁锹铲掉了。她用眼睛和手指将每一块挖出来的土都认真地检验了一遍。

---

① 斯洛伐克古代文化。

"玛莎①，想吃这个吗？"我从兜里掏出一个苹果。

"谢谢，您真好。这里热得跟在撒哈拉一样。"她拭去额上的汗水，"哪怕能随便找到点儿什么也好啊，可是彼得太太说，今天我们连块骨头也挖不到。"玛莎刚满十七岁，她有一张和善的宽脸盘，一双大而好奇的眼睛，脚也比较粗壮，汗毛很重，两天前的早上她骑着笨重的自行车穿过了围着整个建筑工地的围墙的后门，在坟场边上停了下来，在下决心参加义务劳动之前犹豫了片刻。

丽达太太指着她没装马达的车子说："可在我们这儿你连汽油钱也赚不回来哟，你还骑车来干吗呀！"

玛莎笑了笑说，她主要是为了寻找证明。

"我刚刚还找到了一块骨头呢！"她骄傲地对我说，"这么一块残片，丽达认为这是块头颅骨。"

"祝贺你，玛莎。"

"可别祝贺，我更多地因此而感到难过。"

"为什么？"

"我觉得一个人活着，或者受罪或者快乐，对他们来说反正一样，不是吗？最后只留下一小块骨头，我差点儿没发现呢。"

"他的灵魂呢？"

"您认为还在吗？"

"凯尔特人相信，灵魂会再投胎。"

"您相信这个吗？"

"更确切地说是不相信。"

当我还是个小男孩的时候，就常绞尽脑汁琢磨一个问题：那些在上帝接受他们作为自己儿子的牺牲品之前就死去的人的灵魂，还有那些不信教的人的灵魂是否也能复活？恰恰在这个晚上，在我开车来到

---

① 玛申卡的爱称。

这里之前，我读了一本很早出版的宗教史，优西比乌斯①写的，作者在一千六百年前就写道，耶稣如何如何下了地狱，打开了那从来没人动过的门闩，到第三天他便复活了。那些在地下休息了好多好多年的死人也跟着他一起复活了，等等。今天我已不再去琢磨这些类似的问题。我已明白，自古以来，一切关于灵魂或者上帝，关于世界或生命起源等等说法都只不过是一些感觉和一鳞半爪的点滴片段，好让我们不自量力地企图通过高傲的智力和想象力去徒劳地寻找那似乎能将这些碎片重组成完整的一个什么东西，比如言辞或画面。让我感到惊讶的是，据有关人类出现的时间与活动范围的记载，我们所宣称的一切都是上帝的意志或行为的足迹。甚至那些被看作明智的人也紧张地拼命抓着他们留下的残片，在自己和别人面前假装抓住了一个完整的器皿。我一辈子都对自己的存在与未来的不存在淡然视之，那些断言自己大致知道过去怎么样将来会怎么样的人，尽管他们谦虚地宣称这不是他们脑子里想出来的而是神灵启示的，但我在内心深处出于自尊自信所唤起的更确切些说是对此不相信。

"有时我觉得，什么都没意义。"玛莎对着围在坟墓四周的石头挥了一下手，"关于这个，我写了一个短篇小说。"说着脸都红了。

"您写短篇小说？"

"有时候，只是在我有这种心情的时候。"

"那个短篇小说谈的是什么？"

"不久前我的一只公猫被人毒死了。这么一只很漂亮很可爱的猫，所有人都说从来没见过这么迷人的猫。我突然想到，这准是一个要对谁进行报复的人干的……"

维特克师傅正好站在邻近的一座坟旁，他用一个实际具体的问题打断了我们的文学讨论。"这只猫是什么颜色的？"

---

① 优西比乌斯（该撒利亚的）（约260—340）为公元4世纪巴勒斯坦地区的基督教主教，教会史著述家。

"是一种特别的褐黄色,像一只小狮子。"

"您知道是谁干掉它的吗?"

"就是不知道谁会干出这种事来嘛。再看看人们是怎样对待来到我们这里的越南人的吧。他们是离乡背井从老远来到这里的可怜人,可谁也不喜欢他们。在我们这里越南人进商店想要买点什么,老板便故意对他们说没有这东西,都被越南人买去了。"

"别扯淡了!"师傅发火了,"我倒想让你见识见识他们的火暴脾气:我们那儿有一个越南人扛着十字镐直朝建筑工地的头头奔来,三个人都拦不住这矮个子的越南人,他可真把他们累得够呛。"

有两个穿着劳动服的越南人仿佛感觉到有人在议论他们,踏着从他们的捷克工友们那儿学会的摇晃步伐朝我们走来。他们俩都干瘦如柴且个子矮小,其中一个比另一个的个子还要矮半个头。他们在我们挖掘的那座古坟旁停下了脚步,有礼貌地注视了我们一会儿,最后那个高一点的越南人问了一声:"怎么样?今天找到了点儿什么吗,组长太太?"

"啥也没找到。"丽达太太瞅了古墓一眼说。

"连一个凯尔特人用过的夹子也没有?"那个矮个儿感兴趣地问道。他讲的捷克话中透着一股东方人和皮尔森人的口音。

"压根儿什么也没有,只有几块小骨头。"丽达太太说。

"真遗憾,"那越南人回了一句说,"真的,我们还提前高兴了一阵子呢。"

"他们对这倒挺感兴趣的。"越南人刚走远一点儿,师傅便说,"他们一大清早就喝得醉醺醺的。在吃早饭的时候就干掉了一瓶十二度的啤酒。人家都不敢让他们上脚手架。"他拿起十字镐轻轻一镐便砸碎了一块坚硬的黏土。维特克师傅就是那个偶然发现了坟场的人。去年春天当挖土机为打地基深深地挖出一条槽沟时,他便注意到在扒开的土里有个什么东西在闪闪发光,于是将它捡起来,用水洗干净,搁在他手里的竟是一只金耳环,不是如今造的那一种,而是一只像野人戴的那一种扎扎实实有分量的重耳环。师傅对他的发掘并不感到惊奇，在此之前有个茨冈女人就曾经预言过他会找到宝藏，甚至一生中能找到三次。尽管他想到的不必总是金属。维特克在找到金耳环后立即拿着这发掘物去到博物馆。这个耳环激起了博物馆工作人员的热情。他们对他说，这首饰属于早期哈尔施塔特①时期，或者甚至可能出自拉登②早期时代，的确是一件珍贵的标本。可能在此期间他们真的遇上了整片的凯尔特坟场。千万要注意挖土机所挖出的一切啊！

维特克师傅注意到，这个时候，那位考古学家和她的助手们以及考古爱好者们出现在建筑工地上，他们已开始挖开坟场。维特克也属于这些考古爱好者之列，他就在他们附近不远。在他挖掘期间正常工资照发不误。他心底里暗暗地期待着找到第二只耳环，更主要的是他愿和彼得太太待在一起。

眼下谁也再没找到耳环。在这些坟墓中再没出现任何一小块金片。而原先挖出来的金耳环，很可能是因为凯尔特女神涅突斯——这位母亲神看到了人们的祈求，以及为其供奉的祭品，而现在连这最后一块埋骨之地也要被推土机摧毁了，不禁产生了怜悯之心而有意放在这里的。

"反正我得对你们说，"师傅接着说，"这些不讨人喜欢的野禽的到来，标志着新的民族迁移时期的开端。"

"你这是怎么想的？"丽达太太对他的说法感到惊讶。

"他们大概是从东方迁来的，不是吗？他们多如牛毛遍布各处。在我们的住宅区一个星期之前验收了两处古代住所，每处里面有三百张床，都住满了这些侵袭者。"

---

① 哈尔施塔特文化，指公元前 8—6 世纪中欧占主导地位的早期铁器时代文化。因奥地利萨尔茨堡东南的哈尔施塔特遗址而得名。

② 拉登文化，欧洲铁器时代文化，得名于瑞士拉登考古遗址。

"不能这么看,"丽达太太不同意地说,"他们是来这儿工作的呀,总得有个地方住吧!"

"而我们的人又被赶到西方去了,"维特克还在继续发表他的理论,"要是边境上没装铁丝网。你就会看到是怎么个情景了。"

"我的上帝,你的理智到哪里去了?"彼得太太终于忍不住说了一句。

"你自己还对我讲过民族是如何如何迁移的。"维特克反驳说,"还有,我们的凯尔特祖先们是如何如何突然消失不见了的!"

"这完全是另一码事儿。"彼得太太叹了一口气说。

凯尔特人的确消失到某处去了,好几个世纪以来他们已建造了自己的聚居点。他们在那里砍伐森林,放牧牲畜。有些坟墓证明了凯尔特部落酋长们的财富,但是到后来开始我们所谓的公元时代时,他们便消失了。

是瘟疫毁灭了他们?或者他们突然想到土地养活不了他们,于是带着牲口群、工具与装满杂物的罐罐坛坛迁到了西方?或者是那些生活在他们领土以北的北方人——北方野蛮的战争狂人赶走了甚至杀掉了他们?

我突然觉得,邻国的帝王君主可能比较强势一些,也可能只是更勇敢无畏一些,于是领着他的军队来到了这个盆地的边境,甚至用不着武装入侵到内地。要是进到了境内,他的军队也几乎没遇到什么反抗。因为当地居民按照君王以及凯尔特祭司的指令,不去刺激敌人,相反以自觉地遵纪守法,使入侵者感到惊愕。他们用意想不到的顺从取得入侵者的好感。得胜的入侵者传唤着当地的头目,骄傲蛮横地要求他们处于被奴役地位,而这个入侵者则答应捍卫他们的领土不再受其他外族入侵。

凯尔特的头目斟酌了一下,便接受了被奴役和被保护的地位,为此还签订了条约。条约中强调签字人自愿进入农奴制,所有在场人都庄严地签了字,至于会不会写字,这不重要。条约像所有类似的契约一样，只用来约束被征服者，根本不在乎他们是否了解这个条约，更不在乎他们是否接受与签字了。

对这种状况，人民并不心甘情愿，他们中一部分人起来反抗，遭到屠杀；另一部分人则收拾起微不足道的一点财产，历尽千辛万苦逃到西方或南方。在那些道路不通畅，常有熊和狼出没干扰的荒野中，只能整个部落集体迁移，我们以前只考虑所谓地方庇护神的影响，其实更应该估计到，并不是所有人都迁走了或被杀戮了，他们只是如此彻底地顺应了战胜者，谁也弄不清他们生前的样子，更何况埋在坟墓里呢？

喏，凯尔特人从我们今天生活的地方消失了，只留下了装着先人兴许还有女神们的骨灰的坟地。这些祖先曾经非常眷恋他们聚居地的河流、山谷、树木和悬崖。

上方传来一阵摩托车引擎似的隆隆声，谁发出了这种声音？是凯尔特人？还是他们的战胜者的？谁能分辨清楚呢？再说也无必要去分辨清楚。玛莎放下了刀子和毛刷，奇怪地仰望了一下天空，两手捂住了耳朵。美丽的彼得太太也停止了掘地，"昨天我们上过一堂什么训练课？"她说，"来了这么个脱了毛的、穿着一条两侧镶了边的制服裤子的人。他煽动说，要是遇上原子弹爆炸，我们该怎么办？首先他看得相当乐观，因为我们要是遇上了原子战争，就像他向我们介绍的那样，得穿上雨衣戴上面具，只需二十秒钟之内就能搞定。他把那两样东西都带来了，说是要给我们演示一下如何穿戴。他瞅了一下窗子，自己下了一道命令，说是火光从大约十二公里远的马涅津方向朝着勒在他身上的小包裹猛扑过来了！可他却解不开拴着包裹的绳子。于是他使劲想扯断它，可又没扯断。最后，为了至少能向我们展示他那块小破布，不得不去借把刀子。他这笨蛋，谈的是原子战争，身边却连一把小刀也没带。喏，你知道他当时说了什么吗？'我已经，同志们，完蛋了，死了。你们看到了，一根普通的细绳就能让人丧命。'"

"他说了彻底完蛋和细绳子？"维特克感兴趣地问。

"彻底完蛋，因为一根细绳子。"彼得太太重复了一句。

"即使我想表现一番也不至于会去编造这种无聊玩意儿吧。"

丽达太太从她挖掘的那个坟穴里站起身来，擦去额头上的汗和尘土说："我们现在大概得拍一下照。"她指了指她和彼得太太认真扫干净的坟坑说。她从圆桶里掏出潘太康牌照相机，找了一个最好的拍摄角度。"你知道，今天早上五点钟谁给我打电话了吗？"她想起来了，"副教授女士，她说，因为我们这件发掘物而睡不着觉，后来，她睡着了一会儿，突然在梦里又回想起了它……"丽达太太翻转了一下轮盘，坐了上去。在她面前的墓穴干净得像一张准备摆放餐具的桌子，但同时又是一张光秃秃而无人照料的桌子，且看上去像被火烧过的土地一样烫。

"这是啥？"彼得太太问道。

"据说是个柄。"

"柄！扶着我。"维特克惊奇地问道，"他们要柄干什么？"

"比方说，安到刻刀上啊，"丽达太太解释说，"或者安在一把特殊的刀子上。"

"您看，会不会是祭祀用的？"玛莎放下了清扫石块缝隙用的毛刷。

"祭祀用刀的可能性还大一些。"丽达太太插话说，又将轮子翻了个边，将它塞到另一头，重新爬到上面坐下，"反正也很难准确地断定了。"

"这太可怕了，"玛莎悄悄对我说，"昨天我也摸了它一下，他们也许用它来杀过人咧！"

"那血迹早就干掉了。"我安慰她说。

"可要是在这上面留下了什么诅咒呢？"

"您相信诅咒吗？"

她耸了耸肩膀反问我说："您不信吗？"

"我倒是不信。"

"您认为，比方说他们……并不会在意我们在这里干什么？"

"您指的是死了的人？"

"是躺在这里的人。"

"您害怕他们会报复我们？"

"当人们找到了一个托兰德①时期的人，便把他从泥炭里挖出来，挖掘者中的一个突然倒地死去，这是我在一本书上读到的。这可不是一般的事儿，还有当时在场的这位作者写道：'那些年迈的神灵用生命来换取那更前期的古人。'"

"我想这太像神明要求的一种非常人性化的想象。"

"您认为，实际上什么都不存在？"

我没听懂。

"认为人死之后什么也不存在了？"她说。

"这不好回答。"

"为什么？"

"这是无法以言辞来回答的。"

"我知道，我有许多荒唐的问题，我们那儿的人也常为这骂我。"

"我的意思是言辞来自经验。当我们在谈论一些谁也没有经验的事情，言辞只能将其引入歧途。"

"您说的倒蛮有意思。关于这个大概也没法写些什么吧？"玛莎往小车上装的土已满到车沿，"我想见见那个托兰德人，据说他有个很漂亮的脑袋。"

我推起小轮车，将土运到不远的土堆上。

大家都在等待一个什么信息，关于"希望"的。既是为这里的生活，也许更多的是关于永恒的希望。我们总算摆脱了一切被毁灭所

---

① 托兰德是一具在自然环境下形成的木乃伊，生活于公元前4世纪，即斯堪的纳维亚的前罗马铁器时代。

征服的自然规则。我们的生命精神振作地走向新的价值，而死亡不再统治我们，自古以来，人们给神明献上了血淋淋的甚至是人充当的祭品，只为了换得足够的希望。后来终于至少让某些人感到欣慰的是，上帝接受了自己的儿子作为祭品，从而提供了永久的希望；可与此同时他根本没注意到人们并未将祭品献到神坛上，而只是多了一个处死人的十字架。在这个时期，人们从来没听说过以色列人信奉的上帝，也没听说过上帝有个儿子，就是那位曾经说过"天地将消失，而我的话将永不消失"的儿子的事儿。他们献上一个活人，将他的躯体扔进托兰德式的泥池里。

这个十字架上的人以无数种形象朝下看着我们。而托兰德人在他死后两千年，至少取下了绞索，并将他那有着漂亮的弯钩鼻子的头展示在大主教辖区的博物馆里。因为在今天，祭品的含义已经消失，我们已经不理解这些行为，希望对我们来说已经不再提起，我们一直在等待一个更有说服力的、更合逻辑和更容易听得懂的信息。我们还盼望从牧师、星相家、哲学家以及作家那里得到信息，而好多人渴望得到期望者们的赏识。他们说："你们将被拯救！"而另一些人又嚷嚷说："除了这片土地这种生活之外不存在天堂。"另一些人机敏地转移注意力，去寻找替代的希望，只有少数几个人有勇气站出来说："我亲爱的人们，不会有答案的。就算死亡是可以克服的，就算一个人真正能拥有旁人没有的东西，这也是无法用语言来说明和不可想象的；再说，这样的答案即使多么正确，任何人对它既不会感兴趣也不会感到满意。"

"您实际上想从事什么事业，玛莎？"

"我想学考古。不过他们可能不会开办这种班，今年开不了，甚至一年之后也开不了。"

"是不会开班。"隔壁坟场的丽达太太说，"据说收不到什么效益。考古行业死定了。"

"既然您这么想，那您还在这考古业里混什么？"玛莎问她。

"这很难说清楚。每当从坟地里挖出一个什么有价值的文物,我就觉得很开心。对那些人来说,每件物品肯定都是很贵重的,才会放进死者的墓里去。我很喜欢人们曾这样彼此相爱。"她又使劲往小车上扔了一锹土,"我父母闹离婚时,"她悄声说,"从电视机到餐具都一件件平分,要是他们知道古时候的人……恐怕就不至于这样。考古学家们肯定比较心善,我至少无法想象考古学家心眼儿坏。"玛莎突然匆忙放下锹,捂上了耳朵,因为上空又飞过了一架不知是什么型号的轰炸机。

"谈起原子战争来,就好像聊什么好玩的事一样轻松。"彼得太太又回到了她那个原子战争的话题,"本来说一个面具和一件披风就行了,我却老在想要是导弹真的爆炸了,德国人可能会干出什么事儿来,这可是一件不得了的事,我在晚上都不敢叫孩子们去睡觉。要是半夜三更爆炸了怎么办?我真的老在想这桩蠢事。让他们现在尽情享受生活吧!于是让他们吃掉了整个冰淇淋蛋糕。"

"您认为,就可以这样突然发生吗?"玛莎吓了一跳说。

"为什么不可以?"维特克师傅插话说:"可以偶然发生。"

"我可已经与彼得商定了,"彼得太太接着说,"申请移民到新西兰去。"

"那儿正好在等着您呢!"维特克的声音有点儿没好气,仿佛她是对他说决定要从他这儿搬走。

"如果不去那里,那就去别的地方。兴许比这儿还要糟?"

"这有个屁用,彼得太太,"维特克报复说,"只要一开始轰炸,就无处可逃。一切设施都会被炸得粉碎,整个地球都会堕入冷窟窿,因为阳光没法穿过那黑压压的灰尘。"

"嗐,那又怎么样?"彼得太太还是坚持自己的意见,"那我就冻在哪个地方好了。我难道该像母牛等待屠宰一样地等着不成?您瞧,那些混蛋一直在怎样地显摆嘛!"她指了一下那些越来越近的轰炸机。

玛莎用那把小扫把急急忙忙打扫着坟地。

"您要是上不了考古系,您打算在这里干什么?"我问了她一句。

"我不知道。我也可以去学文学。"

"您认为这跟考古有什么关系?"我感到有些吃惊,"或者您觉得,作家也是些好人?"

"您认为不是?"

"我对人宁可不作预先的判断。"

不久前我认识的一位教区牧师向我讲述过,那位唯一拒绝在那份接受农奴制和受保护的合同上签字的先辈在临死之前曾经说:"你们这些基督徒在犯一个错误,把所有人看作自己的亲人而不明白有时也必须对付魔鬼。"

我尊重那位前辈,因为他能抵抗由我们故乡的庇护神招引我们去对付的邪恶。但同时我又不希望将人类社会简单分为天使与魔鬼、认识真理者与犯错误者、与我为伍者和掐我脖子者两大阵营。当我开始只去思考在我的生活中自己作为证人亲自体验的东西时,当然有时我也难免昏头昏脑,我真不知道,为什么有人会认为应该将自己置于他人的生命之上。

"我认识几位很棒的人,"我小心地说,"他们既不是考古学家也不是作家。"

"恰恰与这有关。"玛莎回到了我前面的问题,"我和我的朋友曾到离康士坦丁不远的地方去旅行,您知道那个地方吗?"

"知道一点儿。"

"在一个山顶上我们找到一块碎玻璃片。有人在那里挖土,把路拓宽。我的朋友将碎片捡起来,它是一块有古代装饰花纹的碎片。我突然想到,这块碎片在这儿躺了很久很久,我简直没法想象,可是有人却在很久以前就把它制作了出来,一个活生生的人。过去我在学校和博物馆里对那些被挖掘出来的物品毫无兴趣,而现在我突然觉得,这对我来说很重要。既然我恰恰生活在他也生活过的地方,我就该对他有所了解。于是我便将这个内容写成了一个短篇小说。"她说着脸红了。

"这个短篇小说叫什么名字?"

"我好长时间想不出书名,后来才突然想到叫《寂静》,我试着想象这个时期,到处弥漫着的这种寂静让我惊愕不已,我都有些感到恐惧了。我将这个短篇小说寄出去参加在海普①的比赛,他们给我的回信说,这篇东西写得富有感情,但说我不大会使用题材,说主题与当代关联度不大。"

"您别在意这个。也许他们是出于报复而这么说的,因为他们恐惧寂静。"

"可我不知道怎么使用题材呀!"

我真想对她说,我很难想象有比没在正规学院学习过而去投稿参加比赛更加没有希望的事情了。可是我不想打击她。我与这广阔的文学坟场有着一定的关系;再说玛莎此刻又扔掉了铲子,捂住了耳朵,我们的上空又传来了飞机的轰隆声。不管是属于凯尔特人的或与其相对立的另一方面的人的,这声音反正得压倒所有的声音,无论是隐蔽的还是公开的。

许多年前我去苏格兰旅行,并不是出于对凯尔特后裔的兴趣,更确切地说让我感兴趣的是那里荒凉的群山和湖泊,从这些湖泊山崖引出许多古老的歌曲和关于上古时期鬼怪的现代神话。在因弗内斯②我住在一间小小的旅馆里,然后进入那些高耸于城市上方的山里。但我只走到城市的边缘,我在那里一所小矮屋的窗子边听到有位妇女在唱苏格兰民歌。我也会几首苏格兰民歌和民谣,当然,是用英文唱的。当时我听到了原汁原味的唱腔,生平第一次听到这些原汁原味、地道的老曲调。

我知道,音乐是无法用字词来清楚表达的,就像永恒、上苍、无

---

① 捷克一城市名称。
② 是英国最北端的苏格兰高地峡谷中的一座城市。

限或灵魂也无法用字词来清楚表达一样。那时我靠在栏杆中的一个石桩上，聆听着这音乐，凝视着多石而荒凉的群山。突然太阳从乌云中钻了出来，照亮了远处众山中的一座，在峭壁重叠的大地上划出一道道光芒。我看到了一座白色石屋，荒凉地耸立在一大片帚石楠丛①之中。虽然距离这么遥远，我还是清晰地看见石壁间的裂缝中长满了青苔，窗子上没装玻璃，墙壁奇怪地弯曲着，在矮小的入口处的凳子上坐着一位穿白大褂的老人，他正在看着我呢。这时一股说不清的激动控制着我：这所小屋正是我生平想要去的地方，是我寻觅的家。等我一跨过门槛，便倒在他的怀里，被他紧紧地拥抱着，永远充满幸福。

随后，等那妇女唱完了歌，一切便化为乌有。

我本可以朝着我原来的方向走进群山里去的，可是我已明白，我来这些地方的一切愿望已经实现，再也没有什么重要和更幸福愉快的事等着我了。于是我回到城里，收拾行李去了火车站。

过了一段时间我才想到，在那一眼看去似乎很遥远的山谷下听到的声音是我故乡的灵魂在对我说话。他的声音我在家里没法听到，因为被每所住宅发出的喊叫声、吵架声、笑声淹没了。我像玛莎那样，试着把一切写下来——甚至多次如此——可是理所当然，我没找到合适的字词。

"最近我常说，"维特克插话说，"整个冰冻时期都处于灰尘形成的乌云般的浑浊状态。会不会是人们突然变成了这样一种禽畜，臆想出了这一切呢？就像我们一样。"

"您以为，在他们之后就没留下一点痕迹？"丽达惊讶地说。

"为什么没有？不是留下了这一切吗？"他鄙夷地指了一下他的那件铁器，"几年之后就会被铁锈腐蚀掉。"

"您瞎琢磨，维特克！"彼得太太说，"您反正说服不了我。您最

---

① 帚石楠，属杜鹃花科，别名"苏格兰石楠"。为双子叶植物，株高4—6米，枝灰褐色，叶互生，网状脉，表面绿色，幼叶为红色，初夏开花。

好再给我挖个什么宝物出来，怎么样？"

师傅乖乖地握住十字镐，专心致志地挖着泥土。

故乡的庇护神对聆听他的人们所发出的声音，是我们，包括我在内，以及那些两千多年前就从另一个大陆迁移到我的祖国来的人，我们所听到的是同一个声音。这声音并没让我听出神秘之处，听出血和土地之音，相反，让我惊愕的是大多数人根本就听不到这声音，感觉不到它是作为证实亲缘关系的最自然的理由，人们宁愿去臆想出一些其他的更精明的理由，比如通过种族、信仰或者思想意识等方面来感受更加亲密的关系。尽管他们也在探寻是什么东西影响他们的命运，但他们宁可去研究行星的位置，而不去探寻与自己的出生地紧紧连接在一起的山脉的形状是如何印进了他们的灵魂，他们头顶上天的高度和被乌云带来的风的方向是如何印在他们心上的。

我们难道可以不与那些每天都看到同一条河的弯曲，登上同一座山坡，在春天里朝朝暮暮在同一时间眺望同一群鸟的人保持着亲密关系吗？

的确，我们很快就可改变所有江河的水流，可以砍伐掉森林，灭掉飞鸟，只要我们一觉察到白天和黑夜的交界，便扯断将我们与有血统关系和无血统关系的祖先、先辈拴在一起的那条线，坠落到宇宙的空虚之中。

"我的老天爷！等一等！您瞧！我们看看去！"彼得太太突然喊道。

"铜器！"彼得太太大声嚷嚷着，"这儿有个铜器！"她手里拿着一把厨用刀，小心撇去了上面的一层泥土。

"哎呀！露出来了！"丽达太太趴跪在彼得太太旁边，眼睛一眨不眨地盯着坟中这聚焦了所有目光的一处。我只看到了几个仿佛有毒的泛绿的麻点儿。

彼得太太站起身来，坐在围着坟墓的一块石头上，从烟盒里抽出一根香烟，点燃后吸了起来。她的手指有点颤抖，"恰恰在现在，"

她埋怨地说,"我们正打包要走的时候。"

丽达太太这时拿来一个盒子,然后同彼得太太一道向坟坑弯下身来,用塑料刮子刮着泥土。其他人只是望着她们。"这又是母亲神显了灵,"彼得太太叹了一口气,"她感到我们没有多少力气和兴趣了。"她从地里割下一整块正方形泥土,里面裹着那件绿色的发掘物。

"您估计会是什么?"玛莎悄悄问道。

"很可能仍旧是克托斯①时期的。"刮刀刮土的速度已经很慢了。我们干活的专用时间也已经过了,通向后门的小路上三三两两出现了从建筑工地下班的人。

我将工具收拾好装在车上。

越南人如今已穿得干干净净,将工作服换成了牛仔装,站在稍远点的地方。他们互相聊了一会儿各自肯定是隐私的事情。随后那个个子大一点的一直走到我们这儿,好奇地看了一下坟坑说:"找到什么值得欣慰的东西了吗,组长太太?"

彼得太太抬头看了一眼,犹豫了一下,仿佛在琢磨他们是否合适来打探这种重要新闻。"铜器!"她干巴巴地回答说。

"总算找到了些什么。"越南人高兴地说,"值得祝贺!"同时朝自己的同伴点了点头。而那一位则不声不响地走近来了,然后两人像听到号令似的一起弯身对着坟坑。彼得太太稍微闪开了一下,用刀子指着坟坑里的那条绿线。小个子越南人朝着这个方向伸出食指,用带着洋味儿的皮尔森腔调说:"真的,我在挖壕沟的时候,也找到过。"

"你后来怎么办的?"维特克感兴趣地问道。

"我当时没时间,"越南人叹了一口气,"当时正在射击。"他像泄露了什么秘密似的吓了一跳,点了点头,跟着那个个子高一点的同伴匆匆忙忙离开,走到大门口那儿去了。

铜针已从两头挖出来了。玛莎在我旁边几乎屏住呼吸,"这真漂

---

① 斯洛伐克古代(公元 5 世纪以前)时期。

亮！"然后又心有余悸地说，"但愿它不再是一把杀祭品的刀子。"

她的关于不久前人们还将活人当祭品献给神明的想象让我们感到恐惧；同时我们又因如今已远离这种原始残忍的人类而感到很崇高很满足。可是只要我一想到黑压压的人群，就在我生活的这个时代成为不是神明，而是坐在神灵宝座上的疯狂的幽灵的牺牲品时，我便想我们无权感受一丝一毫的满足。

彼得太太终于将这一珍贵的物品从坟坑里包围它的泥土中解救出来，将它放进了盒子里说："明天再继续！"玛莎将坟坑打扫干净了。随后女人们去到大篷车里换衣服，维特克师傅也已消失，忙着去察看空旷无人的建筑工地，并且将彼得太太送到了公车那儿。玛莎推来了她那辆难看的破车："可惜我们啥也没找到。"

"说不定明天能找到呢！"我安慰了她一句，看着她能干地骑着自行车在泥土堆中绕行。可能她在那次郊游中找到第一块文物碎片时，曾听到过当地庇护神的声音呢！

我谈到那些神明的声音，仿佛他们只是召集人们去服奴役或逃亡。我知道，事实上并不是这么回事儿。更可能他们是提醒人们要谨慎小心和注意分寸。有些人对这些声音解释得过分简单：一些胆小者把它看作让他们去服奴役的召唤；一些不安分者或没耐心者则将其看作逃亡的号召；但势必还有另一些人，他们知道该留在这里，承担坚守和传承的责任，因为没有了他们，大地就将是荒凉和沉寂无声的。也许他们的坟墓也会被发掘，也许他们穷得坟墓里找不到任何陪葬品，但我断定：他们曾在这里生活过和坚守过。我把他们看作自己的好先辈，不管命运和居住的地方如何，他们始终如一面对。

大篷车里闷热得要命。我敞开了窗子，到从来没有清扫过的浴室去洗了个澡。

工地上一片寂静。多用途的钢筋架可怜巴巴地从地面耸起，投射出长长影子的泥土堆在落日中变成了红色。大篷车后面不远处，挖土机的爪子正冲我伸着，到处摊着一段段横梁、断了的木板条以及塑料袋。

  我回到了大篷车那儿，坐在小台阶上观看着夜幕徐徐降落到土堆后面的森林中最洁净最富刺激性的地方。这个奇妙的世界竟是两千五百年前的古老坟场！从远处什么地方传来了狗的汪汪叫声，卡车的发动机有气无力地轰鸣着。

  从坟场那边突然传来一种声音——仿佛有人在敲打金属盖子。金属的振动声以意想不到的穿透力漂浮不定地传到寂静的工地。我从台阶上站起身来，小心翼翼地沿着荒凉的小道朝坟场走去。

  那敲打声持续响着，直到我来到可以看到坟墓土堆的地方时才沉寂了下来。我爬上了土堆，凝视着前面的空地，四周没有一点动静。我刚一走上返回的道路，那金属盖的敲打声又响了起来。

  谁知道故乡的庇护神的声音是什么样的呢？谁敢说他能听到这声音呢？

  我又重新坐到台阶上，对面山坡的森林中冒出了滚滚烟雾。人们一辈子都试图倾听，都竭力想要辨认出哪些声音是本质的，哪些声音与自己的内心相协调，哪些声音只是引诱你掉进宇宙深渊那空虚洞穴的无聊噪音。

  那金属的声音延续了片刻，然后渐渐变弱，仿佛掉进了深深的地底里，可我直到它已趋于平息时还一直能听见它。

一九八四年

司 机

化装舞会的季节来临了，犯罪率也上升了。我对化装舞会很少关注，因为我不跳舞。我家住宅周围有一个性心理病患者经常出没，学校的老师就提醒我们：别让孩子们独自在街上走动。我女儿对我说，当她跟她年轻的女朋友锻炼回来时，就看到电话亭边站了名男子，要求用一克朗跟她们换成二角五分硬币的零钱。

"你们换给他了吗？"

"我只有一个二角五分的硬币，"女儿告诉我说，"可他仍旧用一克朗的硬币换了我的二角五分硬币。"

那男子还问她们住在哪儿、诺瓦克家住在哪儿。就在这关键时刻诺瓦克工程师正好出现了。只有他的名字在我们这一带管用。那个陌生的男子一听说是他来了，马上溜之大吉。我把她说的情况记了下来，可这记录也说明不了什么。

不久前我妻子的一位同事请她到她的心理诊所参加一个聚会，出席聚会的大多是一些性心理病患者。我妻子将我也带了去。当我发现大多数患者都表现得不仅不引人注目，而且还相当讨人喜欢时，着实感到惊讶，我想说他们的表现很温和且矜持。每逢星期六和星期天，诊所都会放那些表现得体的人回家，这是我妻子的同事告诉我们的。

"他们不会闯什么祸吗？"我好奇地问道。

"我们一路上想法让他们安静下来。"大夫太太消除了我的疑虑说，"当然，也发生过这样的事情：有位患者的脑子突然错乱，过了星期天仍旧没有回来，在这种情况下诊所便立即报告公安部门，免得发生什么事故。只不过这些机构有更多其他的操心事，而不会去追踪一个心理病患者。就这样，这些心理病患者跟其他逃犯以及潜在的罪犯混在一起满城跑。但只要他们仅仅是吓着了受惊的父母们而未实施任何实质性的袭击，便不会对他人造成伤害。"

当我们的话题扯到了安全部门时，大夫太太想起了一个有精神分裂症的患者，他创造了关于生存，更确切地说是关于死亡的一套理论，让我很感兴趣，这是我从没听见过的。他说死亡正不断地试图统治整个世界，还有无数的人成为其帮手，他们常常改头换面活跃于我们这些活人之间。在只有他自己才能确定的所谓绿色日①里，他通常会对穿警察制服的人爆发，这是最危险的时候。

"可他从来没伤害过任何人。"大夫太太继续介绍说，"只是不能让他在绿色日里看到穿着制服的成员。他会神不知鬼不觉地走到这个人跟前，然后扑向他，他的力气总是不小，在他发病的时候还会成倍地增加。他不仅会夺下被袭击者的手枪和警棍，而且还会取下他的帽子，摘下他的领章肩章，然后再试着脱下他的外衣。如果得手了，他便将所有东西都扔进下水道或垃圾箱里，随即消失。他通常都会被抓住，他们将他狠揍一顿，然后警告一通，让他别再重犯，之后又将他送回诊所。"

我倒真想知道（其实有一点看热闹的想法），他多久想这么消遣一次。大夫太太显得有些忧伤，半年只放他出去一次，而且只在他们觉得他已完全平静下来的时候。去年秋天放他出去的那一次，他就没回来，又过了一个星期才在诊所后面的地里被人发现，当时他已被折断颈脊，躺在地里。

"总算没找错地方。"

大夫太太只是耸了耸肩。

---

① 绿色日定于每年的8月14日，其风俗发源于原捷克斯洛伐克等国，旨在倡导绿色环保与乐活精神。

疯子与那些能敏锐地窥探旁人秘密的人的区别，只有一线之差。

我女儿既不害怕那些性心理不正常者，也不害怕那些逃亡者。她很少想到死亡，但要是有人盯着她看，即使他们换了装她也认得出时，她便会哭。不过像所有十三四岁的女孩一样，她还是爱嘿嘿笑，即使没什么可笑时也笑。她喜欢开快车。只要找得到借口，她便偷偷地吸烟，还爱跟可疑的男同学一块儿在傍晚游逛。我们带她上剧院看演出时，她很投入，仿佛戏中演的就是真实生活。跟我不同的是她爱弹钢琴、吉他，还有曼陀林，会跳舞，她说也能教会我，要是我有学习的良好愿望的话。

可我的良好愿望已经在别的事情上耗尽了。

"你跟我们一块儿去参加化装舞会吗？"真的，这让我很为难。直到如今我一直采取回避态度，可如今朋友们老劝我克服一下对跳舞的负面看法，让我至少对舞会开一次戒，我很难拒绝。朋友们也像我一样处于被迫害之列，甚至比我更甚，因此我不参加化装舞会便不再是我跟舞蹈的关系的问题了。

化装舞会是铁路职工举办的，我朋友中的大多数虽然不在铁路系统工作，可他们几乎全都在"七七宪章"① 上签了字。"宪章"里面写到要"个别"地乃至共同地保证为在我国乃至全世界尊重公民权和人权而竭尽全力。而权力掌握者们都坚信，只有他们才有资格保护人民和他们的权利，于是便以"斗争"来回击这些"宪章"的签字者。他们立即将维护宪章者们带走，审讯、搜查他们的住宅。当执行者除了发现被捕人仅有为他们自己而激发的思想与书籍之外，没有找到任何严重的犯罪证据时，便唯有解除被捕者的工作，监视他们，公开辱骂他们，取消他们的出国旅行护照、司机驾照，拆除他们的电

---

① "七七宪章"为1977年公布的捷克斯洛伐克反体制运动的象征性文件，从1977年到1980年代中期，"七七宪章"运动主要表现为持不同政见者活动。80年代中期以后，其成员发展为捷克政府的反对派，是捷克剧变的主要推动力量。

话，以向全世界证明：人权斗争如果不说它是直接的犯渎圣罪的行为的话，在我国至少是不合时宜的。

这场斗争已经持续了一年之久，一方执着地表明他们的论断的正当合法性，另一方则展示了他们的数倍于对方的权力优势。当时，我的一位被迫害的朋友想到，在化装舞会季节寻找哪怕片刻的娱乐与喘息兴许是有益的。尽管他们没法举办自己的化装舞会，但他们相信谁也不会阻拦他们参加像铁路职工那样如此无害的劳动者们的化装舞会。可我却提醒他们：去参加铁路职工们的一个晚会活动的计划是瞒不住人的。我的朋友们企图通过化装舞会来寻得欣慰的期盼，这在我看来也是天真幼稚的。而我妻子和女儿一得到朋友们给的入场券便开始商量该穿什么衣服。

在化装舞会的那一天，天色阴暗，凉风在城市上空展开了由烟雾、煤灰、尘土编织的帆布，街上铺满了黏滑的薄膜。出于对下一步发展的不祥预测，我开车特别小心，将车停在离舞会所在场所较远的安全处。我妻子为这次舞会特地穿上了大学毕业时的礼服，让她看去像一位可爱的姑娘；女儿则做了一件朱红色塔夫绸礼服，这是她的第一件出席社交场合的礼服。我感到她已在心里设想着如何脱下外衣走进舞厅的那一瞬间。

在潮湿的人行道上我妻子全神贯注地盯着路面，我更多的是观察四周，并叮嘱说在我们正要经过的和平广场是不许停留的，那里总是停着一辆带着两个被公众嘲笑的大字母①的车子。这时，另一辆黄车鸣叫着离开了广场，直奔化装舞会的地点而去。

显然，此刻连我也已经发觉令人畏惧的绿色情人节②来临了。

鲁德米拉小教堂前面的小公园在这个季节通常都空荡无人，如今却聚集了一群汉子，他们的面容显露他们不属于普通访问者之列。这

---

① 这两个大字母为 V.B，意为"公安"。
② 此处指令人生畏的检查日。

里的气氛让人窒息,你只要用心一听,就能听出一种轻轻的吱呀声,像是磨刀的声音。

很快我们便遇上了第一批朋友,他们告诉我们说,根本进不到厅里去。在大门口,守门者只要认出我们不是铁路职工,便把入场券奉还,同时也打发我们回家。

由此我得出结论,我们再往前走已毫无意义,可我妻子和女儿却坚决抗议。她们好不容易把我拽出来一次参加娱乐活动,认为至少应该去看看是否真的进不去。

妻子从一方挽着我的手,女儿从另一方吊着我的胳膊,大概是想说服我到铁路职工们那儿去。当我还是一个小男孩的时候,我曾想过要当一名铁路职工。没想到在公园里我的朋友巴威尔突然出现了,我妻子对他的言行一向支持。

我的朋友持有如下观念:他认为必须告诫他人如何生活,才能让世界变得更美好。所以他才反复陷入政治圈套。如今他也比别人陷得更深,这也许是他在舞蹈者们遭驱赶时唯一一个脑袋挨了棍棒的原因。

如今他本人的驾照已遭没收,他正找人开车送他到医院去。

在我童年的时候,我曾想当一名司机,这一点儿也不特别。那时几乎没有汽车,司机这种职业还很不普遍,也没进入孩子们的愿望之列。我已经搞不清当时是什么吸引我想要当一名司机的。也许是一种要掌控一个什么大东西的渴望,或者更可能是渴望去到遥远的地方。我经常长时间地站在厨房的窗口那儿,望着通向远方的铁轨,一直等到火车开来。当我听见机器鸣笛声从远方传来,便紧紧盯着那越来越近的、从火车里冒出来的灰色或黑色烟雾,还有那随后在黑暗中一闪一灭仿佛天上星星那般大小的火花。我那快乐的期盼让我激动不已——仿佛我就要坐着这列火车离去,或者相反我正在等待着某个也许坐着火车从天而降的人。那时我对那些有着窄轮胎或大轮胎的卡车毫无兴趣，它们只会运载，且在我大半生时期里将始终继续运载那无数被当作牺牲品的人群。

巴威尔刚一坐上车就试图告诉我们他经历了什么不可理喻的事儿，可又突然打住不讲了，恐怕是觉得在我女儿面前对此保持沉默更合适。他的类似经历对她来说过早知道有些不宜，甚至会让她感到沮丧。

女儿有点儿粗鲁地向他担保说：恰恰相反，她对这种经历感兴趣，至少可以稍微弥补一下这糟糕的晚上。她解开大衣，抹平她的舞会服。

我本想给我朋友谈谈我在大战中的经历，因为这帮我理解了后来接踵而来的事情。可跟在我们后面的黄色汽车让我没法集中注意力。

在那个时期，我可领教过对被选定的牺牲品样板的跟踪。它的权力带来了若干项效果：不仅在其他无辜者之间激起了恐惧，而且也常常向那些未包括在这些牺牲品样板之内的人提供了一种满足感，认为他们是作为可信赖者而对待的。最最惊恐不安的那些公民甚至迫使自己至少是小心翼翼地投入他们的事业。随着时间的推进，对他们的事业保持沉默，成了理所当然的或可以理解的乃至可以原谅的恶习。对无辜者的迫害也满足了那些循环在许多帮凶血液中的变态的嗜好。

在我获得这些经验之前的时期里，著名的海拉达公司已生产肥皂。他们将机车图片放进装有成品的长方形盒子里。这家公司还出版了一本画册，读者可以将所有蒸汽机、内燃机车的图片贴在指定的空白格上。

我得了这么一本画册，小空格也被贴满了。每当我在睡觉前翻阅这本画册时，瞧着这些我在宿舍里从来没见过的涂了色的机器，看着那漂亮极了的红轮子和蓝色或绿色的车身，我总是兴奋不已，我曾设想我就是那个可以触摸那想象中的拉杆和杆臂的人。

我将巴威尔和他妻子载到最近的一所诊所里，像狗一样盯着我们的那辆黄白条纹的车子就停在我后面,我在行驶中观察到他车上的人:一组四个,坐在司机身旁的助手正对着对讲机说些什么。当停下来时,车上的人肯定在聆听回应,我甚至觉得我能听到从他们的车载扩音设备传出的低沉声音。随后其中一人下了车,在我车子周围绕了一圈,敲了敲我的车窗。

我打开车门,他要我出示证件。我的驾驶证几乎是新的,车上的其他证件也跟车子一样毫无问题。他又要求我作哈气检查,我朝他的小管子哈了一口气,显然连半点酒气也没有。他意识到对我无可指摘,甚至对我的配合表示了感谢、问候,然后回到自己的车上,从那儿发送了有关他的检查结果的报告。

我的收藏几乎是完美的,在我的图片册里只缺了两张卡片。两张快车的图像,一张叫米卡多,另一张人称莠草。我将它们的资料抄在图像册上,可它们有着怎样优雅的形状呢?不完整的收藏对一个人来说有何用呢?我只要一打开图片册,首先就会注意到那呼唤我去将它填满的两个空白格儿。我们家里储藏的肥皂至少能用三年之久,对当年在学校也没能换到的这两张短缺的卡片,如今我已经不抱什么希望了。我们常去买东西的那家商店的老板在我没找到那两张短缺的蒸汽机图片之时,总把我叫到柜台里面,允许我打开装肥皂的纸盒自行查找。

待在柜台后面的感觉是很不寻常的,甚至超过了终于找到所缺图片的快乐。我能感觉出来。尽管我还不能评估我的这一发现:一个站在柜台里面的人,即使腰弯得再低,也是由那满足人们的愿望与需要的权力所控制着。谁若被这种力量所控制,他就像是国王或别的统治者。

第一次与一位真正的司机相见还是不久以前的事,他给我捎来了外地朋友的一封信。

他托马尔丁捎来的这封信要求我帮他借一本好读物。

马尔丁并非我小时候所想象的那种掌握大型机器的男子汉，他是一个超纤细、很年轻，而且还穿着一身爵士劳动服的人。

我们聊了一会儿对民歌歌手的印象。他对我炫耀说他家里有一盒地下歌唱家的录音带和一套禁书。这些书是由他自己或他的朋友们抄写下来的。

我奇怪有人这么年轻竟会花时间去抄别人的书。

"您必须干点什么呀！"我从这些言辞里听到了希望，即我写的书对他有所激励。我强调他的行为是有意义的，并点了点头。随即饶有兴趣地问他是否满意自己的职业？

他对我的提问感到惊讶，他说从来没有渴望过这一职业。

我说当我还是一个小男孩时就很想当一位司机。他曾想当什么呢？

他笑了笑。他唯一能回忆起来的是想去阿拉斯加打猎。他曾经导演过关于杰克·伦敦的戏，那出戏后来曾在网上播出过。他也无法想象一个人乐意一辈子干一种行业，认为应该允许每个人一会儿干这个，然后又干些完全另样的事情或者啥也不干，比方说他可以干半年的活儿，随后用半年时间去周游世界。

我问他是否想去阿拉斯加？

他回答说，想先去丹麦。

"为什么恰恰是丹麦呢？"

他解释说因为那里有不错的统治者，到全国任何一处都可骑自行车。一个人在斋戒之后开始只能吃点易消化的食物，哈姆雷特就是一位丹麦王子。

我对他所说的理由无法加以反驳。

他带着我给他的一包书走了。我真正感兴趣的是，他对我的回赠是何时带我到他的车上去，让我来当司机，当然只能是货车，再好一些的车他也弄不到。

我没有把他的邀请当回事儿，但是在这天夜里我做了一个梦，梦见我徒步走在一道铁轨和一堵高墙之间的一条小路上。突然墙上的大门打开了，从里面开出一辆蒸汽火车，挡住了我的路，停在了我面前。我意识到这是一辆我正等待着的火车，我该立即上车，可我没这么做，而是着了魔似的瞧着面前的火车头。它是一个蓝色的钢制火车头，看上去很轻巧，仿佛是用钢管制成的，前面像所有的火车头一样，甚至还从烟囱里冒着烟，而整个后半部分却像一座打开的钟，大大小小的齿轮闪着黄光，仿佛是用纯金制成的。我瞧了一下车窗里司机的脸及他来回操纵拉杆和制动器的手。我想喊他，请求他让我上他的车，可还没等到我喊出声，火车便开走了，模模糊糊地在远处消失了。而我却孤独地留在荒凉的铁轨上。

当我将这梦讲给我幻想中的心理分析师听时，他却说，我根本没有做过类似如何喜欢开火车的梦，我只是看了一下内心深处企图克服我长期以来所处的孤独处境的愿望之图。火车，尤其是复杂的蒸汽火车代表那不可触及的友好团结——它既闪光又吸引人，尽管从外观看，它是那么让人无法接受的老旧，然而它象征着我所渴望的友谊、团结、爱情。我想要上车，可火车已开走，消失了。留下的铁轨就像对未来的希望或未曾的可能性的一种回忆。

我究竟在什么时候耗掉了我可能获得的机会呢？对此我无法准确地回答。一个人总是一天天地在消耗着他的机会。我只能努力及时地发现它们，以免由于贪图安逸或出于恐惧而错过了它们。

我的朋友带着包扎好的头回来了。从他的表情中我可以看出意想不到的满足，医生夸赞说他有意表明自己是舞会参加者。

我的朋友跟我一样，只要他觉得其他人与他站在一边，便忘了疼痛。

我妻子弯身悄悄对我说，在我太过恼怒时，可以由她来开车。

凭什么我比她要更加恼怒？！

她认为，与大多数人一样，谁若坐过牢或在集中营里待过，便在剩余的人生里,至少下意识地为其自由而担惊受怕。

实际上恰恰相反——那些只是听说过监狱的人常常被恐惧所吓倒,幻想比现实更能吓人。或者说得更简单些:有人熬过去了第一次,那么下一次也能指望熬过去;而其他人却没有指望,他们没有可以依赖和指望的任何东西。我至今拥有的经验使我对两者都看得简单,尽管其结果是完全对立的。一方面,一切为人所能想象得出来的坏事情真的可能发生;另一方面,任何我在有生之年还将遇到的事情不会比我已经遇到过的更坏。

尾随跟踪我的那辆车在安全行驶允许的前提下跟得很紧,也许是害怕我们会在他们的眼皮底下逃掉;或者是想把我吓得开逃,这样他们便可以以超速为由截住我。

只是我们又没犯什么错,凭什么我们要逃跑?

在此刻大概有多少类似的追逐与迫害发生呢?据说差不多每一秒钟世界上都有人在犯罪,只是对于犯罪一词尚不存在一个普遍都能接受的定义。有些地方的犯罪行为被隐瞒着,而另一些地方连一个人带着老婆和女儿去参加铁路职工的化装舞会也算犯罪。有多少犯罪行为被隐瞒着,不被公布?谁来清算伪装成监视"罪犯"行为的罪犯们所犯的罪?!

此时此刻在世界的某地肯定有被追捕者带着赃物或禁运品在逃跑,他们或因强奸妇女、谋杀、抢劫与欺凌儿童而逃跑,而我们受迫害却是唯一值得引起注意的最荒唐和最肆无忌惮的闹剧。

"欧洲要问,"巴威尔不久前在一篇被年轻的司机们以及与他们相似的一些人传抄的杂文中写道,"多少人在巴士底狱中为其流血的自由、平等、博爱到底在哪里?还要问:多少人为其在冬宫死去的那苏维埃的所有权力是怎样起作用的?何时结束那权力游戏?它将我们人为地分开,让我们失去那些满嘴幸福明天的预言家们所许诺的、在将来会有的今天。"

我的朋友代表欧洲在发问,现实却要由他来承受头部的打击。

我觉得，既然一个人该为某个问题而挨打，那就是他的最个人化的问题——特别是当他是位作家的话。

假如一位作家以欧洲的名义，或者以祖国和人民的名义发问，那么政治家们将以谁的名义来发问呢？只是当政治家们不管他们的政府如何如何有害至极，他们也只关心自己能否安稳地统治时，作家们该怎么办？

我载着巴威尔和他的妻子穿过整个城市回到家里。他们决定在这里好好睡上一觉。我们告别时，我突然想到我该同他们一起下车，将我妻子和女儿送到火车站去，或者试试看能否找到一辆出租车。

我本来曾预料黄白相间的车上那些人的注意力更多地集中在我倔强的朋友身上，他一下车，他们便不见了。这时我怀着希望瞅了一下后视镜。

发现他们的车子仍跟在我的后面，我拐到旁边一条街上，他们也跟着拐了弯。

我直到现在才发现，他们跟踪的是我。我不是犯过一次罪吗？他们是不会不加惩罚就放过我的，因为我对当时的运动表示了声援。

我们还可以一直停着车并下车，只是坐在车里至少让人觉得稍微有所遮蔽。

好多人将汽车当作第二个家，甚至至少有些人认为汽车还优先于真正的家，因为一个家并不能为他提供变化、秘密乃至迅速行驶的快感。这取决于人——也取决于车。

我继续朝回家的路开去。我瞅了一眼后视镜，发现监视车又多了另外一辆黄白两色车。

诺瓦克工程师虽然住在离我家只有几栋房子远的地方，可一直到最近我们也没有深交，他的妻子同样是个蛮不错的人。他们有三个女儿，常常一起打高尔夫球，至少我多次见他们将高尔夫球棒放进斯柯达车厢。我想他是把他的妻子当作公爵夫人看待的。他要是一位公爵的话，肯定会拥有比高尔夫球更多的奢望，可他只是一名工程师。去年年底的最后几天我们曾一道从公车站回来。他兴致不错，提着装着鸡蛋的篮子，亲自对我说，不久前有人借给他一本我写的书，是传抄本，从那时起他就一直在等待一个向我表示同情的机会。他说他能想象得到，在我没法靠做力所能及的工作来养家糊口时，我过的日子有多艰难。

随后谈到他自己的艰难时刻，有多少次他不得不向他看不起的那些蠢货低三下四，之所以在他们面前卑躬屈膝只是为了不失去他那份可怜的工资。他问我，仿佛我是个预言家，我们的生活怎么可能沿着这毫无希望的方向继续下去？那么作为人还有什么用？还留在这世上干吗？我拿不准，活在我们国内或活在地球上还有没有意义。

他往我口袋里塞了好几个鸡蛋。我们互致了新年祝福，就这样分手了。

几天之后我又见到了他。在一个寒冷的清晨，他正在一辆闪光的车子周围转来转去。他还是忍不住一个劲儿地问这问那。这车已有七年车龄了，但还是完好无损。好多人和他们的妻子都渴望拥有这样一辆车。如今这是他唯一的一个购车的好机会，但他若在不久的将来不小心撞了车，他就会令全家挨饥受饿，还要欠一屁股债。

我们已经驶过了市中心，穿过了维舍堡①隧道，驶上了沿着伏尔塔瓦河的平坦公路，离家只有五分钟的路了。尾随在我们后面的黄白相间的车子突然加快速度，超过了另一辆黄白车和我们的车。刹那间，我曾指望他们放过我们，去做些更有益处的事，可就在这时，已有一只穿着制服的手从超车者的窗口伸出来出示了停车牌。我停车了，尾随在我后面的车也停了下来。

"请下车，司机先生，出示您的证件。"那个个子矮胖的人用对

---

① 维舍堡，坐落在布拉格伏尔塔瓦河畔的一座有历史意义的城堡，捷克国母利布舍女神曾在这里预言美丽的布拉格的诞生。

待被抓罪犯的生硬口气对我说。而那个高个儿却站在离我们几步远的地方。

我表示拒绝,说他的一位一直跟踪我们的车子上的同事已经看过证件了。他对我讲的话不予理睬,仍然向我伸着手不缩回去,直到我给了他证件为止。他翻看了一下,然后令我惊奇地说:"司机先生,您的驾驶已显示出您喝了酒!您愿意接受哈气检查吗?"

我抗议,我在一个小时前就对着他的那位一直尾随监视的同事哈过气了呀,说我在开车的同时还喝了酒这是不可能的事!

"您拒绝接受测试?"

我预感到这是一个圈套,再说表现得像小丑的是他们,而不是我。我接受了测试。

他从我手里接过哈气管,背对着我,连看也没看我一眼便宣布说:试管染上了颜色。我是否意识到后果是什么了呢?

尽管我已习惯于不少事情,但还是对此感到惊讶。多少年来我都竭力让自己避免纠缠到我国那种以一方的行为不光明正大甚至荒淫无耻,而另一方虽然正直磊落但却要陷入绝望的政治把戏中去。只要你自己能作出判断就不必回避。胆怯懦弱肯定对自己没什么好处,再说,我已经没有足够的力气、时间和能力玩这种游戏了。

我知道,恶劣的政治环境影响着每一个人的生活,也包括我的生活,但我连对我自己都没有勇气断言,我是不是有足够的能力去说服他人相信什么环境是好的。

我拿不准,当大多数人都在忍饥挨饿之时,一个人是不是有权利拥有私人汽车、飞机或满足自己所有的需要?我不知道,在我每天都听到和读到的各种争执和战争中我该站到谁的一边?尽管我预感到大多数这种争执将很快被人遗忘,而古代英雄和哈姆雷特的故事将与人类一起共存。

但在我心底里的所有怀疑并未压制住那种对厚颜无耻必须加以抵制的意志。

测试酒精度的小管不可能染上颜色,让他拿给我看好啦!

他回答说这不是他的义务。但他还是为他睁着眼说瞎话而感到难为情。他开始前言不搭后语地解释说,在轻微醉酒的情况下,哈气染色通常不明显,没有必要拿哈气管给我看,我的眼睛没经训练反正看不清颜色。他并未断言我喝了很多酒,只是说哈气管已经改变了色度,这就是说,我违背了司机的职责,危害了交通安全。他气得声音都变了。我觉得,这个矮胖的助手一直在为他的厚颜无耻感到不好意思。有人指示他拦住我并指证我的罪行,他们根本不去管他的内心是否还保存着不得不压制住的一点点自尊自重来完成这个任务。他的那些话既说服不了我,也说服不了他自己。

他肯定意识到,他对我没有表现出足够的果断。他已经不打算跟我再啰唆了。总而言之他认定我酒后驾车,他要扣留我的驾照,让车上的人都下来,我得锁好车门,把钥匙交给他,让车子停在此处。

我瞅了一眼我的汽车,从车窗上看到一个金发脑袋,我女儿紧张地看到了这一切,这肯定会在她记忆中留下一个深刻的印象,这比她以往所看过的最好的演员演出的最好的戏剧中的大多数印象还要深刻。遗憾的是我却参加了这幕戏的演出。我的表现如何,也会给她留下深刻印象。

我说:谁也不必下车,车钥匙我也不会给他,对他的做法我要上诉。

"您既然不肯给钥匙,就得跟我们走。"他气得变了声调。

不是车钥匙的问题,我早就明白,你若是不想成为他们的奴隶,你就不能在一件事上太较劲儿。可是人的权利何在呢?你要是不坚持你的权利,就会一步步失去权利,从而沦为奴隶。

这时那个至今保持沉默的穿制服的家伙出动了,他用一个不显眼的手势让第一个人让开,自己站到了那个位置。他看出来我很生气。便说,人在生气的时候行为难免有些鲁莽。说我该明白,此刻在一些小事上坚持己见没什么意义。我已陷入了既不是我也不是他导致的行动中，他们不得不收走驾照和钥匙，我要是硬顶着，他们就必须阻拦我，随后照样要收走我的钥匙。要是惹急了他们，我肯定不能从他们那里马上取回钥匙。要怎么办才好呢？我要是交出钥匙，就可以回去好好睡个觉，等到一切都平静下来，我反正会拿回钥匙的。他弯下身来，几乎是打着耳语对我说："您最好暂时……怎么样？反正您家里还会有一把钥匙嘛。"

我知道，在审讯的时候角色是分工的，审讯者之中通常一人唱黑脸，而另一人总是用关切的行为竭力取得被审讯者的信任。不过目前还算不上审讯，我也不觉得他们在我面前扮演较复杂的角色，甚至那些道具——连普通哈气也能改变颜色的测试酒精的小管子也不归他们所有。他们也没学会如何巧妙地将没颜色的管子变成有颜色的；很可能是那个正在跟我说话的人的确想既让自己少费点劲儿也让我不那么难受。这种难受程度他该比我更加能体会得到。

可我无法抑制内心的反抗，一个人难道为了下一片刻少些不快就该屈从于捏造事实的指责？我要是如今屈服，以后还怎么能坚持正义？

我女儿把我从固执中拽了出来，她向我点了一下头，当我弯身将头伸进车里时，她不顾自己尚未成年这一状况而悄声对我说："去他的！让他们把那破钥匙拿去吧！"要是那名火车司机和哈姆雷特的崇拜者恐怕会表示得婉转些：

> 有理走遍天下，
> 无理寸步难行。

一个人奋起反抗那些乔装打扮成各种角色来统治我们的人，为的是至少能让自己知晓走过的人生足迹，也是为自己拥有体面生活的权利而进行的斗争；而统治者及其帮凶们却竭力要毁掉他为之斗争的一切，将他为生存而抗争的目标说成是微不足道的冲突，以贬低抗争者。于是就可以将反抗者抓进他们的捕捉网中,将他的抗争变成小丑在马戏团的现场表演,在这里世界便全然变了个样。

我把钥匙给了那个态度稍好一点的人,要求他至少开个收据。

"是,理所当然。"他似乎松了一口气,这令人难堪的一幕总算过去了。他从提包里掏出工作记事本,然后突然愣了一下神,让我耐心等一下,便走到他的车子那儿去了。一会儿又回到了我身边。"我很遗憾,"他连看都没看我一眼说,"我没法给你开收据。"对我提出的问题则回答说:"关于钥匙的命运,要到你们所住的区办事处才能得知。"

我们总算截住一辆出租车,出租车司机很奇怪在这荒野的地方怎么会遇上两位穿着化装舞会礼服的女顾客。我们试着向他解释,但他似乎听不懂我们所说的,更谈不上相信了。在我们换了衣服去到醉汉收容所后,那里的人也表现出一副不相信的样子。当我要求把我的血样拿走时,女护士对我的公民身份证研究了好久,仿佛希望从里面找到能够解释我为何遭此不凡待遇的理由。

我坐在一间墙壁很脏的房子里,墙上贴满了反酗酒的招贴画。我等着他们叫我去检查。从远处传来一阵口齿不清的喊叫声,随即两个穿着白大褂的大汉架着一个醉汉从我身边走过,另一名职工追在后面准备随时协助他们,醉鬼一路骂骂咧咧,浑身散发出一股酒味。

十年前我们曾在得克萨斯的米德兰特的宗教长老会做客,主人们问我们想在当地参观些什么景点。我们不知道在这个小镇子上有什么有纪念意义的景观。后来我想,也许可以看看当地的监狱。

这里的监狱如医院一样的清洁状况让我吃惊。在一间间大单间牢房里关的几乎全是黑人,有男有女,都穿着便服。有的躺在木板床上睡觉,有的则以明显的敌意呆呆地看着我。像所有监狱一样,这里的陪同者赞赏了这座监狱的整洁。他说这里关的是妓女、夜间肇事者、醉汉——他们中的大多数一天之内就被释放了。

从我们生活过的加拿大边境到这儿用了三天时间，回程还需多加一天一夜。我们开车走了五千英里，住过各式各样的旅馆，我们还坐着无篷小船去到墨西哥，在那里待了一天。当我们重又回到我们在密执安湖①与休伦湖②之间的那个半岛上时，我们突然意识到一个无法置信的情况，即在这段时间里自始至终没人问我要过任何证件，甚至在那所监狱里也没人怀疑我们会冒充别的什么人。

路警抽了我的血，有关测试结果会通过邮局寄给我一份三联单。

当我们晚上坐着一辆满是醉汉的夜间电车回家时，街道上已经空无一人，黄白车没了踪影，也没见到一个穿制服的路警——"绿色之日"结束了。

我们的车子还停在原来的地方。我妻子用她的钥匙打开了车门，坐到驾驶位。我们开车回家，没有任何人跟踪。我们那条街上一片漆黑，肯定已经关了电闸，我们回到家里在烛光下脱了衣服，我的第一次化装舞会给了我意想不到的体验。

我试着打开半导体收音机，调到一个像样的频道，好知道不仅在世界上，而且在我们国家发生了什么新闻，可只听到一阵刺耳的干扰声，后来总算收到了一个用我听不懂的语言正在播放的宗教仪式，传教士在热情洋溢地讲话。我猜他大概是在传道，说根据主的意旨，状况很快就会变好。"瞧，国王将会更公平地治国，统治者将会依法执政……"

第二天上午当我去到地方保安部门时，却惊讶地看到一群人围着一辆锃亮的发动机罩被掀开了的宝马车。

"您来看看呀，"工程师一看见我便说，"您从来没见过这种现象吧？"

当他早上坐进车里，徒劳地发动了一通，汽车动也不动。他一掀

---

①② 均为美国湖泊名。

起发动机罩，便知道是为什么了，有人在夜里把他的发动机偷走了。

为什么小偷要去冒着可能被发现的危险偷窃发动机呢？他们可将发动机拆成零件卖，谁都拿他没办法。"可他们还得带上个流动作坊啊！"工程师吼道，"您说说看，谁会想到恰恰在我们这条街会整夜无灯呢？"

我问他刑警队或至少地区保安部门是否有人来勘察过现场。我也真够幼稚的。他打了电话，据说他们回答说，如果能抽得出时间的话，他们一天之内会来一下。仿佛我比他还要不了解情况。昨天晚上他们不是还"有过活动"吗？我可真不愿意他们今天还要补假。

反正他们如果来了，也只是对人群解释一下，只是把这件偷窃事件作个登记而已。个把发动机被盗，对他们来说只是小事一桩，不值得花费精力侦查。

当地派出所的人对我说，车钥匙原则上是不会被没收的。我意识到，我要是冒犯了官员，难保会定我个什么罪。

我在没有驾照的情况下开车回了家。

我有生之年的经验使我对此得出一系列完全相反的结论。其一是：强过你的人拿走的东西，永远不会自愿还给你的。让我感到安慰的是其二：作为一个机关总需要将所发生的事情进行到底，以便能将其视为已经办理完毕。而我的车钥匙必须存放于某处，它很快就会成为一件碍事的东西。

我决定不再去想它，便拿起铁锹，开始为春播开辟一块园地。

不久前我读到一份资料，说百分之十的美国人视汽车为历史上最大的发明，百分之十二的人则认为最大的发明是轮子，他们指的肯定是汽车轮子。

我恐怕当不了一个好的美国人，我相当能干地不需汽车也能过日子，即使在满城闲逛时也宁可走路而不坐车。

我意识到，汽车不仅是一种交通工具，更重要的是能开着它走。有时我觉得，它主要是能让你驾驶。在这作为一个人什么也不能掌控的世界里，汽车就给了他一个表现出在生活的其他方面更独特一些的机会。作为一名司机，每个人可以远离自己每天能扮演的角色，乃至从属地位——或者说至少可以描绘成这样。他往方向盘后面一坐，便已经不再是一名会计、戴绿帽子的丈夫，或是一名无成就无意义的市民，而成为一名驾驶者，驾驶就能实现他没有实现的愿望和对自己的想象，由一个每天在马戏团演出中重复出场的小丑变成了一位斗士、一位帝王或胜利者；他不再是被自己千篇一律的行为而被迫变成的一个重复绕圈的傻子，而是在大道上飞驰，奔向未知的、早已心怀的愿望和幻觉的人。

在道上奔驰并成为一名危险分子，无缰的奔驰如同自信的梦想一样都是很危险的，因此，路警和交警都必须提高警惕。

司机马尔丁在还我书时，也提到交通犯罪之类的事情，说开进目的地那一站的一辆货车，车厢上的铅封被人扯掉了，所运载的东西也只剩下一部分，这本该是可以理解的。车厢里丢的若是柑橘之类的东西，那也只是在乡下普通人都可得到的东西而已；可这回搬走的是十五车厢的小汽车啊！当他们想在几天之后发车时，又发现在车站的另一端丢失了所有的汽车轮子和内胎。

马尔丁曾提出过放行他去丹麦的请求，然而等到的答复是：拒绝。

傍晚，巴威尔来了我这儿一趟——头上还缠着纱布。他告诉我说，我们的几位朋友在去参加化装舞会的路上被捕了。谁也不知道他们的命运。我们的传播媒介像他们惯常的那样，对此毫无报道。

我们试着找到一个国外的电台，可是播音员的声音被干扰得听不清。

干扰是乔装者根据自己的观念所掌控的声音。"她"——这个乔装者知道，人有着对自己的命运与幸福完全不同的概念，总想反抗那些压制其言行和其想要表达或至少能听见的真实思想的强权，但干扰者却坚决认为，只有他才有权决定有关我们的幸福以及有关何谓好坏等问题的标准。他希望他那如同他本人一样乔装打扮的假话从早到晚，从生到死都陪伴着我们，而将除此之外的其他声音都称之为谎言加以禁止，使之既不能从远方也不能从境外发出，人们只能听见他那如关节僵硬般的声音和从他空洞的头颅发出的哀号。他的这些声音被成千倍地放大，并强行覆盖了所有人的生命。

三个星期之后，地方执政当局才发了声。我来到地方派出所，那里的一个年轻人不久前还对我说，我要回钥匙的请求可以解释为对那个公务员的不实指控。如今他却气愤地问我为何对钥匙不理不问，难道我认为他们是车站寄存处么？然后又对我说，要我马上去一趟战备团团长那里。

战备团的军营与我儿时住过的那条街为邻，我毫不费劲就找到了。可到达门口时我却突然愣住了。也许是因为警卫部队的名称，或者是因为我触景生情想起了童年时代的遭遇和那时战备部队的情形——那时的战备队助理戴的帽子上的骷髅标志，让我不愿进到门里去。还有当我由卫兵带着走过长廊时，又让我想起了那个穿着灰制服的大个子，他浅色头发的日耳曼人形象，以及他知道对付敌人可以为所欲为。

队长与日耳曼人的外貌不同，他个子矮小肥胖，几乎是个光头，戴副眼镜。顺着他敞开的衬衫我看到了他吊住制服裤子的条纹背带。他装出一副慈祥的表情。

是的，他的确见到过我的驾驶证，甚至还回忆说，与证件一起的还有几条小钥匙。"三条，是吧？两条？这是可能的。一条大些，另一条小些。"可我半天没反应过来……"如今这一切都送到维诺堡去了。在和平广场那儿。""我知道，那儿的什么地方有个什么部门来着？你干脆明确地给我指条路吧！"在他后面贴着一张首都地图，他退到地图跟前。

我说，十五年来我几乎每天都经过这个广场，最后一次是举行铁路职工化装舞会的时候。

"对,没错。铁路职工化装舞会,这至少得开三个礼拜,是吗?不是说了吗,化装舞会季节已结束了。"他说假如我要去那儿跳舞,他谨慎地吐出从舌头上滑出的一个个字:我得赶紧走了!他把手伸给了我,我已经到了门那儿。他还关心地问我是否肯定能在广场找到那家派出所。

派出所倒是在那里,驾照和钥匙理所当然地没有踪影了。

尽管化装舞会季节已近尾声,犯罪率却在上升。

很明显,谁也不去过问的流氓地痞一直在我们周围转悠。陌生的杀人犯在公共快车上强奸并掐死了一个学医的女大学生。据说一个汽车公司的经理将至少装满了一火车的、当然不属于他的汽车私分了,或者以废铁价卖给了有影响的同志们。

我曾经访问过一位剧作家朋友,他是我们的同事中唯一被允许出版作品的人,也可以与所谓的同志们接触。他断言,只要把经理挪到少负些责任的岗位,事情就会开始改善。在我访问他的期间,有辆汽车停在他家门口,从车上下来一位穿着园艺服的女士。

这位女士,是我朋友的女儿的教师,她那套服装好像是临时穿上的。她昨天从乡间小屋回来,没有时间顾及这些。据说星期天在她家里行窃的小偷至今没有抓到。凡是小偷没带走的,统统被彻底毁掉了。他们从大柜里甚至从五斗小柜里拽出抽屉,踩得稀巴烂,又把布料撕碎或者浇上干性油颜料,把她的旅行护照和存折搁在镶木地板上烧掉,瓷器统统被打碎,画被剪碎,酒被喝掉,没喝的便倒在了波斯地毯上。

仿佛有人在进行报复,好像这么糟蹋东西比偷盗更让其开心。与此同时安全局估计,肇事者是一个团伙。他们毁坏这些东西时应该整栋楼都听得见。她家楼下和旁边的邻居整个星期天都待在家里,可却没有一个人走出家门来看看谁在她家进行偷窃。现在的人是怎么回事啊!小偷没有拿走的东西就够装满一卡车的。如今她不仅要面对这些极其野蛮的行径，而且要面对邻居不闻不问的冷漠态度以及侦查人员办案不力的表现，她不禁伤心落泪。

我突然想要问问她教的是哪门课。

她教的是政治。

我从未想过，也许某天我有驾驶某种大车的可能性，但奇怪的是如今夜里我常常在梦中费力地穿过高速公路，一次又一次地读着路牌上的异域地名，或只是那些穿过大草原，沿着山坡往上攀旋的公路号码。我还梦见自己开着一辆从未开过的汽车，载着一位从未载过的陌生姑娘。但我却知道，只要找到一个合适的地方，我们便将一起亲热。可是在公路上我能找到一个这样的地方吗？于是我开车拐到森林中的一条小路，可我仍觉得它不够偏僻。这里的树木又高又稀疏，实际上什么也遮不住。我出了森林来到一片荒沙地，这里远近不见一个活物，连路也消失得无影无踪。我一直在开车前行，车轮下的沙子喀喀作响，我将手伸向身旁，发觉姑娘的身子正紧挨着我，我的情人在行车过程中就脱去了衣服。我终于停了车，匆匆放倒车座，让它变成一张完美的床垫。

我们此刻相拥着躺在了一起。可当我意识到现在没有任何人掌控的车子仍在行驶中时，便立即坐了起来，我透过车窗看到汽车正逐渐靠近峭壁边缘。我正想刹车，踩到了制动器，可是放下的车座阻碍着我，我无能为力，汽车正越过峭壁边缘，我已经看到了下方的深渊，我吓得大声喊叫，可没人听见。我甚至还向我的情人伸出手去，可却落了个空，她已不在车上，留下我孤身一人摔下悬崖。

当我将此梦说给我幻想中的心理分析师听时，他却让我明白：我既没有梦见我如何得意地开着车，也未梦见如何渴望与陌生女性亲热，我梦见的是我感觉到了的被抛弃，那个情人对我来说象征着家庭之外的世界，以及接近他人的渴望，当真正的危险——深渊出现的那一刹那，象征着遥不可及的友爱关系的那个情人便消失不见了——留下的是让人不寒而栗的孤独，或只是那些穿过大草原，沿着山坡向上攀旋的公路号码。

再过了两个星期,我又被叫到交通检查机构,那里坐着一名小个子少校。待他看完了我的传唤报告之后说:"原来是您啊!"他走到桌子跟前,片刻后装作在找什么东西的样子,拽出一沓明明摆在上面的纸说:"这玩意儿怎么到了我们这儿?"他掏出我的钥匙,拎在大拇指与食指之间,举得高高的,晃得叮当直响,"这可是您的汽车钥匙啊!"

他将钥匙交还给我。然后埋头看着那一沓纸中的记载,"我正在阅读您的案情呢,"又表示惊讶地说,"二月十二日傍晚,我们的巡逻队在沿河街对您观察了片刻,仅仅在查理大桥和铁路桥之间您就严重违反了五条交通规则。在民族剧院附近您甚至闯红灯横过马路。"他责备地看着我。也许他真的相信他们所说的话。"巡逻队的同志们也对您进行过酒精测试,"他抽出一个测试管,握在大拇指和食指之间,与我同时注意到了管子是无色的,"结果是阴性反应。"他重将测试管放回文件夹里,"同志们合理地没收了您的驾照!五项犯规——这太多了,您是不是因为什么事而烦心啊?"

他停顿了一下,仿佛在期待着我对他的荒唐问话奉上一个意义深刻的回答。"这就会出现如下情况,"他教训我说,"司机虽然头脑清醒,但在烦躁的情况下会没法集中精力,本该停车时却继续开车,威胁在同一车道上开车的其他人的安全。"他又停顿了一下,见我插不进话时问我,是否愿意接受一次检验。

我接受了,免得他负不起这个责。我交还了需要回答几个问题的表格。

他浏览了一遍我的答案之后说:"好!"他从文件夹中掏出我那几乎是新的驾照,很厌恶地抓着它,举起,打开,重新合上,再打开,看了看照片,又看了看我,之后厌烦地将它放回了文件夹。

在这种情况下他不会也不能把驾照还给我,因为驾照上的照片与我本人不相符,有必要让我重新申请一张新驾照。

我问他，现在的问题只是需要换照片，可不可以给我一个临时驾照。他气得根本没法集中精力，干脆不理会我的问题，他站起身来表示我们的谈话已经结束。

司机马尔丁在家等着我。他听说了我遭遇的艰难困境，便想到现在正是让我去试着开火车的有利时机，事不宜迟，春末他就要离开铁路，有人给他提供了一个饲养水貂的公司里的空缺。

我告诉他说我的驾照一直被扣着。他乐了。正因为如此，他才来到这里。其实我的驾照本来就在他们那里，除非……我已知道是怎么回事了！

我将写作用品放进包里。我们一块儿出了门，直到克努什涅山脚下的小镇才下车。

我们渴望开车还有一个原因是想要摆脱"她"①。

我们坐到驾驶台或称指挥台后面，坐到王位（如今叫主席位或书记位）上或甚至只是坐到方向盘后面，就发觉手中掌握了生杀大权，并为此而感到惊愕。经受不住欺骗的诱惑，我们以为也控制着"她"了，"她"在未得到我们许可的情况下再也不能靠近我们，或把我们搂进"她"的怀里。

在很久以前某个时期人们曾相信，那些领导者同时是神；后来又认为，即使在那些领导者之上还有一种控制所有人命运的力量，它控制着世界甚至宇宙的运行。人们相信，这种不可想象的、本质上无法命名的力量，不管如何称呼，它们不仅是至高无上的，而且也是有判断力的，其权威是由善恶意识所赋予的，甚至恰恰是受人民的启发而建立的。

那些掌握权力的人必须知道，他们的领导只能是不完善的。他们所做的，只能是照葫芦画瓢，其代表性是有限的。他们知道，他们所做的一切将接受更高一级的审判。但这也阻挡不了他们沉醉于权力在

---

① 前面已提到，指当政的"乔装者"。

握的自欺和陶醉。恰恰是那些领导者依赖于何等的自我欺骗和自我陶醉啊！而他们对居于其上的审判者却一无所知。

我们谈了很久，直到半夜我才躺到那张三面都堆满了书的床板上去。我知道，明天我们必须在早上四点钟起床，然后我就得去开火车了。眼下我对它毫无概念，我睡不着，我仔细听着，期待能听到童年时听过的火车鸣笛声。可到处都是一片乡村里特有的静寂。早上我们出门时，天色一片漆黑，我们坐上了运送工人的火车。它会将我们送到正等着我们的那辆火车上。

车厢里挤满了还没睡够但又必须去上班的男女工人。我们待在一条窄窄的过道上。我至少能看懂一点儿信号吗？我的陪同很想知道这一点。

信号语言、预报、警告信号……我还是在盼望成为一名司机的时候学会的。我想，像铁路这样保守的机构的语言是不会变的。

好吧，反正总是要对我进行复试的。

在火车站我们走到了火车跟前，这台马上可能由我来驾驶的危险机器庞大得让我吃了一惊。一位认识我的司机还得去办公室取出车令。我若能躲到火车后面，别让这帮好奇的围观者看见，而从另一边门上车，那我就最自在了。

我独自一人留在原地。车站显得空空荡荡。我们来时乘坐的那辆火车已经消失不见，人们各自四散。穿蓝制服的老大爷拿着一块发放列车的牌子在转来转去。

油亮的车轮在路灯下闪闪发光，喷嘴散发着汽油味儿，我乖乖地绕过火车，走到铁轨后面耸立着堆满了木条的土堤上，在一块翻倒的路牌上坐下了，既不心烦也不着急，反正我已经过了急于尝试一切诱惑的年龄，比方说跟所有喜欢的女孩谈情说爱的年龄了。

为什么我要关注通向这里的这条路呢？

就在此刻，火车上的一个窗口亮了，紧接着聚光灯也亮了，车头打开了一扇小门。

"快点儿上来吧!"里面有人喊我,"一会儿我们就要开车走了。"我连忙沿着陡直的阶梯爬上了驾驶室。

"您要不要换一下衣服啊?"他为我打开了面前的一个小柜子,只见柜门里面的那一扇墙上贴着一张色情画,配着干巴巴的信号注释:停!警告!然后放松!再放松!

我说:"我就不换衣服了,最好告诉我,我该干些什么。"

那扇打开的小柜门内侧也贴着图画,画面上一个站在水坝上的浅发女郎在微笑,旁边紧挨着的是哈姆雷特的城堡图片。

> 这是一个颠倒混乱的时代,
> 倒霉的我却要负起重整乾坤的责任。①

"没多少要告诉你的。"他说,"这比儿童的双轮踏板车还要好驾驶。"于是他示范给我看,怎样启动发动机;并叮嘱说,操作台中间的半个轮子不是方向盘,而是一个启动器,它总共有八级,用来控制速度。这是紧急刹车。启动器旁边有个按钮,我的任务就是每十秒钟按它一下。在我熟悉这些东西之前,大概会觉得很烦。他还将速度计指给我看,我必须老盯着它。速度记在条带上。火车一开,条带就完成任务交班了。我们若是在什么地方过了界,就要挨罚。

他还告诉我说,现在火车只载了三百二十吨货物,途中还要增加八十吨。这并不算多,上坡时这个载重量正合适,特别是当我必须往山顶上开的时候。万事俱备,只有启动需要稍加练习,以预防火车出事碎裂或者轮子空转打滑。刚上手时只是自己练习,同时我必须意识到,如果除去我们的体重,四百吨是够重的了。因此当下坡时,我必须防止加速以免火车出轨。相反在上坡时我必须严密监视预防降速。一旦速度降下来,火车就会莫名其妙地停下。

---

① 此为《哈姆雷特》第一幕结束前哈姆雷特说的台词。

这时我看到信号灯由红转绿，心中不免有些微微的激动。

"现在你少露面。"司机要求我说。他从侧面的一个小窗口探出身去，向发送员招了招手，接着转身，我听话地缩在一个角落里。我们的车出了站。

初醒的大地在我们眼前逝去，可我没太留意，我在凝视着信号：被准许的速度很低。鸣笛声一声接着一声。

"您现在可以接手了。"他转身对我说，在椅子上给我让出了个位子。"别忘了按按钮！您若愿意，眼下我替您按！"

我说，让我试试看自己来。我坐在控制台后面，火车并不知道换了人，照常往前开着，像事先练习过一般。

警示键上方的小灯在有规律的闪烁间隙中渐渐亮了起来，但总还来得及让我及时排除险情。因此仪器失去了对我鸣叫的机会。铁轨线开始渐渐往上倾斜，我记住师傅的叮嘱，立即转向测速器。就这样我们开过了好几个站，至少有二十个受保护或不受保护的交叉口。发动机均匀地响着，速度计指针几乎静止不动，火车速度降到了每小时三十与五十公里之间。总的来说我已较成功地掌握了这个庞然大物，这曾是我过去期待的。我顺利地减速和加速，直到片刻之后我才注意到铁轨绕过的田间低陷的小路那不同寻常的景色，以及车轮均匀地撞在轨道上的声音。

行车一小时之后，我那位一直留心注视着轨道、仪器，以及我的举动的教练掏出茶点，靠在小柜旁的墙上，安安静静地泡上了一杯茶。就这样默默地表现出对我驾驶能力的信任。

到站后他走到站长室里，根本不看我。仿佛这是一件很普通的事，说火车由一位客人开着。马上又谈起我不认识的人，说他的同事在上班时醉得都站不起来了，被检查站的人捉了个正着。

他的谈话引起了我的兴趣，可同时我又无法一心二用。我知道许多喝醉了的火车司机最后啥事也没有，只需假装坐骨神经痛发作就蒙混过关了。谁会残酷逼着同事去接受那痛楚难忍的酒精皮管测试呢？

我觉得那两个人聊得很欢，根本不在意前方路况，可我的朋友突然嚷嚷道："你们看见了吗？如今你们可以鸣笛对他大吼一声！"

这时我才看到，在我们正要靠近的铁轨交叉口，停着一辆刺眼的黄白色车子，车身上那熟悉的通常很可笑的字母格外醒目。

"要是让他们看到你这个样子。"司机乐着说，"他们已经为你准备好了小木板房啊！"

我鸣了一声喇叭，也许我在此刻的确瞄了那车内一眼，至少我觉得，"他"坐在那里。那个穿着自己最得意的制服的彪形大汉在龇着牙对我笑。我却只是从"他"旁边一闪而过。如今我想到我开车运载的那几百吨货物。我看到铁轨拐弯处的那几节车厢，便产生了一种幻觉，我这个以硕大无比的力气拖运着这些东西的人正横在"他们"的道上。

"您可以稍微减一下速嘛，反正我们是在下坡。"他向我建议说。

我明白了他把我叫住的原因，他给我提供了一个机会，让我至少能马上横穿马路挡住"她"的路，让"她"看到与"她"抗争的不止我一个人。

"您忘了按按钮。"接着他责备地说。

我立即回到我的位置，按了一下按钮，表示我的存在。

一九八七年

递送员

一

我九点以后才到我们的研究所上班，反正九点以前我没有什么材料要递送的。其实通常九点过后我也没啥要递送的。正值夏天，大部分职工都休假去了。再说斯特拉什尼采①的计算机系统也出了故障，因此连一张纸也没打印出来。我没乘电梯，步行上了四楼。我信不过它。真不知为什么恰恰是这些电梯在极其破旧的情况下还能上下运行；尤其让我感到不爽的是，既然我用自己的脚能走到的地方，为什么还非得乘电梯不可。办公室里坐着女秘书和财务管理员。两人都年轻可爱，长得不一样的漂亮，但都爱聊天。只要有什么文件，我通常都整理好放在靠门的那张桌子上。今天赶上只有财务管理员一个人在这里，而我的办公桌上却空空如也，说得更确切些：只有一只插满唐葛蒲的花瓶。我跟她打了个招呼，她看了我一眼说："其实您今天根本用不着来啦。"她就这样迎接了我。

"可我乐意来，高兴见到您呀！"

她笑了。"哎，您没听说过我们这里的社会制度是什么吗？"她对我说了许多有关于此的残酷定义，包括我们在什么环境下生活和不许对什么发牢骚等。据说之所以不许说牢骚话是因为我们的社会制度是世界

---

① 斯特拉什尼采为布拉格的一个工业和住宅区。

上最好最好的，最公正和最人道的。我则回赠了她另一个定义。

一个电话打断了我们违反宪法的娱乐。财务管理员接完电话后问我："您知不知道约玲卡过得怎么样？"

"我不知道。"

约玲卡，万达斯的妻子，是一位计算机编程员，我从未见过她本人，只见过放在万达斯工程师桌上玻璃板下的一张照片，看上去像是一位很柔弱、很温善的女性。昨天她去做肿瘤切除手术，肿瘤不是恶性的。可他们有两个小女孩，研究所里的女职工都担心万达斯一个人在家搞不定。"我早上往霍多夫①打了个电话。"财务管理员说："可是彼得·万达斯还没赶到。您要上那里去吗？"

"我得去看看有没有什么要我递送的东西。"

"没有。"她说，"我问过了。您不是知道吗，在斯特拉什尼采已经没啥事儿可干了。但据说莫赛又忙得要命。"

"反正，"我说，"也许在一天之内会有点什么要递送的吧！"

"那就按您的意思行动吧！我要是在您的位置，我要是能够……"她幻想着要是处在我的位置，只当个递送员的话，她都能干些什么。"反正您要去那里一趟，至少捎上这几份东西吧！尽管谁也不读它。不过恰好刚送到。"她从桌子上拿起几本《工厂通讯》。"请您给万达斯带去这个……"她站起来，从花瓶里分了三株唐葛蒲。"就说是我给约玲卡的。"她将唐葛蒲包进一块湿布里。我便将它连同一捆杂志统统装进包里放到了车上。

"还有这个是给女工程师卡西诺娃的。"她突然想起来说："她曾经替别人找过这东西。"她将涅兹盖尔曼②编的三年来的旧清单目录交给了我。

门前刮来一股热风，我连忙跑到另一条街上的阴凉处。随即朝着

---

① 霍多夫为布拉格市的四区。该区以现代住宅著称。
② 涅兹盖尔曼，德国人。

旧城广场走去。我衣着轻便，穿的是布裤子，短袖衬衫，鹿皮平底浅帮皮鞋，那是几年前在芝加哥买的，后来把它遗忘了，直到如今我需要时常走路才又重新想起了它，因为它既轻便又柔软。我用不着太赶，也没什么急着要去的地方。谁也不会急着要看那些杂志，涅兹盖尔曼编的三年旧目录也不用急着送，只是该尽快将花插进花瓶里去。

两天前我给万达斯工程师送去几盘录像带。他虽然坐在单人房的一张木板床上，可却没看录像，而是呆望着窗下的一块刨开了的荒芜草地，面前放着喝了一半的葡萄酒瓶。他硬要我坐得靠他近些，和他一起喝酒。他说早上刚将妻子送进医院。"您知道，有那么一种奇怪的感觉，"他对我诉说着心事，"我们道别时，我觉得我正在做一件糟糕的事情，把她送到那里去让一个陌生人来摆弄。那个人会将她放在手术台上，切呀割的。我知道，"他接着说："这样做是为她好。可是我应该有权替她躺到台上，替她承受切割呀。省得在此刻我要为她担惊受怕。"他承认，"我实际上一直为她和孩子们担惊受怕。我自己当然也害怕。您懂吗？您一听到有人患癌症死去，便会马上去检查自己有没有类似症状吧。您知道，人生应该安排得更合理些，比方说，每个人至少应该确定一个最低的生存期限嘛。四十年！至少是四十年，而如今却只有……冬末我表妹家死了一个小女孩，她还不到五岁。病痛从三岁起就开始折腾她，后来又只一个劲儿地给她插胃镜。到最后我们到处找医生，可已经晚了。在春季的第一个日子里把孩子埋葬了。孩子的父母哭着，您能对他们说些什么？过去至少可以安慰说，将来大家又会在天堂相聚在一起的。可今天呢？我对表妹说：'您得坚强些！'而她就问我：'为什么？'我却不知道该对她说什么。实际上我压根儿就不知道她在问什么。不久前我们还跟约玲卡一道沿着去赫拉德茨①的公路开车行驶。我看见，公路一侧延伸着一道全新

---

① 赫拉德茨，捷克东部的一个城市，位于易北河与奥尔利采河的交汇处。以机械工业闻名。

的篱笆，一道特别长的铁丝篱笆，篱笆后面，您知道是什么吗？啥也没有，只有草，丛生的杂草，荒凉一片的草地。既无工地，也无操场或军事训练场，总而言之，啥也没有。而在它前面却拦了这么一道讲究的新篱笆。我留意了一下，足有五公里长，之后突然便结束了。公路的另一侧则是一块空空荡荡就那么敞着的地，活像我们的生活的一个幻影。您懂我的意思吗？"

我看了一下书店的橱窗，尽管我知道，我不可能在那里看到一本有意义的书，即使传奇般出版了一本，也不会将它放到橱窗里，而是为熟人藏在柜台下面。小饭馆门口站了几条大汉，很可能是建筑工，手里端着半公升啤酒，正心安理得地耗着劳动时间。整个广场都修整过了，新鲜的颜色光芒四射，像华丽的撒哈拉蛋糕，不过我还是蛮喜欢的，我呆望着，似乎尝到了味道。能这样逛街，对我来说实在是太宝贵了。在我找到这份每天把我带到这里来的工作之前，我每个月只能进两次城，还得匆匆忙忙赶路，好将我该传达的传达到，不能浪费时间，因为家里还有活儿等着我。可如今情形变了，变得相反了，我工作期内的时间在慢悠悠地流逝，而我有了闲暇可以细细观察，丁斯基教堂为何没有继续装修？我甚至还可以朝市政厅展览厅的窗口瞅上一眼。我本可以进到里面去的，但我不好意思进去，因为我带着挎包骑着车在街上逛时，至少还是朝着自己该去的目的地前行，还是在尽工作的职责，谁也说不了我什么，我可不好意思去逛展览厅。

我在市政厅塔楼前停了下来。最早的一批游人已开始在人行道上聚集起来。当那些西方人还在酣睡或正在吃早餐时，我旁边背着大包小包的人群已在等待着古钟里来自东方邻国的圣人群像一一出现①。我聆听了一会儿旅客们的轻声细语。此情此景曾引得我们有些轻浮的

---

① 布拉格的旧城广场上有一座塔楼，塔楼上有一座古钟，每当整点时，古钟上的两扇小门便会自动打开，几个木制的"圣人"便会一个接一个地在门口显现。此为当地的经典旅游观赏项目。

前辈做起了相信强者与弱者之间存在博爱的美梦，可我并听不出来，他们的话语有多大的意义。

圣人们一个一个从塔楼的窗口闪过，他们总是沉默不语，什么也没告诉我们，闪过之后重又回到了黑暗的屋子里。

我穿过热列兹纳街一直走到暮斯特克街。在古玩店里我看到一个文艺复兴时期的柜子，价值十八万克朗，这个数字正好相当于我目前工作十年所能挣到的工资。我开始构思一篇关于递送员的短篇小说：这个递送员决定将他不吃不喝、不租房子不买书，省下的钱来买这个古董柜。书的结尾我也想了好几个：这个递送员一生住在地下室里，只靠在自助餐店捡点残羹剩饭活命，到第十年因饥饿而死去。或者是：虽然没死，但在此期间那柜子已经被卖掉。或者是，这是我最喜欢的一个结尾：虽然经过十年的时间他终于历尽千辛万苦攒够了这笔钱，并在店里找到了这个柜子，只是经过这十年，柜子已经涨到了三十六万克朗。

有人在地铁口贴了一张不大的广告，上面有一句的确极其真实而朴素的话："嗨！嗨！嗨！我们的比萨饼最最美味！"我本不饿，但看见这么便宜的美味比萨饼，等待的人才大约二十多个，我便决定来它一份。

对于文艺复兴时期的柜子我实际上并不渴望，递送员这份活儿我也只能在夏天的几个月干一下。对于工资我也没有什么想要抱怨的。我明白递送员在使用卫星通信系统传递信息的现代社会，就像是吹笛子的人、白金汉宫的门卫或者作家这类古老的、民间的用来装饰门面的东西。我对这类古旧的职业有所偏爱，在有机会可以自由选择生活的瞬间一向如此。我拒绝了走工程师或物理学家的道路，尽管老师们劝我走这条路，尽管我继承了父亲的数学天分。稍后，当我犯了第一次政治错误时，是这么回事：我写了一篇赞美卡瑞尔·恰佩克的文章，便被从《画报周刊》的编辑部赶了出来，让我到飞机发动机厂去当一名杂志编辑。我拒绝了。之所以拒绝倒不是因为我认为当工厂的杂志编辑有失体面,而是我不信任飞机发动机。要是让我到生产帽子或芥末之类产品的工厂去工作,我倒是可能去。我的数学已经忘光了,有时甚至做些把自己吓得够呛的梦,比方面临毕业考试,可我却意识到自己连最简单的题目都算不出来。我父亲在去世前不久买了一台计算机,他高兴地向我解释这台计算机的原理,可我的数学脑子已经笨到弄不懂为什么123这些数字会变成1111011。

此外,若让我挑职业,我不乐意沉闷地封闭在四周是墙、见不到人的小屋里。当编辑的时候我拒绝坐在编辑办公室里,我总是出去写报道。在当清洁工时,我大部分时间都奔跑于一个个亭、馆、药店、太平间和化验室之间。只要我肯坐在办公桌后面,我知道所有我期盼的东西都会到来的。然而只要我在被封闭的空间之外活动,我就得为令我兴奋的相会而付出点代价。

我本乐意在邮局服务——邮递员是一种让人期盼的人。因为大多数人尽管并未意识到或者也找不到什么可盼的理由,可总是在期盼好消息而不是坏消息。能给人们带来好消息也让我自己感到欣慰。我曾经非常渴望给人们带去写满好消息的信函——不过如今我已变得知足些了,懂得满足于一般的好消息。但是邮局不想要我,于是我便在研究所找了一份跑腿送信的工作。这家研究所是专门确定并评估空气和水乃至整个地球的污染状况的。研究所最让我感兴趣的是,这里有许多计算机程序编制员。计算机对于我来说就像对于它们的操作者一样,我听得多,却懂得少,但我至少明白并且能够想象,未来是属于它们。这个未来是什么样子呢?不久前我读到一篇关于这方面的文章,其中阐述了这么一个观点:"程序编制员的人际关系会受到他与计算机的持续接触的损害。过去,人只能与人交谈,"作者接着写道,"此外没有别的可能:无论谈话对象是否片刻之后便显示其愚笨、无趣,且易骗的本性。人总是在寻找一个能够取而代之的伙伴,所以才去与物体乃至动物攀谈。为了有个永远忠于自己,在独自生活时仍会等待的伙伴,于是找到了狗。当然与狗是没法真正对话的。狗不会回答问题,再说生存期也太短。一个与狗建立了情感的人不得不承受与它永别的痛苦。而计算机不同,人机是可以交谈的,计算机不仅听得懂人话,还能回答问题。同时十分确定的是,它不会欺骗,不会弃你而去,它会等待,末了它比人活得更久。外行人还不能完全意识到这点,可专家们知道并且懂得,在人类面前不仅出现了一位忠实而勤劳的仆人,在不远的将来人们还将坐到这个朋友的第六代或不知第几代的面前,像与一位从未谋面的智者进行对话。人们是不是也会爱上他呢?姑且现在把这问题提出来,预计人类有可能爱上他,甚至比对人爱得更甚。试问与谁能如此相爱而又根本不致发生不忠的问题呢?"

这是关于在未来将掌控人类的机器人问题的变奏之一。我并不觉得有多么鼓舞人心,幸好也不是太可怕。

虽然这家研究所所从事的活动也许比较重要,但基本上属于瞎操心,所以并未引起多少官方的喜爱与重视。研究所甚至没有自己的办公大楼,只好将职工分在两个离得很远的地方工作。这是只在大城市里才有的现象。此外程序编制员占了研究所全体职工的四分之一,他们共用着所里唯一的一台大计算机,因此程序编制员不得不坐车前往另外的三个地点,在那里进行一个小时、有时是两个小时的编程加工。研究所为了能及时读到远程发射的信息,就需要聘请快递人员,他的——其实是我的任务就是在所有工作场所之间传递那些需要传送的东西。有时只是一个文件,有时是装着软盘的盒子,几包穿孔卡片,或者计算机打印出来的几页纸;有时又什么都没有,或者就像今天那样只有一束花。遇到这种情况我便在南城的研究所的漂亮大厅里坐一会儿,读一本书,或者是工程师克里玛硬塞给我的一本手册,他说不能忍受我成为一个出入研究所而又不具备一些起码的计算机知识的人。他断言这些知识对我的实际工作一定有帮助。

我终于得到我最最最便宜的一份比萨饼。我离开了灰蒙蒙的过道。圆形椅子上坐满了旅行者,他们同我一样也在吃着比萨饼。一位黑发美女,大概是意大利人或西班牙人,坐在她的意大利或西班牙男友的膝上喂他吃饼。她穿在短腿上的裙子很短,左边的漂亮乳房敞露着,另一只由她的男友用手心捂着。我既没去过意大利也没去过西班牙,尽管这些地方一直吸引着我。倒不是因为它著名的名胜古迹,更主要的是感觉那里的人性格开朗,很有特色,还不时发生有趣的故事。可是也有可能是我弄错了,这些美女也许只是在某处的大商场卖东西,她们的故事与发生在科特瓦商场或五月大商场里的姑娘们身上的故事没什么区别。这对情侣发现我在注意他们,冲我吐了一下舌头。我忙将目光转向上方,这才第一次发现,上面的这座大钟,指示的时间根本不准确。

我朝瓦茨拉夫大街①上方的地铁站走去,走路并不能分散我的精力,倒是恰恰相反。我沿着人行道走着,一会儿便只剩我一个人走在上面了,我边走边构思一个故事、一篇稿子或一封信。我是个不爱写信的人,可有时爱在心里琢磨信该怎么写:给我爱过的女士们,甚至给那些曾有一句话、一个图案或思想吸引过我的作家,也给其他各式各样的人。给这些人的信当然只是一些简短的、通常多为问话式的而不是什么规劝之言,免得他们怀疑我吹牛说大话。我也写过几封情书。

有几位小姑娘在同一趟地铁上,像是在校生,或者是某个商场的学徒工。她们并没有穿制服,可我仍旧觉得她们全都一个样,仿佛出自一名没才华的无名造型艺术家之手。看着她们并不让我感到多么兴奋,反而情绪更加低落。我从布袋里掏出一个小本子,打开了它。里面有一页上尽是一些什么 FKSP、FMF、MF……的缩写词,是一份与中央工会委员会有关的什么公告,官僚主义气味十足,我死活都没法看懂。可是,那些译成了密码的标题却引起了我的好奇,我埋头再读,当我想弄清楚有关文化与社会需求基金会的细节时,地铁正穿过黑漆漆的地下隧道,到达了我的另一个工作地点。

---

① 瓦茨拉夫大街为布拉格最著名的一条宽阔繁华的大街。

从地铁站到研究所需要步行六分半钟。大多尚未完工的楼房的灰色骨架从各个方向划破了地平线。在大楼框架的上方耸立着硕大的吊车臂,曾几何时还引得诗人们诗兴大发,浮想联翩。他们曾经希望在此长住,但至今尚未实现梦想。道路愉悦地在公路与草地之间穿过。公路上的人行道与车行道也用密密的野蔷薇丛隔离开来,因此行人可以略带幻想地吹牛说:自己正朝着波罗的海岸的浴场走去。

传达室里坐着一位大胖子吉他手。音乐学院的学生轮流在这儿义务劳动值班——除吉他手之外,手风琴手和管乐手也来值过班。所有这些人都有一个共同的特点:他们只专注于自己的事情,对传达室以外的生活一概不过问。吉他手今天有位小姑娘做伴。她背对着窗口坐在一张小桌子上,这幅画面几乎是象征性地突出了那面将音乐学院学生的世界与程序编制员的世界隔开来了的墙壁的特性。我尽量不引人注目地走过了传达室。在到达通向研究所大厅的大门之前,还走过了几条走廊。大楼又新又干净,阳光充足,我最喜欢那块开着天窗的小空间了。由于女程序员们的细心关照,那些热带植物和小棕榈树,还有好多我叫不出名来的树木都长得很茂盛。

在大厅里我只见到一个小姑娘坐在一张小凳子上拿着纸杯喝牛奶。我突然想到这可能是万达斯工程师的小女儿。我问她知不知道爸爸在哪儿。

她耸了耸肩膀,把一张她画的画拿给我看:"你瞧,我画了什么?"

画面上有张床,床上躺着切去了半个身子的人体,胸口上放着一束花。

"这是谁呀?"我问道。

"这是我妈呀!"她说。

黑板上贴着从《人民民主报》上刚刚剪下来的一则简讯:

被解开之谜

[赛伊瓦]①：斐济的警察局在侦查了几乎六十五年之后逮捕了八十二岁的已婚骗子 R·塔马。据警察局公布的资料称，此人拥有一百三十二起拐骗成年妇女与女青少年的犯罪记录。警察局对这名惯犯早已觉察，然而缺乏证据，准确地说缺乏被侵犯妇女的指控。现已查明：所有妇女都死于离塔马住处不远的棕榈林中。另一个值得注意的情节是：死者全被椰子砸破了脑袋。这个谜还是由英国警察拉迪劳破解的。这个戴着一顶棕榈叶草帽的警察在塔马的一套装有空调的房间里发现了一台私人计算机和大量编程，塔马精确地计算过，何时从这棵或那棵棕榈树上会掉下果子，恰好落到他"妻子"的一个合适的部位。近期侦查得出的一些信息可靠地表明：一个未署名的日本电子技术公司并非无偿地为计算机编制程序云云。

巴威尔工程师正路过我身边，他注意到我对这条短讯惊讶不已。于是对我说，这条简讯是万达斯工程师发到报社去的。他打赌说，计算机不可能想出这么一个连外行都不相信的大蠢事来。而万达斯编写了这么一本荒唐的小册子，寄了出去，结果，得了奖。

我发觉计算机程序编制者有一种加拿大式幽默的天分。克里玛工程师不久前在丽波娃女工程师的计算机中放进了如下一套程序：当计算机无缘无故开始发出咕嘟咕嘟之声的同时会发出警告："计算机进水啦！马上关掉供水总阀！"女工程师丽波娃便惊慌地嚷嚷着让男士们快去关水。工程师们常常彼此开玩笑、打网球、野营，有时聚在一起聊聊天、喝点儿酒，这一切明显地是为了避免因长期人机对话而疯

---

① 私人侦察网名。

掉的事情发生。

我走过一间间办公室,可是没看见工作人员。我将卡片放在卡西诺娃女工程师桌上,尽管这些颜色耀眼的目录放在各类研究信息与专业杂志中间显得很不协调。

女工程师卡西诺娃是这个工作室的程序编制组组长,对于"她是为了别人需要的目录而忙活"这一点我毫不觉得奇怪。她只要在找什么,总是为了别人。我简直不能想象,她怎么可以在翻阅目录卡片这种毫无用处的事情中消耗时间。人们说她至今未出嫁的原因是她觉得家庭会干扰她的工作。其实这不准确——我觉得,真正的原因是她的和蔼可亲和善意,她付出的善意与关心使得她没法同时侍候两位主人,她恐怕承受不了忽略了其中任何一位的这种感受。

一直走到只放了一台小电脑的下一个厅里,我才找到所有的人,包括女工程师卡西诺娃和这里唯一的一位女党员工程师丽波娃。万达斯工程师此刻坐在大厅中央的电脑后面,膝盖上坐着他的小女儿。他满是胡须的善良的脸上透出一丝紧张的神情,或者更确切地说是痛苦。彩色画面上出现了双向公路,对开的汽车一闪而过。此时万达斯工程师正斯斯文文地驾驶着"车子"缓缓行进,插入了"车流"之中,同时机敏地躲开了迎面开来的"车辆"。

公路两旁不时闪现出城市的灯光、加油站、桥梁和相邻的公路。在汽车反光镜里显现出山的轮廓,也许正是司机驶向的落基山脉。其他人都紧张地注视着他的行为举止,因此根本没人注意到我的出现。他的行为使我感到有点儿惊奇。我习惯了男女工程师都爱躲在自己的小单间里,或者,只要他们能够获得在斯特拉什尼采[1]、莱特纳[2]和沃尔肖维采[3]的莫兹[4]的大计算机旁工作几小时的机会,那他们绝不会耽搁时间。万达斯工程师恰好获得了沉默的机会,大家都钦佩地替他松了口气。这时我才明白,为什么大家都聚集在一起,以参与的方

---

[1][2][3][4] 均为布拉格市内的地区名称。

式表示对他的支持，此时他的妻子刚刚做完手术。

我意识到，当我第一次进入这个单位，便感到这儿弥漫着一种不寻常的亲切友善、礼貌和乐于参与的气氛；甚至无论何时让我去何地送或取什么东西，这本是我职责范围内的事情，他们也首先要向我道声麻烦，并马上保证说这事儿一点儿也不用急，要是有困难，胶带什么的可以明天才捎来。营造这不同凡响的气氛，有着和善的卡西诺娃工程师的一份功劳。有好几次，当我看到她为那些妨碍工作的大量障碍而情绪不佳时，本想对她说，除了大量编程之外还可以创造一些别的东西——但我觉得自己没有能力和资格提出这种建议。再说，我还意识到，他们所做的工作是很重要的，减轻障碍就意味着减轻工作。

终于，克里玛工程师注意到了我，马上问我是否有意跟他一起坐到计算机旁去试着操作一下，他当时正好有空。我点了点头，免得他不高兴，他便将我带到他的工作室。克里玛工程师不多言，但一路上还是告诉我，万达斯的妻子昨天动了手术，一切顺利，如今在接受加护照顾，但明天就该转到普通病房去了。他随后为我打开计算机，自己退到一旁鼓励地对我微笑着说："您可以开始了！"

当他初次让我坐到这台计算机前时，便诉苦说，这是一台由两个旧电脑组装成计算机，而原来的两台供个人使用的计算机则由二十个程序编制员共同使用着。"这玩意儿，国外每个人都可以花上一个月的工资在百货大楼买到，可在我们这儿由于有禁运政策而不许进口。我倒愿意花上一个月的工资去置办这么一个小小的软盘盒儿，就是这种电脑。"他还向我提供信息说："这是从台湾偷运过来的。"我问他是不是我们这里没法生产计算机。他解释说，我们基本可以掌握电子学，但软盘还得靠进口。这些软盘虽不是禁运品，但企业得不到外汇去购买。

工程师挥了一下手，仿佛在赶走一个沉重的梦。我虽然对什么是软盘有了一个大致概念，但我理解，程序编制人员的工作并不依据他们的想象来进行，至少在这一点上与我们大多数人的工作没什么区别。

我坐到键盘前，插进磁盘，屏幕上开始出现一行字，我还没来得及细看，便又换成了 B〉，根据前几天我所学的，我立即输入 a：wp，这该死的仪器立即向我显示："错误的命令，或文件名称。"可它没告诉我，我该怎么办。我又重复了一遍我的请求，计算机以极快的速度对我重复指出：我的指令是无意义的。我无助地望着电脑屏幕，等待着。我已经没有勇气再次求助于人了。我断定自己准是漏了一个什么基本的东西，责怪自己辜负了克里玛工程师的好心。"您又忘了更换磁盘。"他终于站在我后面说，"它怎么会给您显示呢？您根本就没有插入呀！"

我换了磁盘，重又向计算机发出四字指令，它如今发出一阵轰隆声，提示我说它产自乌达赫，而非西班牙、意大利。我曾在那儿待过。随后电脑请我开写。

于是我写下：

尊敬的总统先生：

我回头一看，只见克里玛工程师的胡子刮得光光的，脸上露出了满意的微笑。"您想写什么只管写吧！"他说，"然后可以删掉。"他坐到自己的桌子旁，开始阅读一份某种计算机输出器的说明书。

您大概已经习惯，

我接着写信：

接到的来信不是请求便是诉苦。

开头那句我不喜欢，便给计算机下了一个删除的指令。它删得很

快,我对此一直惊奇不已。我接着写:

> 我知道您很忙,可我并不想向您提什么请求或诉苦。我只想向您表达我心中被唤起的关切,更确切地说是遗憾。我回忆起您宣誓的那次隆重仪式,您当时激动得流泪,当在您身边找不到一个人提醒您说您激动得不是地方时,我便觉得您将会面临多么残酷的孤独,因为您接受这一使命的时代是如此的可悲和毫无出路,您的名字将会落得个耻辱而不是荣耀的声誉。我好几次试着听您的报告,因为我对您想传递给我们什么样的信息感到好奇。我也是这个国家的一名公民,我的言行尽管遭到禁止,我却在努力想告诉人民一点什么。我仔细听了您的讲话,分担了您作为一位登基者的恐惧与绝望,您望着看不见的臣民,可以、也应该说点什么,但又不知道该怎么对他们说,因为没有什么要告诉他们的。

我想起了搁在手提包里的花束快要枯萎,立即给了计算机一个指令,将刚才写的一段很难得到收信人夸奖的东西全删掉了。我跑去找万达斯工程师,在大厅里找到了他,他正和卡西诺娃工程师在一起。这位女工程师自己虽然没有孩子,可却富于母性地对待周围的一切人。如今正在给两个小女孩喂吃的。

"您知道有什么新闻吗?"他问道,边说边将饮用水倒进一个牛奶瓶里,"他们注册了八百万吨化学物质。等一等,我拿给您看。"他并没有拿来新的物质,只是拿来一片纸给我看。上面写着:2-(4-氯-5-乙氧基-2氟化苯基)-4,5、6、7-四羟-3甲醇-2H-吲哚。"这玩意儿还要不受惩罚地折腾多久啊?"他问了一句。

就像被这阴郁的提问引来的一样,年轻的工程师巴威尔出现了。我所认识的他是一个安静的人,忧郁寡欢的表情令他看上去更像是诗人,如今他倒是大声地宣告说:"我正是这么估计的,五年之后我们在林子里也会有一个耶塞尼基①，七年之后会有一个贝斯基迪②和舒马瓦③。"

万达斯工程师将鲜花放在他妻子的照片旁边："还有达达利④？"

"达达利没有。这是斯洛伐克人的事。我没有太打扰您吧？"他对我说："我这里有些捎到科莫尼尚去给米斯利维茨的东西，不过您不用急，他们这时反正还正在吃午饭。"

"当然啰。"我说。

那个岁数稍大一点的小姑娘给了我一张她在上面画满了画的纸，画面有三棵绿油油的树，几只五颜六色的鸟在林中飞来飞去，空地上还放牧了几头牲口。其中我只有把握认出了长颈鹿。画面上一个人也没有。

"你这画的是什么呀？"

"天堂，"她说，"给妈妈的，等她回来之后。"

"这些森林没法保住吗？"我问巴威尔工程师。

"应该有法子保护。"巴威尔工程师解释说："可人就得死光，死绝。不过他们死前会毁掉一切。"

"速度是可以减缓的。"卡西诺娃工程师向我解释说："要是能为护林投点儿资的话。只可惜没钱，而且钱会越来越少，真叫人绝望！"

"唯一的问题是，"巴威尔工程师说："这些森林会不会在五年之后或者十年之后消失？上次我还把克尔克诺什以及伊泽尔基也算在其中。在书面材料上写着，那里都种了些什么，可那儿已经永远不会再长出任何东西来了。在培植出新的适应性杂交品种之前，那里就只能留下光秃秃的悬崖了。"

"我倒不看得那么悲观。"卡西诺娃工程师说，"人们有朝一日总该明白，他们正在毁坏自己不得不生活在其中的世界。"

---

① ② ③　为捷克地区的森林带，均受到化学物质的污染。
④　为斯洛伐克的森林带，亦受到化学物质的污染。

113

"人们倒好说,他们可能会明白。"巴威尔工程师说,"可上面那些人,他们根本不在乎,对我们讨论的事儿毫不理会。"

年龄更小一些的那个女孩哭了。

"您看见了吧?"卡西诺娃工程师说,"您只会吓唬小孩。"

我跟巴威尔工程师一块儿去取文件。"森林对她来说并不是如此无望的。"他埋怨自己的上司说,"因为她管的不是这一块。可当她谈起她主管的水来,您就听她怎么发牢骚的吧,说里面尽是细菌。"

"要按我的想法,"巴威尔工程师说,"我就编制一个程序,首先将毁坏我们世界的那些祸害清除掉。不过谁也别想无偿地从我这儿得到它。"

"您真的认为人类熬不过这一关?"我将话题从当前的范畴引申到全人类。

"几乎是这样。"他说,"是这么回事儿:如今森林被水淹,海里尽是石油,空气中弥漫着各式各样的毒气。您自己也知道,因为您也在呼吸呀。全世界的森林正在逐渐失去生机,人类还要加以砍伐,土地被侵蚀退化,荒漠在扩展,基因素质越来越低。例如被污染的臭氧层,大气层时不时还得摊上个切尔诺贝利①,这是可以理解的。即使没摊上,在每个大些的洞眼里也填充着某些糟透了的废料。真不知人们一直在瞎想些什么。老听说一些新的怪事儿发生,根本不知道他们在干什么。其实现在已经发生的事儿就把我们折腾得够呛了。"

"还要折腾到什么时候?"我问。

"喏,"他想了想说,"这是个有趣的问题,多多少少可以计算一下。"他把一包拷贝交给了我,我把它放进提包里,便与他们告别了。

我从地铁口出来,走到公交车站,发现去科莫尚尼的车在几分钟前就开走了,下一辆车要一刻钟以后才开。我从提包里取出一本书正

---

① 切尔诺贝利,位于乌克兰,1986年此处曾发生过一次灾难性的核事故,核电厂爆炸和火灾释放出的大量放射性粒子进入了大气层。

114

准备看时，突然听到身后有敲打的声音，像是有人杵着棍子在走路。还真是，我一回头，便见到一个杵着白棍的大个子老人。我已经多次在白天这个时候见到过他，很可能他是到哪儿去吃午饭。在大多数情况下他有个陪伴，今天却独自敲打着白棍儿走路。我问他需不需要帮助，他谢谢我说，要是能领他到马路对面，他将不胜感激。他说话的口音有点儿特别，像是从奥斯特拉发或者是沃林尼来的。

我领着他往下走时，他数了一下阶梯，数到十，便遗憾地说："再往下我便不会数了。"

"您从哪里来？"他的回话让我大吃一惊。

"阿罗比疆，那儿在亚洲。"

"俄罗斯某个地方？"

"那是在经线91°与纬线56°两线交叉的地方。"

"您瞧，您能数出多于十的数字来吧！"

"我不会数。这是人家对我说的，我只是记住了。"他又开始数台阶。当他数完十之后，我便接着数到十六——这时已经下完了台阶。

"您会数？"他惊奇地问，"能数到多少？到一百？"

"大概是吧！"

"您是兵团战士①？"

"不是。您为什么这样认为？"

"在阿罗比疆曾经有过兵团士兵，也是说捷克语的。"他又开始往下数阶梯，当他数到十时，不像先前那样突然止住，而是每到十一这一级台阶便重复着"十、十、十"。

"我不是阿罗比疆人，"我说，"我从来没有听说过它，那是在西伯利亚吧？"

---

① 指1918年爆发第一次世界大战期间，在俄罗斯西伯利亚的捷克斯洛伐克兵团的士兵。

"再往下。"

"我能在地图上找到它。"

"您是地理老师吗?"

"您怎么会想到这一点?"

"您说您家里有地图呀!"

我停下脚步好让他喘口气:"我家有好多好多地图。"

"您不害怕?要不您是在地图制图研究所工作?"

"不。"我说,"我是一个递送员。"

"您传送信件?"

"更确切地说,是其他东西。"

"啊!"他明白了,"送传票、逮捕证、判决书!噼!啪!呼!"

"不是!"我说,"我不是对您说过吗?我不是从阿罗比疆来的。"

"真可惜啊,"他说,"冬天您要是在那里,就可看到北极光出现的美景,还有大雪!时世越艰难,雪便下得越大,还有狼。您一定会感兴趣,因为您绝对不是递送员,您是一位艺术家吧?"

"您怎么会这么认为?"我奇怪了。

"可您不是音乐方面的艺术家,"他猜得更具体了,"您没有音乐听觉,而只有倾听百姓之声的听觉。不过这也很重要。"

我们已经靠近地铁口了,他轻声数着最后这些台阶:"十、十、十。"

"您要坐几路车?"

"我要坐的是一部长长的汽车。"他说,"去沃尔肖维采的。可是您不必为我再耽搁时间了,我去问人家一下就行。"

我在科莫尚尼最后一站下了车,开心地看到了绿油油的山坡,可我不得不朝相反的方向往下走,往小河那边走去。柏油路面晒得滚烫,到处也找不到一块阴凉地方。我横过一大块烫人的路面,一直走到一家小饭馆门前,可我实际上又不喜欢小饭馆,便犹豫了一会儿,之后沿着洋房区小街继续往前走。洋房区中的大吊车上吊着一根大钢管，有两名穿劳动服的人在看守着，另一名坐在吊车的阴影下喝啤酒，他嘴里仍叼着啤酒瓶，同时用一只空手对我打手势，示意我等一等，等那大钢管放到挖出来的坑里之后再走动。

我站在小洋房的篱笆内，樱桃树上结满了一串串红红的果实。有几根枝子伸到了篱笆外的街上，枝子上的樱桃自然一颗不剩了。

我至少闻到了樱桃的香味。我还注意到吊车司机如何巧妙地放置那摇晃不定的钢管。当他将大钢管放进坑里时，便关掉机器。四个人都怀着欣慰的心情瞧着泥坑，然后他们蹒跚地走到临时居住的大篷车那儿去了。在大篷车的轮子之间我看到了装着酒瓶的纸箱。

我正要前往的研究所位于小山坡上的一栋楼房里。那楼房让我想起德国人在战争时期建造的、用于安置包括野战医院在内的各种临时机构。房子已经很旧了，闻不到木香，只有烟熏味，到处堆着废纸。要走到长长的走廊尽头才能到达米斯诺维茨的办公室。这条走廊的墙边堆满了小册子、书籍和纸包。在办公室里我谁也没找到。也许整栋楼房里都空无一人。谁会在酷暑中干活呢？我从包中掏出那包拷贝材料，将它放在桌上的其他纸包旁边——兴许我放在了收件人不至于忽略不见的地方。等我往回走时，一扇玻璃门开了，有位年轻女士在往外探头，她穿着轻柔的衬衫和牛仔裙。

我向她打了个招呼。

"您总是这样笑眯眯的，"她说，"即使扛着这么大个包！"她相当漂亮，头发染成了最时尚的多重颜色，脸上却没作任何修饰，她的嘴角上已出现皱纹，眼睛也有了黑眼圈。

"我的提包反正可以放在车子上。"我说，"我凭什么不对您微笑呢？"

"可即使没人看您时，您也这么笑眯眯的。"

我不明白，既然谁也没在看我，那怎么知道我在做什么？

"大热天的您不口渴吗？"她问道，"我给您煮杯咖啡，愿意吗？"

"我怎么好意思在这种大热天麻烦您呢？"

"我跟您一块儿喝一杯,而您至少说给我听听,为什么您总是在微笑。"

这间办公室当然和别的办公室一样,有三张桌子,还有一张放着电炉的茶几。她指着一张空椅子对我说了声:"请坐!"柜子上面在一堆满是灰尘的纸张中放着一个被遗忘了的花瓶,窗台上盛开着天竺葵和仙客来。

"给我说点什么吧!"她在我对面坐下,"我要是抽烟,您不介意吧?"

"您是这里的主人。"

"那我可倒霉了——拿这里当家。"她说,"我真的为每个还能如此微笑的人感到惊奇。"

"可一个人要是老皱着眉头也无济于事啊!"

"那为什么这儿的大多数人都皱着眉头呢?"她站起身来给我冲好了咖啡。我谢了她。

"您还没回答我的问题。"

"也许是在这世上活得不开心吧!"

"您在这世上活得开心吗?"

"既然已经来到这个世上了……"

"您大概认为,反正花的钱一样多。"

咖啡很烫,可我尽我所能快速喝了下去,好结束谈话。

"我以前也是这么说的。可是在我的第一任丈夫死去之后,我就越过越糟了。"

"不久前刚去世的?"

"不,已经六年了,可真是——可怕得很哪!"她瞧着我。她的眼睛的颜色犹如城市上方的天空。当我细心观察这双眼睛时,发现它们在不显眼地游移不定,仿佛没法平静下来。"死亡的过程拖了很长。"

"不久前电视里还谈到过这类病,您没听到?"

"我没电视。"

"您没电视?"显然她被我的贫困吓住了。一个连电视都没有的人怎么可能微笑呢?或者恰恰是因为这个而微笑?

我说:"我不想要电视。我家有成千上万本书,我更喜欢读书。"

"您说得对。看电视浪费时间。可是整个晚上待着干什么呀?"她吸完了一支烟,又从烟盒里掏出一支,然后又放了回去。她的手纤细而美丽,只是手指有些抖。

"您没再结婚?"

"结了,"她说,"只是不再微笑了。"她试着笑了一下。"您总不会以此为生吧。"

"您为什么这样认为?"

"您要是老干这一行,您就笑不起来了。"

我沉默不语。我肯定打心眼里不准备谈及自己的一切。

"您也不会有这样的皮鞋。"她说,"顶多穿上双布鞋。"

"喏,"我打断了这女性的逻辑,"我一生中也干过其他事情。"

"对,我也是。您对这感兴趣吗?"

"干吗不?有时间再说。"我喝完咖啡,站起身来。

"等您再来时,再在这儿坐坐,"她建议说,"可惜您不能给我带来任何东西。"

"您想要得到什么?"

她耸了耸肩膀:"人总是在等待,等待一个什么好消息,尽管知道这是白费心思。卡瑞尔死的时候,我就真正地认识到了这一点。"她拿起咖啡杯,从我身边走过时,她的腰部轻轻蹭了我一下。

是,我知道,人们是在等待着好消息,尽管他们常常不知道,这消息包含些什么内容。这位女性不知想到的是什么内容。

外面的门上挂着写有名字的三块小牌子:安娜、伊松娜和娜达莎——这三个名字中我觉得那个俄国名字与她最相符。

大篷车前坐着四个工人,他们上身赤裸着在晒太阳、喝啤酒,我觉得他对自己工作的满意度至少与我相当。我走过坑上的小木桥。我的工作日到此结束了。

我回到家里找到了91°经线与56°纬线的交汇点，找到了离克拉斯诺耶尔最近的地方。可一点儿阿罗比疆的痕迹也没有。在那里我也不觉得极光像是真的。也许只有传票、拘票和判决书是实实在在的。至于谈到雪，时世越是艰难，雪便下得越多。人若掉进雪堆里，也就叫不来救命的人了。

二

斯特拉什尼采的大型计算机又运转了。我捎去那里的三盒空磁带，还得录好后捎回来。斯特拉什尼采的大型计算机安放在进出口公司摩天大楼的地下室里。在这空调设备轰隆作响，严禁吸烟与任何空气污染的硕大地下室里，显示器光芒四射，穿着白大褂的男女工作人员来回跑动。在一架机器的键盘前，我认出了身材瘦高的巴威尔工程师，他没注意到我。他那沉浸于幻想之中的眼神紧紧盯着显示器，上面正显示着一竖排数字。穿着白大褂的巴威尔工程师正在这种计算机所要求的严格消毒的环境中收集关于此地山区空气污染的数据。我越过他的肩膀看到烟雾剂和微克含量的四价硫氧化剂、铅、镉、铜、锌等等数字，我反正也搞不懂。我不知道谁能判断，兴许这架硕大的机器能吧。要是它也不能，人们总会想出一种能判断这些玩意儿的机器来。然而更可能的情况是我们会把空气弄得更脏，或者用一种我们自己也不知道会产生什么影响的东西而把空气弄脏。就这样恶性循环，大家几乎众口一词断言要设法停止这种现象，然而状况却越来越糟糕。

他们为我准备好的磁带已经摆在门旁的小桌子上，放在最上面的那盘磁带上贴了一张纸条，用圆珠笔写着：舒曼瓦。我将舒曼瓦磁带塞进背包里，走出地下室，在门房签了字。透过玻璃大厅的窗户我看见外面下起了倾盆大雨。我只好暂时在一张软沙发上坐下，注视着厅中的活动。在我身边的小桌旁坐着两个阿拉伯人，他们激烈地争论着什么。他们如此大声喧哗，是觉得反正谁也听不懂他们的话。

在战争时期和五十年代，我把得到爸爸或叔叔的来信当作一件好消息。这说明他们还活在某个集中营或监狱里，也就意味着我们还有重逢的希望。当然，后来两人都被杀害了。

此外我也把我爱着的女士说她想念我的字条当作好消息。肯定还有好多其他信息被人们当作好消息。可我总认为，真正的好消息总是与相逢二字联系着。它还透露着爱或是自由——最好是两者俱备，在自由中充满爱的相逢。而最好的消息则是带着上帝的爱而自由相逢。而我至今都害怕毫无保留地相信这类消息。

还在上学时我便开始递送文件信件。第一次，外面也是下着这样的倾盆大雨，那应该是在初春的某个时候。记得在这几天前他们逮捕了我爸爸。一大清早有人按响了我家的门铃，我走去开门，妈妈却为每次的门铃声而担惊受怕。但门外站着的不是他们，而是我在中学时的一位同学。至今我还记得他被雨淋得一身湿透了。他穿了件薄薄的风衣，棕黄色的头发湿淋淋耷拉着，一脸胡子茬儿，眼睛凹陷，眼球大概是由于烟熏或没睡够觉而充血发红，我还没来得及邀请，他便挤进了门里，随即把门关了。

"出什么事了？"我想知道。

他向我担保说用不着害怕，可又警惕地观察有没有人跟踪他。

"为什么有人要跟踪你？"

他解释说，他们正要去抓他时，他在最后一刻跑掉了。

我想知道，为什么他们要逮捕他。

他说，最好别问，不知道更好。

好，我什么也不想知道。可他想从我这儿得到什么？他说我必须把他藏起来，至少藏到明天，并替他传送一封短信。

"我？为什么？"

"我该躲到谁那里去呢?"他问道,"他们不会到你这儿来找我的,你家有个民族英雄。再说你也不会把我轰走,因为你自己坐过牢。"

"那是在战争时期。"我注意到我内心的恐惧在不断增长。

"这没关系,"他说,"受难者总不至于出卖受难者。"

"再说一个星期之前他们带走了我爸。"我坚信,肯定是因为弄错了才发生了这件事,但我没大声说出这一点。

他感到不安地说:"他们在监视你们吗?"

"没有,大概不会!"我突然想到,他们完全可能在监视我们。他们在我们家彻底地搜查了个遍呀!这是在怀疑我们,还是在怀疑其他人?他们可没理由怀疑我们什么呀!

我母亲出现了,问我为什么没将朋友请进来。

随后我们坐在房间里喝茶,装作在回忆往昔的共同生活。等母亲一走,他便问我要了一小张纸,开始在上面匆忙地写了些什么,又将写好的纸条放进信封,封了口说:"你能把它送给收信人吗?"

"里面是什么?"

"你不是看见了吗?一封信呀!"

"关于什么的?"

"这不重要。但是不能落到他们的手里。要是碰上了他们,你得把信毁掉。"

"你亲自去送不是更好吗?"

他不是对我说过吗?他们在搜查他。能从他们眼皮子底下跑掉这是奇迹啊!

好吧,让他在这里待到天黑,然后让他一个人离开这里。

"夜里比白天更糟糕。"

"那你还打不打算离开这里?"

这封信能改变一切,他向我许诺说。只要我给他捎来回信,他便立即消失——因为他就会知道该怎么走,往哪儿走。

"我还要捎来回信?"

"你不至于在这种情况下不管我吧?"他说:"你大概也明白,既然你爸也刚被他们关起来。"他给了我收信人的地址和人名,叮嘱我将这一切都记住,还告诉我怎么走。我得坐有轨电车,无轨电车,然后还要步行一段路,我得时刻注意,要是看到有人跟踪我……

对,这些他都对我交代了。可是我该怎么销毁信件呢?

"比方说吞掉。"

我对妈妈解释说,我的朋友将在我们家待到晚上,如今我得去上课。我穿上衣服,又害怕又恼火。他至少应该告诉我:当局为什么在追捕他,我为什么得为他冒险,信里是什么内容呀!要是信里面真的有什么间谍情报,我被警察抓住了,我能及时把信吞掉吗?何况我根本不愿意送什么间谍情报。他来到我跟前,极其忐忑不安地说:"你要是想把我抛出去,洗清跟我的关系,而他们却是在你家里找到我的,就绝不会相信你。"我也没觉得这句话对我有所冒犯。因为我只当他是随便说说而已。告发一个实际上什么错也没有犯的人,这种事我做不出来,尽管说这是一种公民义务,甚至是一种美德。于是我便冒雨动身了。夜雨凉得刺骨,街上空荡荡的,我比较容易看清有几个行人也正朝着我所去的方向走着。汽车在这种时候已很少出现。要是有人跟踪我的话,我也无法摆脱掉。我的传送任务把我引到了伊诺尼采村,当时它还只是一个近郊村庄。我走过两排矮房中间的小道,不时有狗对我叫上几声,我每次都吓了一跳。一到山坡上雨便变成了扑打我眼睛的黏糊糊的雪花。

我正要去会面的那个人是谁?我没法打消我的猜测,更确切地说把他幻想成了插在地里的吓唬麻雀的稻草人。他若是受过培训的某个执勤单位的密探,外国谍报机关的头子或者千真万确的敌人怎么办?他要是整个间谍网的头头,而这个网已被揭露,我却正在他们等着我的那一片刻陷了进去怎么办?

我还记忆犹新:他们的脸是灰突突的,服装也是一片灰。我真不想把这些情景放在心上,可是又不时回忆起这些人。他们在战争初期践踏了我们的房屋,他们只说德语,总是大声吼叫。

那时我已二十二岁了,向往画画、写情诗。可我却常常被推到一个只差一小步就可能在我后面关上门,再也回不来的地方。只不过如今我可能是自己往里走。

收信的人就住在这个村子的一座小房子里,花园修理得很好,树干下部抹了石灰,园圃上覆盖着松枝和草叶,窗上垂挂着窗帘。我几次核对认定,房子的号码与我要送的信件上的地址和号码完全相符,门上没有任何名牌,我按响了门铃。

好久没有反应,然后我觉得窗帘后面隐约显现出一张脸的轮廓。我没动,那张脸也没动,真吓人!我真想离开这里!撕碎信件,把它扔到桥下的河里或者埋到森林里,再也不在这儿露面。

可是那位不速之客还在家里等着我。我设想着没把信交出去,等着、等着,一直等到警察抓到他,或者我把他轰出门之后他被抓到。那时他肯定会向逮捕他的人坦白,以前曾藏在什么地方。

我又按了一次门铃,大门终于开了,门里站着一个头顶光秃,只留下周围一圈白发的男人。病容满面的黄脸上耸着一个高鼻子,鼻梁上架了副厚片眼镜……"您想干什么?"

我问他是否真是我要找的那个人。

他承认是:"您要干什么?"

"我有一封给您的信。"

他点了一下头,示意我进屋去。

我走进了一间不大的前厅。地板是木制的,擦得干干净净。几双皮鞋放在一只绘了画的木箱旁,旁边还有一浅筐芳香四溢的苹果。门框上挂着一个小十字架。透过敞开的房门我看到一个装满图书的书房。我将信件交给了他。

他小心翼翼地接了信,似乎怕碰到它,将它放在木箱上,从口袋里掏出一把小刀,裁开了信封,阅读了片刻,然后重将信纸放回信封里，对我说："我不知道写的什么，我不认识这个人，我不明白他想要我干什么。"

我愣住了。"可是他……他……他认识您呀！"我又开始口吃了，"他派我来找您的，而且在等您的回信。"

"这封信我读过了。"他说，"现在我回答：我不认识他，也不明白他想要我干什么。"

他说话那么坚决强硬，这么过分，反倒使我认为，他在说谎，大概是因为害怕，才说他不认识写信的人，害怕我在为他设个什么陷阱。

我不知道该怎么办，我不会把信再带回去。我将信还给了他，请求他自己将信毁掉，然后我又建议他跟我一块儿回去，因为写信的人在我们家等着，说必须跟他说话。

他从我手里拿回了信，走到隔壁房里。我听到打开壁炉的声音，然后又是一阵静寂，什么动静也没有，不知从哪个高处传来一声猫叫。

他要是跟着我回去，我母亲会说什么呢？她已经吓得够呛了，现在又带一个人回家去，再说也会引起邻居的注意啊，要不……圈套可能会一下套上我们两个人。也许这一切都与我父亲被捕有关。他们是想试探一下，我对父亲被捕的反应如何，这个人怎么会在这里。他倒表现得若无其事，而我却像个傻瓜乱了方寸。

他终于出现了，换了一件黑色破旧的冬衣，"咱们走吧！"他催我说。

我们在午后回到了家里，也许没人注意到我们，连在我家里也没遇到任何人，大家都干活去了。

他们俩当然彼此认识。我让他们单独在一起，尽管他们放低了嗓音，但我从另一处仍旧听得出来，他们在为一件什么事情激烈地争论。半小时后他们告诉我说，他们马上要离开了。那个年长一些的人在告别时说："上帝保佑您！请原谅我对您的怀疑态度，因为如今没法确定谁是好人谁是坏人。"

直到多年后我才充分认识到,一个人是多么害怕收到陌生人捎来的信息,因害怕而产生的重压使人处境艰难。从此我再也没听到过这两人的消息,我直到今天也不知道我送去的那封信里写的是什么。

外面已经停雨了。

阿拉伯人早已进到他们的房里。我则乘坐通向坟地的地铁继续前行。

在传达室值班的仍是一位吉他手,因为今天没有姑娘们,他便独自在弹琴,演奏的是一首狂野的西班牙曲子。他弹得如此热情如此专注,要是有个什么隐蔽的犯罪集团发现并绑架了研究所所长,肯定也打断不了这音乐。我聆听了片刻,可责任感没法让我一直听到乐曲结束,况且斯特拉什尼采的大雨已经够耽搁时间了。

正值中午时分,从大厅旁的小厨房里散发出汤调料的香味,卡西诺娃工程师正在为没去工厂厨房用餐的职工们煮汤。"您已经读过了吗?"克里玛工程师对这里唯一的党员丽波娃工程师说,"据说在美国给工程师们定了一个价。"

"啥价?我们这儿大概没有什么价吧?"

"三十五万美元!"克里玛工程师为这新闻感到兴奋不已。

"这么个价倒是可以编制出点什么了。"万达斯工程师说,他那和善的留着胡子的脸闪烁着满意的光彩。他正在等着妻子下周回家,眼下她情况还不错。

"有的人就只想着钱!"丽波娃工程师没好气顶了一句,然后转身对我说,"您下午不去科莫尚尼吗?"

"如果您需要的话!"

"我给您拿到这儿来。"丽波娃工程师指了一下小桌子。

克里玛工程师对我点了点头,让我跟他走,我预感到他又打算让那部计算机来折磨我了。

于是我坐到计算机前,这一回我没忘记换磁盘,电脑一启动,我便开始写作。

尊敬的与会者们：

请允许我利用这个不同凡响的机会谨向各族代表们致意，让我至少表达一下我的担忧。

第一句也许该删去。当我还在《文学周刊》编辑部工作时，富有经验的同事就提醒过我：文章的第一段，不管写的是什么，有理无理都划掉，因为通常是多余的。

于是我划掉那多余的第一段句子。接着写道：

我知道，在这个位子上已经有人发表过许多充满智慧的演讲，我甚至担心对那些讲过的、写过的和想过的话题已经没有太多可补充的了。但跟你们一样我仍旧知道，我们离灾难越来越近了，我们却拒绝看到这一点，想远离这一事实。可我们在选择拖延而不顺应变化的同时却使得这种灾祸更加无法摆脱了。我知道，这个集会就像一艘本身正在沉没却还要拯救溺水者的船；我知道，你们无视那些生病的人、饥饿者和无辜囚犯的呼叫声，还有那些受折磨者以及无助者发出的振聋发聩的声音。我知道，当你们瞅一瞅我们所在的这颗行星，你们这些至少能从高处看到它的人便会发现这颗星球上有无数的易燃品，正在等着机会自爆火花。你们现在正尽全力想在这火花爆发之前将它压灭。这些易燃物多得让你们不知如何才能把它清除掉。我们的悲剧恰恰就在于我们只是监视着这类火花，与此同时却一直在往易燃物中添加垃圾、干草、一车又一车的石油，以立方公里计算的煤气以及最后一点点还存活的森林，但是这类火花我们是看管不住的。最终我们不得不意识到，只要我们仍然疯狂而不顾一切地追求生活享乐，一味地懒惰且肆意挥霍，处于危险之中的将不只是民族，也不只是自由权利，而是生命本身……

我越来越激动，就像我每次讲话时那样感到自己总是渴望一次能把话说透，但同时又意识到我的努力是多么的白费心思。靠语言根本改变不了人。那靠什么呢？厅里的电话铃声大概响了半分多钟，可谁也没去接。我从计算机前站起身来，尽管我断定这个电话不是打给我的。有幸的是卡西诺娃工程师拿起了话筒。"是，他在。"她说，"不，这不可能！昨天不还是……"她将话筒放在电话机旁，"彼得！"她喊道，"彼得，电话！"

我注意到，电话旁的小桌子上已摆好一包东西让我带走。

万达斯工程师从他的小单间里走出来。

"医院打来的。"卡西诺娃工程师仿佛有点儿犹豫，不知要不要把电话给他。"可这不是个好消息。"她转身对着我，我看到她泪流满面。

万达斯工程师抓起电话，听着对方的诉说，"是，"只说了一句"我在。"便挂掉了电话。他转身对着我们，说："据说不是恶性肿瘤！据说不是！而一切又都是灾难性的！整个的一生！"然后坐了下来，将脸捂在手中，卡西诺娃工程师站在他旁边，用手抚摸着他的头发，此时其他人也都跑了过来，团团围住了万达斯工程师。这时我稍微退后了一步。因为我在这里还算是个外人，同时感到我在这里不合适，仿佛我在拿别人的痛苦当热闹看。我走进克里玛工程师的单间，在那里销毁了自己的一份多余的、未完成的、未讲演过的讲稿，然后拿起小桌子上那一包要我递送的东西，塞进挎包，趁谁也没注意到时，悄悄地走出了大厅。

在地铁站我才发现，到科莫尚尼的车子要十分钟以后才开，我现在还有时间去买三枝鸢尾花。

在研究所我将鸢尾花放在一堆书上。将捎来的那包东西交给了米斯诺维茨工程师，然后再去取我的鸢尾花。娜塔莎办公室的门在我敲响之前便打开了。

"您又拿来什么了？"她问我。

"也给您捎来了点东西。"

她接了花："谢谢，这些花真好看，我看好像是兰花？可您真的不该买，我没想要您破费。"她从柜子顶上取下花瓶，擦去灰尘，装上了水，"我马上煮咖啡，也许您更想喝点儿葡萄酒？"

我要了杯葡萄汽酒，她给自己倒的是浓葡萄酒。"我们昨天领了工资，"她解释说，"否则的话我可能喝不上这个了。反正我一到周末就缺钱。"

"您挣得很少？"

"我一付完房租，就只剩下百来块钱。等我一领到钱，又想给儿子寄点儿去，他正在服兵役。"

"您有这么大的儿子啦？"

"我十八岁就结了婚。"

"您的第二个丈夫呢？"

她挥了一下手。

"对不起，我不想打破砂锅问到底。"

"为什么不？他在坐牢呢，关在奥斯特拉发。"

我没接着问了，她自己主动说："他有做生意的天分，没有别的。在正常的社会里，他可以开一家店铺，完全可以。他对什么录像带、录音机这一类东西很在行，尽管他是一位化学家，跟我的第一任丈夫一样，也跟我一样。"

"您是学化学的？"

"我教过化学，十年。可是他出事的时候，也审查了我。他们找不出我任何问题来，我什么也没参与，这是他的生意。他们对我说，我不能再留在教育界了。"

"您没反抗？"

"反抗不反抗都一样，他们照样随心所欲把你清除掉。算我走运，如今找到了这份工作,这里的人都不错,只是钱太少,至于活儿就是您看到的这样,尤其是现在。您怎么样?很长时间内都会常来我们这里吗?"

"这不只取决于我。"

"要是取决于您呢?"

"那么还得过十四天。"

"是这么回事呀!然后怎么办呢?"

我耸了耸肩膀:"总会找到个什么工作吧!"

"随您便,我不会对您打破砂锅问到底的。再喝点儿吗?"

我说我已经够了,可她仍旧添了一点儿酒,说:"您要是发现什么合适的地方,请想着我!"

"可我跟化学一点儿关系也没有,真的半点关系也没有。"

"实际上我也没有。我甚至不想有什么关系。"

"那您想干什么?"

她伸了一个懒腰,随后试探着笑了笑说:"我如今想去游泳,您也去吗?"

"我对游泳不怎么爱好。"

"我真惨,"她说,"我的第一任丈夫也不爱游泳。他生性属火,所以随着火性子来,所以也就很快烧毁了。很多人不是得了病都治好了或是再活了好些年吗?可他很快就病逝了。多可怕啊,到最后便一动不动了。"

"多大年纪?"

"三十一岁。我们一块儿学习过,而且他还曾经是一名很棒的运动员,会打篮球、网球,还会滑冰。"她又给自己倒了一杯,"我跟您聊这些您不烦吗?可是您也不爱游泳啊,这儿又很闷热,您不热吗?"

我热,可我不愿意钻进河里去,而且还是这么脏的一条河。我请她到车站旁边的一家小饭馆,在那里可以坐在花园的树荫下。

"您认为我已经可以离开这儿了?"她从柜子里取出了白色小提包,"我把花束留在这儿,到明天再拿走。"她决定说,"反正这儿比我的家还重要。"她关上了办公室的门。

老吊车又在吊运下一批管子,我们只好等着。她已挎上我的胳膊,"我有点儿头晕了,大概是晒太阳的缘故。也因为我还没吃午饭。"

"您为什么不吃午饭呢?"

"我没什么可吃的。"

我们终于找到了一张树荫下的桌子,服务员给我们送来了啤酒和菜单。

"您看我可以吃点儿饭吗?我挑点什么便宜点儿的吧!"

"您想吃什么就点什么吧!"

"可是关于您自己您还什么也没对我说呢!"

"这并不重要。"

"好吧,既然不重要。我就点块炸肉排吧!"

"我也教过书,"我说,"不过只教了半年。"

"这么短的时间?"

"不是在国内。"

"您教的是什么课?"

"文学。"

"是在大学教的?"

"对。"

"您可以给我谈谈文学吗?"

"您想知道什么?"

"那些有意思的嘛。"

"关于一次相会。"

"跟谁?"

"跟一位写了一本书的人。"

"我对活着的人更感兴趣。"

"我在大多数情况下也是如此。"

"我不耽搁您的时间吗?"

"没事儿。不是我邀请您的吗?"

服务员送来了饭菜。

"谢谢您。"她说,"您对我真好。我一看到您便这样觉得。他可能也曾是这个样子。要是几年之后他没……"

"您还一直想着他吗?"

"对不起,我知道,这——不礼貌。"她默默地吃了一会儿,然后说,"您知道,通常说,患上这种病关键在于病人怎么想,在于他的心理状态。可我的确在他得病的整个时期一直看护着他。到后来,他已经完全不能动了,啥也做不了啦。利波尔也常去看他。"

"谁?"

"喏,就是那个——我后来嫁给了他。我想我已经对您说过他。"

"可是没说过他的名字。"

"您别往坏处想。他与卡瑞尔是朋友,在同一家企业工作。当他得病时,一开始有很多人来我家看望,可后来探望者就越来越少了,您是知道的。到最后便只剩下利波尔独自一人。"

"是为您而来的吧?"

"他帮助过我,直到后来……但我们已经知道我丈夫没救了。"

"您丈夫也知道吗?"

"您指的是什么?"

"指另外一个男人为您而常来您家这一点。"

"我不知道。在他面前我们什么也没……可现在有时我突然想到……在最后几个星期里,有时我在晚上收拾一下就离家出走……我累极了……不是累,更准确地说是被折磨得无奈了,于是当那可怜人还躺在床上,一动也不能动,甚至在不能从窗口瞧一下窗外我正外出的身影的情况下,我便找另一个男人去了。"

"我何必故意宽您的心呢？我实际上还并不认识您啊。"

"是的，是这么回事儿。谢谢您。请您原谅我，您请我吃饭，我却在跟您聊这些不愉快的事。"她喝完了啤酒，"我只是想让您知道，我为什么笑不起来。可如今当我向您述说了这些，以后我便可以笑了。"

我感觉到她的小腿在桌下慢慢向我靠近。也许是因为很长时间没人与她相爱了。她渴望拥抱，而现在正在向我示好。我如今只需陪伴她或邀请她到离这儿只有几分钟路途的森林里去散步就够了。可这也许只是一种男人对女性的渴望的揣测而已。实际上她并不需要爱，只是渴望听到一些宽恕的话而已。也许她两者都需要，可是又认为，想要得其二，便必须主动提供其一。我说了类似她将会找到一个好人而不是恶人之类的话，然后埋了单。我们都表示将来肯定还会见面，随后便互相告别了。

当我回到工作的地方，那儿只留下了卡西诺娃工程师一人，她的眼睛已哭红。我得知万达斯工程师的妻子已经因栓塞而去世，葬礼将在下周二举行。明天将凑钱买花圈。"可您不必出钱。"卡西诺娃工程师说，"因为您根本就不认识她呀。"

三

四楼的办公室里只有漂亮的经济师在。她正在阅读《豪猪》画刊，看到别处的经营管理一团糟时，她乐得合不拢嘴。"今天又是什么也没有。"她迎着我说了一声，"不过让您在九点左右到博物馆那边去一趟，那儿来了些标示牌，大概有二十包。您是不是愿意在最后一天去扛？"

"我非常乐意。这个星期我没任何事干。"

"您该高兴啊——为了这些钱。"

虽然看上去他们给我这个只递送几袋信件的人的钱已够多了，不过我还是什么也没说。

"据说你们今天要在霍多夫烹调点什么特殊的美食,是吧?"经济师在核实情况。

"开欢送会。"我说漏了嘴,还说这是我的癖好。

"到底吃些什么,我可以问一下吗?"

"法式鸡。"我吹上牛了,因为只要我对烹调仍感着兴趣,就忍不住自己瞎想一些新奇的、看去很荒谬的口味搭配。

"这准是一种富有异域色彩的食物。"

"您来尝尝啊!"我邀请她说。

"我不知道,"她说,"月底了,尽是些什么成交单,还有完成情况的总结也要弄出来。副所长还催要下个季度的计划。"

我说,我感到高兴的是,她要是能来的话,通常会先来电话。我在这儿反正没什么事了。

刚刚七点三刻,到九点我还有足够的时间,既然已是最后一天当递送员了,就应该递送一点儿比打孔标签包更有意义些的东西。只是写给共和国总统及其他权势人士的信至今仍未准备发出——其他任何人也没什么信要托我送的。我走到了地铁站附近,因为正好来了一辆逆向行驶的公交车,我连忙上了车。

通向伊诺尼采的无轨电车早已取消,代之以公共汽车,我一直坐到终点站。我束手无策地环顾了一下四周,已经好些年没来过这里了。我期待着这儿没什么变化,真够幼稚的。

我怀着期待最后能找到那条两旁尽是乡村小屋的小街的希望,在这里的住宅区逛了一会儿。

房屋之间的空地在这会儿还空旷无人,草坪上到处堆满了垃圾。我在这里甚至还看到了车内胎、淋浴的喷头,还有水龙带。若赶上刮风,地面上的塑料布和碎纸片便会四处飞扬,像忧伤鸟儿的复制品在空中盘旋。

街道的名称我没记住——只记住了一位男士的名字,这对我来说毫无用处，恐怕在坟地上我也能找到相同的人名。

至今为止我已递送了许多信件和字条，凡是在不相信邮递乃至电话服务的地方，人们却优先相信递送服务。递送有时要耽搁我更多的时间，但是我知道，在谁也没把握相信别人的年代里，期盼的来信中若真的带来了好消息，就是一种最高的信任。可我同样认为，那第一张捎来的字条却是所有捎来的信儿中最重要的，至少我是这么想的。

展览厅的计算机在楼上，占了整个大厅，而程序编制员们都坐在自己的显示器旁。卡西诺娃工程师正在观察一排排闪过的彩色数字，随后数字停住了，画面不动了，工程师还继续观察了一会儿，然后转身对我说："您来得正是时候。"

"计算机出毛病了？"我问。

"没有，只是储存太满了。"她向我解释说，这样的美国计算机在它们的原产国有比这大十倍的记忆储存量，可是这种大储存量的计算机我们无法拥有，而且人家还提醒我们这类买家说，最多只能配备十个电流接触的装置，而这台计算机的装置却超过了三倍之多。但愿它能在什么地方找到记忆储存。可找得到么？到哪儿去找这么多外汇啊？"什么事情都是这样。于是我们就排队等吧，不知是否能抢出几分钟来。我感到高兴的是我们还有几个小时的时间。既然空间比较挤，我们完全可以滑行，反正都一样。"她补充说，"我们使劲赶，楼上的人却在睡大觉。压根儿就不知道还有没有人去读它，反正啥事也不会发生，干脆别管那些标签了吧！"她意识到我为什么出现在这里，"反正我们会想法把这些东西送过去的。"

装着那些标签牌的盒子堆在前厅里。我将它们塞进了提包，还塞了些到我的随身背囊里，加在一块儿最少也有三十公斤重。

"您真是有自我牺牲精神，让您恰恰在最后几天送这么多东西，这实在不合适！您还得做饭，大家对您的印度餐非常好奇。"这时那停止不动的屏幕图像又开始动了起来。"哇！"她欢呼了一声，立即跑到自己的座位上去继续工作，只不过对这工作的结果谁也没在等待。

今天在传达室值班的是一位小提琴手。他叉开腿站在小柜台后,小提琴夹在下巴下,正在演奏着德沃夏克交响乐的独奏部分。

我真想听一会儿。可我要是想在做饭之前还去一趟科莫尚尼,就没有多少时间了。

我把标签牌的盒子放在厅里,巴威尔工程师从他的小单间里走出来。当他看到我时,便干巴巴地对我说了一声:"我已经替您算过了。"

"怎么啦?"我没明白他的意思。

"您已经不记得了?等一等,我给您拿来,您反正关心的只是结果。"

他去到厨房又一次检查我是不是还缺少什么:调料已摆好在小茶几上,咖喱是我自己亲手准备好了的。器皿不多——两个平底煎锅,一个大锅和一个小锅,都没有锅盖。

"就是这些。"巴威尔工程师给了我一张纸,我看了一眼那几行数字与符号——在接近下方的位置计算机宣告说:

二〇六九年不可能存在的生命
二〇五四年起完全不可能存在的生命

"还有九十七年,"克里玛工程师感到吃惊地说。他越过我的肩膀瞅着那两行字说,"那时我正好一百三十岁。可我绝不会认为我还能活到这个岁数。"

一双忧郁的眼睛至今还罩着黑眼圈的万达斯工程师也来到这里。他说:"你要是能再活三十岁就该知足了。"他阴阴地说:"你要是碰巧表现出过多的耐力,我们的医疗体系自然会关照你,让你别老也不死,怪吓人的。"

上个星期在殡仪馆举行的葬礼来了很多人。两位小姑娘穿着彩色衣裙，在穿着丧服的客人之中像黑色草地上的花朵。万达斯工程师不想作任何我们不需要的报告，他说我们不会想听的。于是整个葬礼期间都只演奏了音乐。等幕布一拉开，棺材开始运向燃烧室时，那个年岁稍长些的小姑娘从坐着的地方站起身来，跳过那无尽头的长栏栅，跑到栏栅后面的荒地上去追赶那副棺材，想拦住她认为是跳到那火膛里去了的妈妈。

人们终于拽住了小姑娘，轻声劝她说，最好的办法是变得勇敢起来，同时将她带回我们大家行走的公路上。

"我已尽全力而为了，"巴威尔工程师对我说，"我计算过，从二〇二五年起政府就得将一半以上的开支用于环境保护上。实际上大家永远也下不了这个决心，我甚至连一次原子灾难也没算进去，更不用说战争了。尽管我们仅以今天的发电站和它们在二〇二五年的大概数字为例，这样算来的花费，至少得等于发生三次切尔诺贝利灾难。"

"谢谢您啦！"我说。

"不用谢，"巴威尔工程师说，"只不过我个人对这个感兴趣而已。"

我们越是拼命地发展那看似高不可及的文明，实际结果却越是在为种族生存的毁灭而卖力，由此死亡对我们来说就变得更加无所谓了，仿佛是一个混进毫无错误的程序中的错误。那些断言规划着我们生命的人，实际上在规划着我们的毁灭。哪怕至少允许我们能够参与到行动中来也好啊，可却不允许，他们宁可在我们面前隐瞒事情的真相。

"怎么样，不打算为告别而写点什么？"克里玛工程师饶有兴趣地问我。

"可我还得马上去一趟科莫尚尼，我得在那里做一顿午饭。"

"那就随您的便吧！"克里玛工程师有点儿不高兴地说，"可现在连十点半还不到啊！"

我坐到计算机前,本该写几句告别之言的,可我只想出了四句诗:

> 住宅区的淋浴
> 狂奔飞泻,
> 我们立即行动
> 阻挡洪水不等闲。

借着对巴威尔工程师刚完成的预测的观感我就写了这么四句。克里玛尽管通常不理会我写些什么,这回却读了我的诗作。"这是您刚写的?"

"我不是对您说过了吗,我忙着要走啊!"我忙表示歉意。

"写得相当不错嘛。"他高兴地说,"您不想打印出来?"

他打印了我的诗,我将打印件塞进背囊,提包里什么也塞不了啦。然后匆忙跑出大厅。

传达室一直响着德沃夏克音乐的优美旋律。我走出了大楼还听得见。

地铁站的花店只剩下最后一些快要枯萎的兰花。我环顾四方,看看是不是还能见到我认识的那位盲人,不过对他来说时间可能还太早。几天前我们还同坐一趟公交车回来,还听见他大声对一个人说,在位于91°经线和56°纬线的阿罗比疆的盲人不上学。"那您干什么工作?"一个坐在他身边的小胖子问道。"拉小提琴。"盲人说。他抬起他的白棍儿,将它搁到下巴底下,苦涩地拉出了几个忧伤的音调。"在冬天的傍晚,"他接着说,"我曾在小酒吧演奏。在我演奏的时候,顾客们聊着天、喝着酒、啃着面包。有时赶上大风雪或出不了门的严寒天气,他们就喝光烈酒,吃很多面包。"小胖子问:"有咸肉就酒吗?"

"您就会一门心思想着咸肉。"盲人说,"您不会是厨师吧?"

"想着咸肉有什么不好?"

"有了咸肉,你根本不会去听音乐以及人们的谈话,只会顾着吃。"盲人回答说,"什么也没有时,人们就吃盐,等到盐也吃光了时,就只剩下眼泪了。"

我在一所小木房前敲了一下一位熟人的门,马上进到了里面。在一张桌旁坐着一位女士。

"您在找人吗?"

"娜塔莎太太。"我有些惊慌失措。

"我就是。"

"对不起,我指的是常常坐在那张桌子旁的一位女士。"我指着旁边一张桌子说。

"遗憾。阿尼契卡今天休息。她得去奥斯特拉发。"

"啊!"我感到有些不悦,"我可以把给她的东西留在这里吗?"我掏出了装着鲜花的小盒,"也许得把花插在装着水的瓶子里。"

"您不用担心。"

我把花递给了她。我应该写上几句话。比方说:"送给您一份微笑。祝您……"或者说:"谢谢您的信赖。"或者只写一句:"再见!"然后签个字。我掏出那张写了四句打油诗的纸来,又写了几句:

图拉①的海豹们紧紧依偎,
布尔诺②人腿脚发麻抽筋,
异教徒在汉纳③遭到追捕;
据说世界末日即将来临。

签名也没啥意义。反正我们在并未互通姓名的情况下已经一起聊

---

①②③ 均为捷克地名。

过天了。

我将纸片折成一个小方块，将它交给了真正的娜塔莎太太："还有这个，麻烦您啦！"我的消息更确切地说是不祥的，可同时也可理解为吉祥的，尽管这只是因为至少有这么个消息。

她接下了我的纸条，答应我一定转交。我谢了她。匆匆赶路好搭上公交车，以便准时到达目的地，烹调出好吃的鸡肉，隆重告别我的那些可亲的程序编制员，以及我的传送工作。

一九八九年

土地测量助理员

一、房　子

　　我只知道个街名和房子号码。那位给我提供房子的朋友戈尔德特也没法告诉我再多的了，因为他自己也从来没来过这个小镇。这所房子我肯定能找着，据说就在广场附近。我可没期望它有多奢侈豪华，土地测量员通常都很节约。他们收入的相当大一部分是由住宿费、餐饮费、两地分居补助费及类似津贴组成的。假若他们真的要正规支付住宿费和用餐费，一个人要单独住一星期的话，那么，这活儿对他们来说便会失去最后一点吸引力，所以他们才努力去寻找便宜的住处。

　　我不仅随身带了被子和枕头，还带了餐具、脸盆和小电炉，还有装着两个夹片便于固定的小电灯。

　　我之所以决定当一名土地测量助理员，并不是因为受了我喜欢的弗朗兹·卡夫卡《城堡》一书的影响，而是由于主管我的社会保险单位寄给我的一封信。那封信总共只有两句话："现将您请求获得艺术家社会保险的申请材料退还给您，因为它不能明确地证明您是以艺术为生的。"

　　从来信中可以看出，这个机构并未将我的写作看作艺术活动，仍不能接受我作为他们的投保人。

　　与我相识多年的那位和蔼的女职员对我解释说，像我这样的人不止一个。他们单位来了一位新领导,决定取消所有像我这类人的保险。

这是一种合法的行为吗?谁是那些像我一样的人?女职员绕过了我的不合时宜的问题,告诉我新领导叫克拉尔,让我最好直接去找他谈。

我不愿意去找保险公司的经理谈话,我觉得我还从来没碰到比这更倒霉的事。我离退休只有两年零几个星期,只要我能健健康康熬到那个时候,也许这四十年来我一直投保的钱就足够我花的了。但愿它不要不翼而飞。

可是我的律师朋友让我走出了误区。他对我解释说,在我退休之前的两年中若没有在一个正式的工作单位待过至少一天的话,我就会像一个从来没有工作的人一样丧失领取保险金的权利。

难道那四十年的保险金都白交了?

"哪怕你只工作了一天,我都可以为你争取权利。"

只要工作了一天,这我们两人都知道,可就是没有人正式雇佣过我。

但愿我至少能找到一个新的工作岗位干上一段时间。我开始环顾广场,它的空旷证实了在七百年前建造这座城市的姆尔迪桑的贵族们的豁达。广场从我站着的地方呈三角形朝外展开,大约在三分之二处耸立着一座巴洛克式教堂,它被一株有几百年历史的老菩提树覆盖着。即便从远处观察,也不难看出它跟其他房子一样破旧不堪。教堂前面的空地,在古代时肯定有过集市。我在家里曾从书中读到过,这座城市曾以热闹非凡的集市而著名。现在这儿已成了公交站。在较远的一排房子后面耸立着带有好几个塔尖的巴洛克屋顶。我想这可能曾是一座宫堡。镇上还有另一座宫堡。要是我能受雇于卡夫卡的《城堡》,那我该多高兴啊!我这个土地测量助理员突然异想天开起来。

我看了一眼镶着玻璃的商店大门,在门前站了一会儿。在堆满纸片的柜台后面我看到了一个留长发戴眼镜的人,很明显,她也在看我。我立即收回了目光。从肮脏至极的玻璃窗上方,我已辨认出月桂花环的残骸。它透露出了这座建筑具有拿破仑时代的造型艺术风格。

纸店的那位姑娘一直在注意我,我不慌不忙走进屋里。一小片用三个图钉钉在门上的包装纸上涂写着:"土地测量公司在三楼。"我随即走进一条暗黑的走廊,来到了一个更加暗黑的楼梯口。两边尽是镶着各色玻璃门的走廊铺面,这里样样东西又脏又破旧。在一扇门的前面放着一个生锈的旧炉子,紧挨着炉子是一个装满了水的大桶。我敲了敲门便走了进去。宽阔的屋子空空如也,只有一个崭新的炉灶,一袋水泥,一个下面搁着圆桶的洗脸池。洗脸池旁边竟有插在旗杆上的两面旗子,迎着充斥这屋子的昏暗在五彩缤纷地张扬招展。这是我即便通过再荒谬的臆想也想象不到的。这儿的空气散发着一股刺鼻的臭味,如同小酒馆里的厕所。窗户上覆盖着一层油乎乎的污泥,以至照在上面的阳光也显得灰扑扑的。用宽大的旧木块拼成的地板上满是水泥灰与垃圾。左边的那面墙全靠两扇卸下的门板支撑着。从正中间的天花板上耷拉着一节电线。这地方使我回忆起我在战争年代被迫度过一段童年时光的住所——集中营,两地的相似程度简直让我惊恐不已。我从旁边墙壁上的一个断口处跨进了另一个房间。一张缺少一条腿的桌子后面坐着一位头发剪得很短的年轻人。我看到他身后有一张军用床,一把椅子,几只大小木箱,一个样子很像炸弹的绿色洋铁罐,一双筒靴,一口箱子和墙上的电缆。

年轻人站起身来。尽管他身材略显单薄,但个儿与我差不多高。他朝我迎面走来。我作了自我介绍,他主动与我握手,并自我介绍说他是科斯工程师,还表示相信我们将相处愉快,然后问我是否曾干过这一行。我实实在在告诉他说从来没干过,不过我出身于工程师家庭,因此测量这一行对我来说也许备感亲切。我意识到,等着我的工作将是另一行当,又立即补充说,我习惯在户外干活。

我们一道回到那间空屋子。在我打开那多年未清洗过的、更确切地说是从未打开过的窗户之时,他却在探询这个地方对我是否合适。

我谨慎地避开了评价说："这个地方与这座房子很相配。我只是不知道，我该睡在哪儿，因为我没有随身带来床铺和草垫。"

他向我保证一切都会安排好的。床铺已在养老院里订了一张。而在这间准备拆除的空房子里，我却看到了几件相当不错的家具。

至于谈到我的工程师家庭，这我一点也没夸张。不仅我父亲，还有我祖父、叔叔和姑姑们都是工程师；我姑姑甚至还是我国第一位在化学专业中得到这一职称的女性。我弟弟是一位物理学家，我的儿子已决定继承先辈的奋勉精神，选择一个让我父亲感到欣慰的崭新专业，只有我是唯一的一个逃离了这类专业的人。这倒不是因为我害怕理论，我的数学老师甚至都不愿相信我竟决定学人文学科，而我与技术实在是缺乏缘分，它们的科目与其说吸引我，倒不如说吓着我了。

的确，我们从广场进到了其中的一所房子里，这所房子从外表上看丝毫不比旁边大多数房子差。我能不费劲地挤过一个个垃圾桶，装柠檬的空纸箱，进入卧室。看来原来的租客是不久前才搬走的。地上摊着许多玻璃碎片、旧杂志和信件，还有单只短袜、破旧内裤等。在靠两扇小门支撑的小柜旁边甚至还有一双穿破了的拖鞋。在这个柜子的隔板架上还有几个布满灰尘的小茶杯和廉价碟子。在所有的家具中我立即注意到了两把厨房用椅，一把靠背坏了，另一把却完好无损，我们将两把椅子都搬到了一边，之后将那个小柜上不需要的茶具都处理掉了。就这样我算安顿妥当了。

"反正我们整天都在外面。"工程师安慰我说。我将缴获的物件放进了越野车，这辆车产于罗马尼亚。在它灰绿色的两扇门上有着我的新雇主的名字，颜色还很清新，尽管汽车完全是另一副模样，仿佛片刻就可能散架变成碎片。我们上了车，开着它找床去了。

养老院安置在一所以前的宫堡里，而我们两人还没来得及测量任何东西，便已穿过宫堡大门，走在了一条长廊上。长廊上站着的不是宫堡的官员、总管、仆从、公爵和公主，而是一群老头儿和老太太，他们正穿着我刚才在空房间里看到的那种拖鞋。

我的新上司让我等一下，说等他在办公室一签完字便能拿到床铺。我趴在窗台上，透过窗户眺望着庭院里小路两旁开满的红玫瑰。墙边的长椅上有几位老人正在晒太阳取暖。

弗朗兹·卡夫卡肯定从来没有去试图当一名土地测量员，他的城堡只是一种高深莫测的象征。卡夫卡当然既没写过关于土地测量员的小说，也没写过关于宫堡的小说，他压根儿就没想写有关自己想要进到关闭的大门里的徒劳渴望。

人跟人不一样，我们也都有着各自无法进去的大门。艺术家的伟大在于，能够将自己的大门设计成让别人从中也能看出那扇关闭他们的出路的大门来。

一名似乎长着带棱角的大脑袋老人向我走来，在一团灰白头发下露着一双翘起的耳朵。他停下了脚步，我直接感觉到他在用目光打量我。

"您在找人吗，同志？"

这称呼让我略感欣慰，我不情愿地回答说，我不找人。随后我又为自己对这位老人说话的语气太过生硬而吓了一跳，便连忙补了一句说："我到这里来办点儿事。"

"原来如此。"他明白了，"可您要是想到这里为您父母找个地方，这可没有指望。"

"不，我不找。"

"除非您付上一万块钱——这样做，懂吗？"

他握着拳头往腰上一叉："我没跟您说谎话，这里每个人都伸着手要捞一把。您要是不给，您以为会有人帮您把床底下打扫干净？没门儿！午餐时还会给您扔上一块带筋的肉。您要是发牢骚，他们便写信给您说，他们已经检查过了，没挑到毛病，那您就永远见不到一块正经肉了，他们还会说'我们已在那里把一切都安排得天衣无缝了'。"

幸好那位工程师出来了，他将我带到仓库，那里一位相貌慈祥的女管理员给了我们一张带床垫的病号床。

当我们带着猎获物回到广场一角那个拿破仑一世时期风格的旧宫堡时,工程师说:"就连我们这所房子也已确定为拆除房,因此我们的住宿可以完全免费。有抽水马桶的厕所在外廊上,虽然那儿已经断水,但没有关系,因为在我房间里至今还有自来水。电也断了,好在沃尔夫先生上个星期才搬走,他至今在院子里还占着一个车库,他单独付钱,电路未断。只要付点酬金就允许我们连在他的线路上。这栋房子里只剩下了一家纸店,在一楼住着前老板娘,波科尔娜太太,她一直拒绝搬家。"

等我把没法更脏乱的地面扫干净,把东西从车里搬出来时,工程师意味深长地看了一下表。可在我们离开之前,他从他的三脚小桌子里翻出一本脏兮兮的小书来,问我想不想学一学劳动安全规章?我回答说这大概没有必要。他同意了,反正这也是些废话。他一边将手套给我,一边建议我要经常戴着它。这是一双用粗糙的猪革制成的大手套。我签了字,表示我已学习过劳动安全规章了。

院子里立着几个拆除了一半的板棚,在这些顶篷还没打湿,甚至门也能关上的地方,还有些可偷的工具,如支架、斧子、长柄镰刀、铁锹、铲子、刺针、刷子、板条、装着颜料的白铁罐之类的东西和一袋煤。有自来水的那个棚子里放着一些棍子和石块,还有一个水泥柱基座。在已经失去前面那堵墙的棚子里,在板棚与院门之间堆着一大堆垃圾,由于时间长久,这堆垃圾已经没有气味了。

我们将一些工具放到汽车上,我非常小心,生怕弄错什么,打破或碰碎什么。我挑了三种颜色:红、白、黑。要是我们决定在墙上画面国旗,可能性就会受到限制。除了我们的捷克国旗之外,我还想到了波兰国旗、丹麦国旗、瑞士和加拿大国旗。我在加拿大有个叔伯兄弟,他是位建筑师,成了一位介于工程师与艺术家之间的半路专家。我将刷颜色的刷子用装牛奶的塑料袋子包好放在车上,这是工程师教我的,袋子得将刷子包得严严实实,免得它干掉。日本和老挝的国旗也是红白两色，我意识到了。在另一种情况下我们恐怕只能画一只大象，要是我们有这个能耐的话。

已经十一点半钟了。我怀着对期盼的事情坏多于好的心情，坐在工程师身旁驶出了院门。我的新上司问我，靠看地图认不认得路。

我看地图能认路，我甚至还收集地图，当然是那些老地图。他给了我一张相当新的专用地图，特别强调地提醒我说这是保密的。地图上的所有三角形和连接点都是用橙色圆圈和数字来表示的。

我们有五张地图——总共有大约两百个点，每一个我们都得认真查看，重新丈量。可能会挖断石块，那就埋上一块新的，在棍上涂上油漆，遇上已经遭到毁坏的（在大多数情况下均如此），便重新插上一根，为紧随我们之后到来并画出新的详细地图的制图员准备好现场。如今我正走向三肚村后的二十三号点去。我们得想法寻找这个点。工程师已经去过了，那里的标杆没有了，石块也消失在淤积的泥沙之下。科斯工程师一直沉默不语，一心专注于工作。

尽管已是九月初，太阳仍很火辣。我反复轮流查看几张地图，看看怎样才能接近标有二十三这个数字的那个看不见的点。

二、晚 上

晚上，当我们回到住所之后，我洗了个澡，换了衣服，将我的台灯连接在算是人家借给我的电源上。我至少应该清洗一个窗户，但实在太累，只好作罢。

下午我们挖了五个坑，往坑里埋了水泥柱基，油漆了九根柱子，用长柄镰刀砍出了二十米长的林中空地。我在测量中帮上了人家的忙，但是对我来说测量跟掘地的活儿相比简直像在休息。我还不习惯用十字镐，当我挖到第三个坑时，便觉得再也举不起镐来了，可我还是举起了它。多亏我的年轻上司在挖掘时定时与我换着干。这么继续干了一天之后，他担负的挖掘任务不断加重。如今他走到他自己的房间，我看到他坐在那张残缺的小桌旁，掏出他的小计算器，很明显他想计算一下我们下午测量了多少。

我对他所作出的晚上接着干的决定并不感到惊奇。小时候在家里就习惯了这一点。干工程师这一行就像是一种教规，是一种你必须奉献一切的使命。或者这么说更合适：在实现这一使命的唯一时间里，收获的是一种意义深刻的感受。

很快我便认识到，正当幻想家、预言家或者政治家们都在争论如何来安排世界的问题时，工程师们却在默默地、不倦地实现着他们对世界和生活的设想，对所能触及的一切进行测量，计算大小桥梁的载重量，以及包裹着整个世界的水、陆、空路的交通网，建造比金字塔还要高的房屋，计算阿尔卑斯山脉下的隧道以及其他，等等。他们建造工厂和医院，不断为其设计出一些新机器和仪器，发明出速燃的武器、X光射线、喷气式飞机、煤气室、生产组织，还想出什么苯胺除草剂，制出千百种医药，设计导弹、毒气、大型饲养场、巨型发声器、原子反应堆。世界在这巨大的行动结果下开始窒息。谁能想出解决办法？工程师！他们又设想出如何合算而又便宜地来消除这些产物。用解毒剂来攻毒，又用反解毒剂来对付解毒剂。

工程师们对其可计算的、可测量的和可准确表达的世界有其自己的设想，而他们的设想是十分动人的。这些设想逼得那些依据自己行为的本质本该去反对它的人不得不改弦更张。画家们、诗人们、作曲家们、文艺评论家们或哲学家们不仅喜欢电灯照明，喜欢坐上汽车，而且开始将自己的创作以及研究去迎合工程师们的世界，画出几何图形的画，创作出具象诗歌及音乐，将诗句转变为线图，将生存的秘密引进数学公式。

在我年轻的时候，尽管学校里教给我的是另一些东西，可我已经明白，我们生活在其中的这个年代最准确的标记应该是**工程师年代**。

我切断了一下电灯的电路，将它接到电炉上，坐上装满了水的煮锅，然后用抹布擦干净了那张没靠背的椅子，拿出放在提包里的小饼。这是妻子替我烤的，说是免得我饿得失去知觉。

我打开工程师年代的便携式收音机，搜索了一下从世界各个角落发出的新闻播报。

从敞开的窗户吹进一股让人凉爽舒适的夜风。我为免自己蹭得一身脏，便走到窗檐口去眺望广场。广场上空旷无人，因为在其他场所已开始了主要的晚间节目。在教堂对面的小酒馆门前有两个醉汉在踉跄行走，不时有汽车轰隆而过，满大街见不到一个妇女的影子。黄昏开始展现在我面前。在黄昏中自然没有任何开心事儿等着我，但也没有任何要我去尽的义务。我既不用写，也不用学习。我可以像一个干完活儿，换上了干净衣服的工人那样期盼自由。何况还是隐藏在一个谁也不认识，既对他无所期盼也不必跟踪和限制他的行为的城市里。

我喝完了茶。茶香至少压住了一直弥漫在屋子里的臭味。我吃了点心，关掉了收音机，离开了不暖和的床铺。

我在院子里看到了一线灯光，当我走过一扇敞着的大门，看到那明显是从厨房里搬出来的椅子上坐着一位六十来岁的胖妇人。她又短又肥的双腿朝前伸得笔直，油光、蓬乱而褪了色的头发胡乱竖着扎成一团，她正在阅读《青年世界》。在她旁边的一堆砖头上放着一个关着金丝雀的笼子。

我向她打了个招呼，正准备继续往前走，可那位太太却对我嚷道："您就是那位新来的地质工作者？"

我点了点头。

她站起身来，将胖手伸给了我："欢迎您来到我的屋里，工程师先生。"

我对她表示感谢。

"这里曾经住过五位房客，工程师先生，"她说，"比方说沃尔夫上尉，或者德莱巴博士，您听说过他吗？这可是位伟大的预言家，他通晓群星，能算出每颗星星的命运，可他只是稍微暗示一下，把那些坏的或更坏的预言留给自己。可如今只留下了我和约莱克。"她指了一下鸟笼说。"据说他们想在这个地方建个火车站?"她忧心忡忡地问我。

"大概不会吧,"我惊奇地说,"这里没有铁轨啊!"

"他们不在乎这些。"

她的反驳有自有逻辑性。我耸了耸肩膀,说没听到关于建造车站的任何消息。

"这所房子是我曾祖父造的,工程师先生,它该是一件纪念物,这儿印上了日历、年鉴和诗歌。"

"您曾祖父是名印刷工人?"

"是整个州和主教的印刷工。他出生于一八〇〇年,他的事业是从这里起步的。随后将这房子传给了我爷爷,您知道他活了多少年吗?整整一百年。那时在赫鲁吉米有过一位叫什么克罗乌柏娃的土耳其女人,是早在玛丽亚·特蕾西亚①时期由一名军人从贝尔格莱德带来的小孩儿。军人给她洗了礼,并亲自带大了她。她就住在曾祖父住的那条街上。您知道吗?她活到了一百零六岁。曾祖父在她坟上许诺,要是上帝保佑他,也要活一百岁,以便进入新的世纪。倘若他只是预感而已,那还不如不期望。祖父活了九十六岁,而我父亲在集中营里被杀害了,那时他还不到四十岁。这就是主的意旨,让他至少不必看到这场毁灭。"她对着身后的墙挥了一下手,这面墙正对着我们那龇着一块块砖头和从空房子探出的窗子。"这里该有一块纪念碑,可他们不允许,说他只是个小业主和'索科尔'协会②成员而已。"

"把这些字都印在碑上面?"

"没有。他是卖书的。而且主要是卖文具。您该看见我们的招牌:

---

① 玛丽亚·特蕾西亚(1717—1780),奥地利女大公,匈牙利和波希米亚女王,哈布斯堡王朝杰出的女政治家。在任期间与其子约瑟夫二世皇帝实行"开明君主专制",奠定了奥地利成为现代国家的基础。

② "索科尔"意为"雄鹰",是捷克著名的体育协会。

安东尼·波科尔尼,在这几个金字下面是:出售书籍、石印与纸张。人人都知道,这里是如此的经营有道。客人一进店门,爸爸便对他表示欢迎;凡小孩便能得到一张小图片或好看的画片;谁想买什么,就能买到什么,即使是带蛇形图案的纸也能买到。要是库里没货,爸爸当天就会坐车出去寻找,比方说到布拉格去买。可如今呢?您试试看对那小店说想要买厕所卫生纸,那丫头便会笑话您。您看见她了吗?"她轻声接着说:"接管了这个纸店的那个小婊子,您可故意去买点什么。门里等着您的会是什么呢?一块牌子:'今日进货'、'我上邮局去了'、'盘点'、'我去医生那里看病了'。您知道她这时在哪里吗?就在库里。"她用肥胖的指头指了指她身后的地方,我只看到关着的不透明的玻璃窗。

"常有士兵和水泥厂的汉子到这儿来,给她带来比柜头后面的东西还要多的东西。您一点儿也不知道有关车站的消息?"她又回到了她操心的一个老话题上。"也许会是一个公交站。我们的副牧师先生抱怨说:要是门口有马达的轰隆声,他就没法做弥撒。"

这虽然更是让那些公交站仍然留在原处的理由,可我并不在意这些,宁可趁她唠叨的空隙赶快离开院子。

我知道,我父亲尽管嘴里没大声说出来,但他对我没有继承先辈的事业是感到失望的。我从没见过他的父亲。爷爷在我出生前十二年就去世了。不久前我偶然找到一篇他写的文章。文章中写道,当他得知他的美国同行发现了如何便宜地生产乙炔的时候,"化学家们关于从矿物质中提炼有机化合物的旧梦便已苏醒。他们得到的不仅是煤油或酒精,而且开辟了获取用于人类所需营养的纯化学材料的道路。的确,至今仍有一些无法实现的梦。但我们只要想起化学在当今时代的巨大成就,我们就没有理由怀疑他们能够实现这些梦想"。文章以他乐观而充满希望的幻想而结束。

广场上闪烁着几处荧光灯,一小群人在教堂旁等末班车。商店已经关门,到处一片暗黑。只有那个名叫"黑鸦"的小饭馆还亮着灯。

基于这个名字不寻常以及与我上司的名字相近似，这两点引起了我的兴趣。从它敞开的窗户传出了人们的嘈杂喧嚣声。

我一直走到了城堡那儿，它的大门如今也关掉了，在一大排窗户中只有一个还亮着灯，可在宫堡门前还停着一辆救护车。

卡夫卡曾经活在另一个世纪末。城堡很适合作为秘密与深奥难测的象征。在人们的想象中，城堡至少与某种庄严宏伟的概念相联系。如今城堡大门彻底敞开，有几座楼房已经变为旅游者的参观项目，可大多数建筑变成了装着物与人的库房。雅致的古旧家具和贵重瓷器已经部分被盗、部分被损，一些珍贵的书籍被送进废品收购站，至今尚未及时逃跑的公主们则坚持在柜台后面的生产线上或办公室里当白领。在我们的时代城堡被秘书处所取代，它们也可以作为一个难以摸透的象征，但绝对不会令人产生优雅高贵的想象，就好比谁也不会将它们与显贵、勇敢、智慧或者传统等概念相联系一样，更可能的是让人联想起密布在我们每个人头顶上空的那令人窒息的阴云。这阴云中掺合了那些无用的物质与思想毒素。

竭力要打开秘书处那难以进去的大门的英雄，只勉强获得某人的垂青。

一回到家里我便脱下了衣服，顺手搭在椅子靠背上，明天我至少得往墙上钉几个钉子。尽管才九点半钟，可我立即睡着了。

我被一阵隆隆声和轰鸣声吵醒。窗子被震得像遭到轰炸一样。我睁开眼睛，不解地瞅着那陌生的空间，这里既无东西也无人。

大家都去哪儿了？

被强行运到波兰去了！只是把我忘在了这里。我正等着那带我去裁决的人来把我带走。

轰隆声一直没停——我已完全醒来。透过开着的窗子看到正在开走的大货车中的一辆。塔楼上的钟敲了两下，可能是深夜两点，可当我一对表时，发现才刚刚十一点半。

到波兰去的运输车早已开走。我带着些许倦意至少意识到，无论出自谁的口，认为我待在世上碍事，必须刻不容缓从这世上清除掉的说法也不像是真的。那些认为我眼下碍事的人一定会乐意我待在我正待着的地方。

外面的大货车又在轰隆作响。我起了床，关上了窗户。此时一块老掉牙了的小板子像哑着嗓子打了个嗝似的爆裂了。时钟敲过了半夜十二点。

我呆坐着茫然若失。当我关上了窗户，一股恶臭便肆意灌满了房间。我浑身酸疼，且意识到心口上的一丝疼痛，这是我在极累的情况下常常感觉到的。我真想再次入睡，好让自己至少再稍微休息一下。可相反的是我清醒地听到了从街上传来的声音和老房子散架般的噼啪爆裂声。

我们每个人内心都有自己的一座渴望穿过其大门的宫堡，当我们发现这座宫堡的大门是关闭的时候，大多数人都会朝着另一个方向，走进已经有人为我们打开的门，但实际上甚至根本无需进去的门。

三、石 头

我们在森林路边的空地上挖了一个装石头的坑。从第一镐下土就很困难。硬邦邦的土块儿里净是大大小小的卵石。时近中午，微风在酷烈的阳光中颤抖。经过一个小时的努力我们才挖出了一个浅浅的坑儿。工程师安慰道，等我们突破树根盘踞的表层土，就会容易挖一些。结果却碰上了山崖。

我的年轻上司论力气、机敏和经验都理所当然地比我强。他夺过我的铁锹，仿照风镐敲击的动作试着一块块地攻克山崖，然而，普通的、相当钝的铁锹是替代不了风镐的。

"我们的石头必定要在这里？"我好奇地问道，"也许旁边一点的土质会软一些……"

"这对它们来说是最好的一块地方。"

我对我现在所干的活儿缺少认识，因此我没法判断：他选的这块地是不是真的最合适，或者只是因为工程师出于他坚持不懈的固执，所以才如此不折不挠地挖下去。他的这个本性我在相处的日子里已多次领教了。

如今石块仍躺在我们的车上。工程师预感到开凿山崖的困难，便挑了其中最小的一块，可就连这一块的高度也至少不在四分之三米之下，而且在它下面，据我所知，还会有一块石板，在石板与上面的石头之间至少该有二十厘米厚的泥土层，而石块，尽管埋在地面之下一米的深处，也是三角形接点的重要组成部分。当石头常处于被损害的情况下，地层下面的石板块通常仍保持得完好无损，因为石头和石板块的十字中心点呈一垂直线，石头的位置便可根据石板块来重新修整。曾几何时在石头上还竖立过一所木质建筑，我记得有这么一座高塔，从下面向上仰望它时还觉得有些头晕。如今已不建造这种塔了，因为缺乏建造它的粗木匠。在石头旁边，相当于我刻在铁锹柄上的那条线的距离处，我们往地里埋了一个中间插了一根棍子的水泥柱基，在三角形顶点处标的是红白两色，在连接点处标的是黑白两色。在那些可能遭到损坏的有危险的地方我们便插两根棍子。尽管人为损害是要受惩罚的，但几乎到处都存在这种危险，最倒霉的是，田野上的那些棍子和石头都是那个工程师时代的特别沉重而笨拙的产物。在森林里我们的先辈们连棍子也没插，只在最近的树干上画了个记号。这棵树画在左边，那棵树则画在右边。因为石头在多年后便被土块儿、疯长的草皮或刺丛盖住了。在没找到石头之前，我们得冒着刺扎的疼痛费力寻找。当我们发现它的尖头，工程师便掏出水平仪，而在此前我就得担惊受怕地摸清，那块石头是否已经松动。

只要水平仪的测量哪怕只偏离了一毫米，就必须把石头挖出来，照着那块石板放平，一块块重又埋上。

有一次，当石头的确很不明显地偏斜了一丁点儿时，我就想，只要把它挖出来，然后再放平就可以了。但我从工程师的表情看出，我的想法是罪恶的。

我从工程师手中接过铁锹，仿照他的方法攻克崖石。我像遭杀人狂追赶似的迅速跳进浅坑里，却只挖出几颗小石子。我还淌了几粒汗珠到地上，可很快又被一吸而干。

我爬出土坑，朝汽车走去，那里藏有我装着一丁点儿开水的瓶子。我三口两口喝了个光，然后又从车子的座位下方掏出斧子和锤子。

我们要是有点像样的工具就好了。

两天前我还试想着用斧子在教堂墙壁上凿出一个能塞进一颗螺栓的小洞，我花了一个小时磨斧子，它的锋利度大概也就像一个门把手。当我明白自己无能为力挖出一个能把螺栓放进去的小洞眼时，我想起身边还有一把袖珍小刀，便试着用指甲锉来干活儿，就像囚犯想越狱时干的那种活儿，那在许多年前还管用。我虽然毁掉了指甲锉，不过洞眼也挖出来了。

如今我跪到坑里，山崖看去不像建造大礼堂的方石那么完整，我总算从山崖上劈下了几块薄石片。

太阳一直火辣辣的，它落到树冠后面的时刻迟迟不肯降临。

在乘车穿过一座村庄时，我看到一辆挖土机正在为铺设一根管道挖地基。

大机器总让我觉得特别令人担心，即使不说这个工程师年代的产物是该遭摒弃的话，我肯定也不想跟它们有任何关联。可如今我却希望这个难看得要命的东西能够开到我这儿来，用它那巨大的爪子在地上挖出一个洞，然后好让我们几个人捡起那块该死的石头，根据我的非专业判断它甚至是完全多余的。

工程师替换了我。山岩发出石钟般的响声。

我坐在刚刚挖出的一个土堆上。离这儿不远处虽然已经开始出现了人影，可我不想离开，而且我也没这精力。

钟声不停地响着，召唤囚犯们集合。

155

我努力站到后面的队伍里去，可其他人却把我挤到了第一排。从钟声长鸣的右边，出现了看管人和身穿戴红肩章的黄色制服的监工队。我不喜欢那个走在队伍前面的宣布我有罪的军官。那正是特别政体①的十四天！他们又将我抓住，重又送回到木屋里。我并不感到惊奇，甚至也没感到害怕。但我却知道了，我将与所有我亲近的人相会在这所房子里，这所房子是这个特殊政体专为我们准备的。我被领着只朝着我的命运、我的案子迎面走去，我突然意识到在多年疲惫伤痛之后，我的案子又将重现。我甚至盼望着这次新的相会。

工程师从坑里跳了出来，脱下了几乎从没脱下过的锈红色毛衣。用折叠尺量了一下我们挖的坑，满意地对我说，我们已干完了三分之二的活儿。他将锤子和斧子交给我，如今重又由我开山劈斧了。当我劈下一块特别大的山岩并将它扔出坑外时，我发现在这块岩片底下只有一层土和碎石。

半小时后我们将石板放进挖好的坑底。把它摆在坑底的平面上时，水平仪的水泡没有停留在正中心不动。工程师在坑的上方摆下了测量仪支架，放下测锤以测量十字中心，我们还测量了放下石板的那个坑的深度。我们小心翼翼地生怕碰着测量仪支架，又将石板埋上，将土夯实，重又量了高度，然后才可放置石头。

这块崖石只在上边那一面加了一下工，它下边那一面有着几只很可笑的"小腿"。我们把它连同推车搬了下去，小心地将它放到坑里，然后工程师坐在坑沿上，用膝盖扶住石头，只靠水平仪、测锤和耐心作为装备，开始了他与那块我几乎搬不动的石头之间的决斗。

我如今坐在离他不远的地方，观察着这项跟一块五十公斤重的大花岗岩角逐的、又仿佛修理钟表式的细致活儿。眼看着测锤似乎已经快到中心，工程师于是放上水平仪。然而，石头拒绝靠着它那可笑的

---

① 指苏联1968年占领捷克之后，70年代的捷克傀儡政府。

畸形小腿站直。工程师企图用他轻微得几乎觉察不出来的动作将它挪正。可测锤并未显示在中心，而那块石头，凭着它笨拙和坏心眼的本性，总是至少跳离你所要求的位置一毫米远，而整个这种细腻的努力又得重来一次。

我定睛地注视着我那位年轻的上司如何耐心而不倦地努力让那块执拗不顺的石头站稳。我突然觉得自己对这一行为有了一种亲切感。多少次我在写作的时候竭力寻找正确的字词和它最合适的位置，找到了又摒弃。那些第一眼看去站得笔直挺拔的字词，实际上偏离了我要求的中心；与这工作不同的是我从来都拿不准。不过在没有水平仪及线锤辅助的情况下，我也熬过来了。

终于，工程师屏住呼吸，生怕呼出来的气息会影响石头的平衡，悄声对我说："可以啦！"这就意味着石头依据所有轴线均显示摆放得平稳了。我于是舀了很多土，当然是特别小心地倒进坑里，以免碰动支架或那块工程师甚至至今仍夹在双膝之间的石头，同时感到松了一口气，甚至有了点儿成就感，仿佛我刚刚稳妥和准确地写了一个谁也动它不了的字词，而句子也正好是我想要的那个样子。

四、信

经理 K 先生：

由于您怀疑我至今被我自己及至其他一些人看作艺术活动的性质，促使您在让我至少当了一段时间的测量助理员这件事情上也拥有功劳。我认为向您报告一下我的新工作是必要的。除此之外也为了让您不至于出于无知再对我当前的工作产生怀疑。

现着重介绍一下我作为土地测量助理员的工作：在九月份我清洗并擦拭了七十九根杆子，挖了近八立方米的土，往地里埋进了三十个水泥柱基和五块大石。我还往墙上（大多为教堂与坟墓的墙）凿了五个装螺栓的洞眼，我协助旁人进行了大量的测量以及与之相关的工作。我意识到，只有通过机关以及有关首长们的允许（我有意识用了你们圈子内喜欢的俄罗斯词语），事实才能成其为事实，工作才能算作工作，我才不至于陷入因为我在土地测量领域里所做的事情而产生的不切实际的幻影之中；而恰恰相反，可能活在关于自己绝对的过失之中。我对您将给我的工作评语的确非常好奇。

  谨致

问候

土地测量助理员 K
十月二日于姆尼斯特采①

五、家　里

  礼拜五中午我们就回来了。我们从车里搬出所有的器械工具，随后我便跳进车篷里，用扫帚清掉了我们一星期以来的活动所留下的全部残迹。如今这车子看上去相当整洁。我匆忙换了件衣服，好赶上下午那趟火车。

  在满是鲜花的漂亮火车站我通常是独自一人候车。火车开来的气氛更像我对勉强记得起来的往昔的回忆：赶上乡村赶集或庙会，妇女们有时再从这里进城买点什么。当地唯一的一辆装着小发动机的黑色小车开来了，里面除导游之外最多还有三四个陌生汉子，大多为越南人。我上了车，挑了一个座位，擦掉座位上的灰尘，坐下来眺望田园美景。只见秋天已经降临，最后的几排甜菜也快拔尽，湿地上的芦苇丛已由深红变灰，落叶松变黄，细叶藤泛红。

---

 ① 捷克中部的一座城市。

我虽然有个家,但作为一名城市居民还是惦记着故乡田园,我总想在回忆中或在现实里回到她的怀抱。甚至由于外部环境的缘故,我还没找到一座与家相关的房屋。而同时我又总乐意在野外郊游。我和妻子只要一挤出时间,便离开城市去野外郊游。而我,通常比较封闭,总是默默地从许多偶然的交谈中接受诸如外形、声音、颜色、气味、片断或者场景等多方面的印象;而我妻子却总是从我们已见到的一切中寻找比拟。对她来说什么都变成一堆现实夹杂着梦幻的画面,因此也常常心不在焉地走错路。

　　然而这样的城郊田野我们却没有见过,也没找到过。

　　近郊客车将我一直送到可以转乘去布拉格的火车的车站。在这里我已不是独自一人了,站台上挤满了刚下班的人:挎着提包的男人常常只穿着工装裤或脏兮兮的劳动服;唱片厂的年轻女工们,则像从一个模子里生产出来的产品那样千人一面。

　　火车上的窗户脏得使窗外的风景仿佛消失在浓雾之中。我总算找到一个眼下还未损坏的空座位,我的疲倦立即转为了瞌睡。

　　妻子在家里等着我,她为我们的重逢感到高兴,她此前还因我礼拜一又要走而生过气。"你为什么不放弃这码子事呢?浪费时间来擦拭那些糟糕的棍子,挖掘石头,损害心脏和脊柱,弄得这里痛那里痛,有什么意思嘛!"

　　我说,只要我们在外面的那些活儿没干完,我都得坚持住。我并不是说我乐意放弃我作为一个普通人不该放弃的那条路,可我乐意近距离接触野外风景。我妻子生气是因为我很固执,家里有那么多事情,儿子在改建住房,既然我渴望干体力活,为什么不去帮他一点儿忙呢?于是我重又穿上工作服去敲打那些砖头。

　　希腊有一个讲述波塞冬①和大地女神盖亚所生之子安泰的神话。

---

　　① 波塞冬是希腊神话中的主神之一,是天神宙斯的哥哥,地位也仅次于他。是掌管海洋的最高神仙,拥有强大的法力。

安泰总是号召人去决斗，因为他知道，他是不可打败的，他一倒在地上，他的母亲就会让他恢复精力。直到赫拉克勒斯出现才战胜了他。赫拉克勒斯将他举得老高，然后将他掐死。希腊人当然站在赫拉克勒斯一边，因为他是他们最喜欢的英雄，然而这个神话的潜意识智慧警告我们，别让当代的安泰们离地太远。

砖头被弄干净之后，我拿起一个星期左右收到的一大堆信件，一封接一封地读起来。我的一位女译者从她瑞典的故乡来信说：

> 我们过了一个美极了的炎热的夏天，在熬过糟透了的年月之后终于享用到丰盛的水果、蔬菜和蘑菇。可我们该怎么个高兴法呢？放射性物质一直还停留在被感染的那部分瑞典的土地上啊，而且恰恰在那些最丰产的地方，人们可根本不理会警告。我真为他们的无所谓态度而感到害怕。我们对空气、水和土地有良好的检测，因此我们知道，灾难是千真万确的。成千条海豹因为至今还无法验明的病毒而死亡，连水鸟也遭了殃，谁也不知道它们是不是为海豹所感染到的那种病毒所害。鱼也越来越少了，从来还没有过这种因为鱼产量不够而鱼店关门的现象发生，而我们恰恰在今年能从鱼店关门的牌子上读到这个理由。北方的狩猎者在经历着休克期。据说狍子身上含有过超过四万五千个贝可勒尔活性毒素①，这从切尔诺贝利起已经过了多少时间，每天都有新的警告或新的灾难事件，已经证实的比如，冰淇淋为了便于储藏，便往里面放进三十种直接对人特别是对小孩的健康有害的化学药品。从西班牙进口的红皮甜椒是含毒素的标本，它的皮硬得如同

---

① 贝可勒尔活性毒素是以发现放射性活度的法国物理学家安东尼·亨利·贝可勒尔（1852—1908）命名的放射性活度国际单位。放射性核素在一秒钟内衰变一次时的放射性活度规定单位为一贝可。

橙子皮，我立即停止购买，我看到它的价格降得很厉害。下一个警告：妇女用的卫生巾的二氧化物成分高得可以致癌。然而威胁着我们的最大危险却来自含毒冷却剂，一条关于不健全的，特别是存在于两极周围的臭氧带的消息简直吓死人。我们对降低汽车废气亦毫无作为。艾滋病泛滥如狂潮巨浪，这旋风的传播者数量估计在数万以上。今年夏天我们这儿有一个关于破坏大自然与几乎大都无法修补的文物的很棒的展览。等我去布拉格时，给你带份目录去……

晚上，我换上了外出服装和妻子一道出席了一个来自美国的代表们举办的纪念美国作家的宴会。我仍是作为一位作家，而不是一名土地测量助理员身份被邀请去的。我的新职业比起那可以神清气爽进行交谈的话题来，还是一个太新、时间还太短的行当。要是我跟许多其他人一样在二十年甚至四十年前被赶到一个别的行当中，我会是怎样呢？谁还会想起，那些被单调乏味的苦活和劳累折磨的司炉工、橱窗清洁工、下水道工、铁路建筑工或仓库管理员曾经有过别的专业：学过康德、奥古斯丁圣人或者普列东的优生理论，曾经给大学生讲过课，在广播电台给人们作过报告呢？

我们坐在一张摆好了餐具的桌旁，戴着白手套的服务员在接待我们。我尊敬的同事谈起他最近一部中篇小说的内容：一个出生于体面家庭的儿子混进了吸毒群中，从家里出走，浪迹于街道、仓库或贫民窟里。他母亲企图找到他，想获得儿子所处的那个环境的信任，于是允许他们也给她注射海洛因，很快就与儿子有了同一命运。

他们委托我同事的妻子在援助埃塞俄比亚饥饿儿童的工作中帮帮忙。他讲述着关于那些还没走到领取救济物的地方，就因体力衰竭而倒下的可怜人的刺疼人心的详细情况，那些遍地发生的悲惨的人的故事。

我感到惶惑，不知所措。我正在干着并非写作的其他事情，可我真想写点关于地球母亲之类的东西。我明白,我的回答并不太详尽无遗,甚至也不是明白易懂的,我的主题题材也未显得多么引人入胜,眼下更适合写些关于恐怖分子、嗜污狂、恋尸癖;关于不正常的杀人犯,最好是女杀人犯;关于歹徒的,或至少是关于关在劳动营里的囚犯的痛苦之类的题材。此外,被电视里那些真实或捏造的血腥故事弄得疲惫不堪的姑娘们已经很难被别的内容所打动。幸好没有人向我深入打听。她们想知道,我是怎么看待中欧概念的,是否在期盼可能从这里出现精神上和道德上的复兴。然而我并不知道有谁可能会心甘情愿放弃工程师那个年代的种种好处,也不知道未来可能达到一个什么程度的复兴。

有人对我的凄凉惨淡的回答连忙加以修正。他们相信正在复兴的基督教的净化力量,他们还举出一些大家都认为是有说服力的例子,而我此时却惊讶地发现自己回到了甜菜地的广阔田野,将我的装满颜料和画笔的小筐往前挪了一下,突然一愕:发现在一些大叶灌木丛中露出两个纤细而长着毛的身子,一会儿消失不见,一会儿出现,然后又再消失。这两个小妖精仿佛在甜菜海洋中直接向我游来。我甚至听到了它们沙哑而贪婪的呼吸声。我顺着自己的反应以及早已忘掉的臆想朝地面弯下身来,拿起一块土疙瘩扔到这些怪物身上。

我对我的地位和我朋友们的地位是怎么看的呢?

我不爱抱怨,对于艺术家来说,绝对的赏识跟绝对的不赏识一样是危险的。在第一种情况下通常灵魂会死去,在第二种情况下艺术家本人会死去。

对我们在什么地方,正处在一个什么样的状况这个问题我想说点什么呢?

我们处在空气中。被举得高高的,在一个我们大加赏识的看不见的英雄的头颅之上。我们为这高度而陶醉,自我得意地认为我们在靠近星星,将要升到天上,因而不打算摆脱,并通过接触地母来复苏自己的力量。其实地母才是我们的放射性的动力。

狗狗们又在以轻盈的步伐跑远了。我又一次弯身对着地面，拿起一把泥土，在指间搓揉着，感到一种宽慰。

六、文具店女老板

当我像每个星期一上午一样回到姆尼斯特采时，看到我们的住所门是关着的。在门缝里夹了我上司写的一张小纸条："我把汽车文件忘在家里了，如今回去取一下。"他向我表示抱歉说："中午前后回来，钥匙放在文具店里。"

十一点整，文具店已经关门。我记住了前一位房东在第一天晚上就告诉过我的话，便回到暗黑的过道，敲了敲仓库门，没人答应。我便抓住门把手一转，门开了，一股纸的臭味和霉味扑面而来。我环顾了一下四周，可只看到好多货架，透过曾几何时可能是通向隔壁屋的一扇门的拱形大洞，朝我这边洒下了一点儿光亮。我等了片刻，既然无人出现，便擅自走了进去。

我刚一穿过那个门洞，就看到了由几个空桶，两或三张小地毯组成的卧榻，还有我认识的那位穿着白毛衣和牛仔裤，长头发戴眼镜的妇人，紧挨卧榻的电炉子上一壶水正烧得滚开。我打了声招呼。

她愣了一下，从座椅上跳了起来，"是您？"她松了一口气确认道。她将手伸进口袋里，摸了一阵，在掏出钥匙之前说："您愿意跟我喝杯咖啡么？"

我在这里的唯一一把椅子上坐了下来。

他大发雷霆，说是非回去一趟不可。她对我谈起我的上司。她的声音低沉且有点儿沙哑。她从那例外地没放满文具货物而摆了些炊具的货架上拿了一只小锅。"您在这里大概住得很不舒服。"说着往小锅里放了点儿咖啡，"不过我倒是喜欢这样开着车东跑西颠的。可我不得不从早到晚老待在这里。"

我从提包里掏出那包扇形饼放到小桌上。

"这样一来我连午饭都用不着吃了。"她高兴了,"这里倒还过得去,"她接着说,"可是当我一直在特斯莱干活时,整天像傻子一样地焊接个没完。每当我一回到家里,看什么都是重影的。"她掏出纸烟和打火机。我是从来不吸烟的,只替她点燃了一根。

我没法根据她那毫无显著之处的脸部判断出她的年龄。至于谈到她的特征,比较独特的是:她化了妆,抹了口红,她的头发要是没染色,没让当地的理发师糟蹋的话,本可以是漂亮的。

"可就连这儿有时也很乏味。"她说。

"什么能让您感到高兴呢?"

"啊耶!"她对我憨直的提问做了一下鬼脸说,"比方说旅游啊!不是吗?这事儿每个人都喜欢。"

"您想去哪儿旅游呢?"

"无所谓,只要离开这儿就行。可绝不去南方,据说那里的男人挺骚扰人的。去北方,那儿大概还有很美的森林、湖泊和许多珍稀鸟类。电视里放过这些。您没看过?"

"您以前旅行过吗?"

"当然啰!您知不知道,我在哪儿可以找到个帮手?"又做了一下鬼脸,"我真想找一个。难道一个女人能独身度日?谁能给我照看小的?老太婆只能白天照顾一下,晚上却想自由自在地过她自己的生活。"

"您是姆尼斯特采这里的人吗?"

她摇了摇头,"我可以拿点儿这个吗?"说着伸手去抓扇形饼。对面货架上的小玩意儿,赐福的扫烟囱工①,还有也能赐福的小猪,不知有啥用的赛璐珞娃娃都在傻呆呆地看着我们。

"我的家人,也就是我的妈妈和弟弟,都在巴鲁都比采。妈妈如今住在医院里,已经是第二个月了。"

---

① 捷克习俗,遇上扫烟囱工就会幸福降临。

"严重吗？"

"她是生产阿尼林的，"她说，"就像懂医似的，我一听到这个便立即从家里逃走了，那时我才十五岁。我在乌斯基嫁了人。如今和老太婆住在乡间小屋里，坐火车两站便到。只是他们马上在篱笆后面建了一道水泥墙，这就别有一番天地啦！您要是忘了放在桌上的咖啡，到了晚上即使没放奶油，它也会变白。"她拿起咖啡杯去加水。

她的身材更像男性，腿上长着黑毛。我不觉得她像一个让男性渴望的女性，我更不觉得她会对男性有兴趣。

"我大概很快就会放弃这里的工作。"她回来时对我说。

"那您想干什么呢？"

她又做了个怪相说："既然我在搞销售，也希望从中得到些什么。"

"您难道更愿意去干屠宰这一行？"

"您大概真不是本地人。"她对我的问题感到惊讶不已。"我哪有干这个的本钱啊？父亲给女儿寄了四百块钱赡养费，全都用在我店里了。您知道，我多长时间才节省出买条裙子的钱来吗？"她拿了一小块扇形饼，说很好吃，"水泥厂本想要我去厨房干活，可我已经不想去那些上下班要打卡的地方。那些与男人一起干活的地方也没法招到我。我不能站得太久，胯骨有毛病，痛得我半夜里哭。想必我还能找到个什么工作吧！"突然她充满希望地说："或者会发生点什么事儿吧。"

"该发生点什么事呢？"我不明白。

"我不知道，比方说飞来一个什么福星啊，或者这样，就像 E.T，您看了吗？"

"看了。"对外星人我很不喜欢，可在我家里摆着与这个感人怪物非常相像的一个仿制品，是别人给我的孩子们从国外带来的。他并没意识到我的孩子们已经过了童年。

"我都看过八九遍了，当布拉格开始上映的时候，我便抽了个空去看，尽管大家都笑话我，说我白费劲儿，肯定进不到电影院去。我费劲地挤开门口的四五个娘们儿，然后坐到了这么一把加号座位上，在没有开映之前一直坐在那里。"

"您想在家里拥有这部电影？"

我的问题显然荒谬得让她决定不予回答。"他真的像来自另一个世界。"只说了这么一句。

"您想去到那个世界？"

她叹了口气，做了个鬼脸，然后说："即使我能去到那里，他们恐怕也不会接受我。"

七、顶　间

我们竟然例外地在天还没黑时赶了回来。工程师必须跟人磋商弥补企业蒙受的损失的问题，因为我们在土里挖出了好几块石头。在我进到我的住处之前便注意到，顶间的门是敞着的。我忍不住沿着咯吱作响、满是灰尘的阶梯爬了上去。顶间里堆满了破烂儿，我停下来听了听。可什么动静也没有，只有几只苍蝇在顶间窗檐下嗡嗡叫着飞来飞去。顶棚柱子又大又老旧，而瓦片看上去却几乎是新的。燕子窝挂在柱梁上，地上摊着袋子和旧衣服，臭气熏天，在没有门的柜子里堆着一堆发霉的鞋子。我在干草和旧提包之间找到了几根生锈的管子、几个空盒子和装水果的小木箱。

这里没留下任何值钱的东西，可我并非在寻找金子和锡制的烛台，最吸引我的总是印了东西的纸张——我在一个盒子里真的发现了一本百年前的《指导农民冬季耕作课本》。忽然在我后面噼啪响了一下，我吓得回头一看，只见波科尔娜太太正伸着头朝顶间张望。

我面带愧色向她问了个好，且意识到自己处在一个不该在这里逗留的尴尬境地。可她却很高兴遇到了我，立即对我说："在这顶间里，除了人们糟踏掉的以外，还有很多有趣的东西：我曾祖父穿过的一件骑兵制服甚至引起了博物馆的兴趣,还有一面祖父留下的鼓,尽管已经破了。祖父曾在哈乌格维采伯爵的步兵队里服过役。那个时候根本不像今天所描述的那样糟糕。虽然点灯用的是油脂蜡烛,可人们没有那么爱说谎,根本没有偷窃。当祖父被转到骑兵队时,他在那里演奏的竖琴大得要靠矮种马拉着车子运载。祖父在一八六六年经历了赫拉德茨战役,他很高兴回忆起这段时光。尽管我们在那里过得很糟。"

"那时我们还遭到过侵略。"昔日时光的女见证人鬼头鬼脑地朝我眨了眨眼,"只不过是普鲁士人的侵略!可那些普鲁士人,"她继续说,"在墙上张贴了告示,说并不是作为征服者,而是怀着对我们民族权利的深深敬意来到这里的。工程师先生,这栋房子该记得:战争期间,当人们打死了海德里希①时,也在我们的墙上贴出过告示,可却是以被处死者的名义。爸爸订购了一些带黑框的包裹邮件,随后便被他们关了起来。半年后,我妈妈便亲自将这些包裹连同这令人伤悲的消息一起分发了出去。后来托主的旨意便挨了一次接一次的打击。我们的房子被国人夺去,他们比外国人还要坏。当时没任何人赶得走他们,到最后他们就待在这里了。"她指了指顶间房角新的窗口说:"特列巴先生有个观测所,他没有家眷,整夜都在这里度过。他开玩笑说,他以金星当老婆,把月亮和各路行星当作他的孩子。而您,工程师先生,对此准能理解。我知道,您也根据星星来测量,那个给您当司机的年轻人向我说过了。可您只是计算在地球上存在什么和它们是怎样分布的。而特列巴能够计算出将要发生什么事。他事前就已经知道我们在一九四八年②的灾难之后会遇到什么。他有架望远镜。"她站到了窗檐下方,指着那些滚落在地上的一堆手提包说:

————
① 莱因哈德·海德里希(1904—1942),德国纳粹党党卫队重要成员之一。1941年9月担任捷克斯洛伐克德军占领区摩拉维亚与波西米亚的副行政首长,绰号"布拉格屠夫"。1942年5月底,在布拉格遇袭重伤,不治身亡。
② 1948年二月革命后,捷克斯洛伐克共产党开始执政。

"当美国人飞上了月球时,他将家里所有人都请来,让我们都能靠近人类这隆重的时刻。真的,您设想一下,我亲眼看到当火箭着陆的时候,地球上如何升起滚滚烟尘。在这一刻我突然想到,当人们走在月球上时,月球也将不会是原来的那个样子了。您也看到,特列巴先生已经走了,他们要毁掉那座房子。我跟您说,这将是我的末日,我恐怕熬不到那一天了。"她用乞怜的目光看着我,仿佛我有权力面对已经计划好的拆除行动,拯救这栋房子。

我一看她的眼睛,便一下子辨认出,虽则存在时空的极大距离,可那穿着雪白外套的骑兵队,银晃晃闪烁的月亮的光芒仿佛就在眼前,直至不祥的击鼓声传到这顶间,在鼓手中唯一的一名士兵拿着竖琴待在车上。当然在这喧闹的鼓声中,谁也没法听见琴声,即使那士兵弹得再响也无济于事。

八、工程师

我们乘坐罗马尼亚生产的短途公车到达了赫鲁吉姆前面的山顶上,我们就停在新水塔旁边不远的地方。一小截新铺设的水泥预制板公路也通到了这里。工程师有些不安起来。我们前往重新丈量的点应该紧靠在路边上,可是,我们没法在一大堆碎石后面找到我们的杆子,有人将它连根拨走了,完全无视损害国家的三角测量是要受罚的警告。新路当然不必与原先的路一模一样。

工程师研究了一下计划,计划上的点很准确地标示着,它的位置要根据与近处的物体或建筑物的距离来确定。在没有找到紧挨着预制板路边的测定点,或尚未测出其在此地的相汇处之前,我们一直拿着皮尺跑在糟糕的、几乎不长草的旷野上测量着距离。我从车上拿来上下班用的时钟,还有一根尖头铁棒,我们徒劳地往地里扎了几下。我怀疑,石头在这里能经得住这地面的平整?然而掘土工把坑挖得比填上好几块预制板的宽度还要宽。这石块毫无疑问仍然纹丝不动。

"它现在在哪儿?""他们可能把它抠了出来,然后把它埋在路基下面了。"工程师这么认为,"可他们也可能掀开地面,石头还留在原处,只是将它埋上了而已。"他拿起十字镐,自己挖了起来。土块儿,或者说得更准确些是大量的、由我从坑里扔到堆上的石块,很明显是路基中挖出来的。我没法设想我们能在碎石下方找到我们的那块石头。可工程师却在不辞辛劳继续努力地挖着;甚至,他仿佛已意识到他的行为的荒谬,便拒绝旁人替换他。当他挖出了一个足可隐藏一个蹲着的射击者的坑时,他重又抓起铁棍,将它扎进地里,一直插到铁棍的把手处,无论是石头还是石板一概没碰到。"有可能,"他固执地认为,"我们用皮尺测量得不准确,或者这种不精确性已潜入到我们从先辈们那儿继承下来的骨髓里。我们得试着重测一遍,以便有把握认定这个'点'确是被毁掉了。"

第二天我们随身带上了经纬仪,这是一种稀有和贵重的仪器,它的部件还包括了剖析望远镜。我真想至少在哪一天夜里用它来观察一下月亮和星星。工程师将仪器放平,固定好支架,开始测量教堂的塔高。而我有幸的是既不用挖土,也不用擦拭测量杆,只需往印好的表格栏目里填上角值数。

晚上,我已休息之时,工程师还坐在他的残椅上计算着。通过我们这些天来的活动,我认识到,他干活准确,责任心很强。虽然,就我所知,这属于他的职业操守,但他还是让我感到惊讶;特别是当我明白对我们干的活很难进行考核的时候。我们要是敷衍了事呢,人们根本就发现不了,或者要在多少年之后才能发现。而只有当我们的测量绝对完美和精确时,工程师才感到心安理得。

一看他就是一个农村人,生活在摩拉维亚与捷克地区之间的一个小村庄里,到姆尼斯特采的距离跟我一样远。他乘的那趟火车在星期一的十点开来,我乘的布拉格公车比他晚一个小时到达这里。从这一刻起直到星期五的中午我们总在一起,连吃午饭也坐在一起,不过我们两个都是寡言少语之人,再说干活的时候也没多少聊天的时间。

我得知，他在他父母的小屋那儿加盖了一间房，他们就在那里生活。他喂养了一头小牛，这是他结婚时得到的礼物。他的娱乐是跑步、打冰球和下棋。

他跟我儿子一样大。他们的工程师学科是同时结业的，他们两个也都是几个月之前才结婚的。他跟我儿子一样性格内向，总带着和善的微笑，这一点也像我那儿子。这种并非外部而是内在的相似使得我试图与他进行某种更深入的沟通。当然我也知道，我为我目前实际上所从事的职业而感到伤心，因为没法与人分享我的大部分经验、智慧甚至感受；此外人们靠其互相沟通的大小桥梁也越来越少。我们甚至在唯一一本共同的至少在星期天读的书上也不能取得一致意见。我们没有工作、没有歌曲也没有作为遗产传承下去的礼仪。甚至在我们本可以彼此尊重的男人女人之间，我们能看到的也只有抱怨，有什么还能将我们联系到一起呢？

我们两人都在找吃饭的桌子，我们常乘车路过的家具店上方的红布条幅宣称我们居领导地位的党的目标是全人类的幸福。工程师走去打听有没有吃饭的桌子卖。入口处华而不实的标语口号一再地在讥笑我们的判断力。就像生活在横幅标语的约束下的所有人，包括标语作者——政府，和其中的所有人都知道的那样，我们也知道这个。我们这些共同受辱者可以蔑视他们，可是受辱与蔑视他人都不能使人变得崇高，也真的不能使彼此亲近。

有时我觉得，从外表来看我们两个人，身材、年龄，乃至地位都不相同，却共同在潮湿的草场上、甜菜地上、翻耕过的田地上辛勤地工作着，用那简陋的工具和带色的测量杆默默地出入于灌木丛中。

年长的这一位可能想知道，这位年轻人对世界、对在我国的生活是怎么看的，他是否会对这个国家的状况有所指责。这位年长的甚至为可能招来的回答而准备了辩护词。在辩护词中他可能试着向他指明，战争给他以及他的同龄人带来了什么，在他的内心深处引起了多少忧虑和幻觉，以至于部分地相信了荒谬的无神论。他正准备讲解有关每个幻觉都会产生盲从的问题。

他有点儿害怕那个年轻一些的人会开始对此发些议论,可他更担心那年轻人根本不会谈这类话题,因为他根本不会去思考任何类似的东西。对那些陈旧的谎言、政变、冤屈、纠纷、幻想、折磨、奸计或罪行根本不感兴趣,就像他对久远的战争不感兴趣一样。只要他还抬头看一眼天空的话,他总是把一辈子都悬在他头顶上空的乌云当作是天空的自然颜色。

有一次他们在森林里迷了路,从山坡上走回来时弄错了方向。年轻的那一位虽然随身带了水平仪和秒表,年长的那位带了钢丝刷子、长柄镰刀、颜料盒和画笔,可是这些都没法用来辨认方向。

年轻的那一位有些心慌了,他得对工作和停在野外的车子负责,便建议返回,可年长的对这建议却不同意。他不愿意再回到山坡上去,除此之外他也不必对任何东西负责!对他来说更愿意接受的是在森林里游逛,而不是去挖水泥柱基的土坑。他提议的办法是继续往前走,肯定能到达个什么地方。

"可要是离车子越来越远呢?"年轻的那一位拒绝他的提议。

"您别去想那汽车!"

这个回答让那年轻的感到吃惊,可随后说:"我懂您的意思,可您想在那里找到什么呢?"

他问得有道理。还有什么可期待的呢?是某种的惊喜?某块尚未测量的田野?还是某种希望?

年轻的那一位在等待他的回答。他在生活中遇到过许多能给他含义深刻的答复的人。他们培养了他,将许多典范、实际经验教训,还有关于他生存其中的这世界的迷信、半真半假的东西传授给了他,家里教他老实做人,勤奋努力,人为了活着就要工作,但为什么活着?他们没有告诉他,或许他们自己也不明白。

凭什么这样一个天晓得为什么出现在这里的人就该明白这些呢?他可是一个徒劳地想要以良好的意愿来掩饰自己的笨拙的家伙。可那位年轻的对心中所思既不能归类也没法确定,也许恰恰是"天晓得为什么"会激起他的某种期待。比方说他经历过或者见识过什么,有他可要说的?——正因为这样他才在这里。

那位年轻一些的人没等到回答,便耸了耸肩膀,说了声:"随您怎么想吧!"

他们继续赶路,那条不知将他们引向何方的路。森林越来越稀,空气开始奇怪地散发出灰尘和烟雾,甚至还有硫的臭味,他们穿过的仿佛不是森林而是火场。

年长的想,跟我走了一个拿不准的方向也许是个好兆头。他说:"测量活儿大多是顺着朝下的方向进行,您不觉得有趣吗?"

"我不懂,您是怎么想的。"

"从我们描述的地球或者物质来看,我们越来越准确。我们找到的始终是较小的粒子,可总也没能挪动那相反的方向。"

"不是出现了全新的星系吗?"年轻的不同意地说。

"我指的不是星系,而是那在我们上面的,也就是在人之上的东西。"

年轻的点了点头,表示他明白。

"他们教育我,对上面的什么也别相信。"年长的继续说:"战争爆发时,他们把我们关进牢房,几乎杀害了我们全家。那时全世界都在杀戮,父亲从中看到了他是正确的证据。上帝要是真的存在,就该任何时候也不会允许如此残酷、如此非正义和荒诞的大屠杀、大流血。可另一些人恰恰由此看到了这是上帝对人类罪孽的惩罚。《圣经》里不是认为杀戮孩子就是对反抗上帝的一种惩罚吗?"

我们来到了一个十字路口。此刻已不适宜发挥抽象的思考。年轻的那一位默默地选了一条路,继续往前走。

"战争结束后,"年长的在回忆,"我认识一些人,就像从前我们被关一样被荒唐和独断专横肆意妄为地关了起来。我们房东的女儿就是这种情况,那时她才十七岁。"他没大声说他喜欢这姑娘,他想象着渴望与她亲热，他只说多年后当她回来时，谈到她在集中营中的悲惨生活，也提到她在那里突然想明白了什么："一个人想要居于宇宙间所有生命的最高点是不可能的。"

"一个有趣的思想，"年轻的那位说，"人有时的确比禽兽还要坏。不久前，不知您读到过没有？英国有一个男人在他的孩子们的眼前枪杀了一个陌生女人，然后回家，干掉了他的妈妈，紧接着又干掉了十四个人——仅仅是为了消遣。再看，他们又是怎样枪决那些俄国的可怜虫的啊！"

他们聊了一会儿关于那些无论用袜子蒙着头脸的还是身穿制服的疯狂的射击手的情况。而年轻的那一位似乎对狙击手的问题更感兴趣。他常下棋，对于不相干的暴力也能耐心劝阻。可是让那年长的人不高兴的是，他认为他们的话已失去意义。

他们终于走出了森林，在他们脚下是一条肮脏的小河。岸边刻上了水渠的沟痕，水渠里一动不动的死水闪着彩虹般的光芒。土地光秃秃的，堤坝的陡坡长满了杂草，没人打算在这里折腾，河对岸竖着几个又高又脏的喷射着滚滚灰烟的烟囱，烟尘看上去缓慢而不经心。河对岸还有好几个煤堆朝天耸立，天地间似乎已经失去了色彩，地面上摊满了铁丝。

较年轻的那位问道："您不认为您说的这些，一个更高的智慧或者什么，是在一种与我们完全不同的空间或范围内活动吗？"

年纪较老的那位承认了这点。

"可我们反正也确定不了，而且也与我们毫无关系啊！这里反正什么也改变不了啦！"

道路一直通向河那边。拖着装煤船只的汽艇是黑色的，煤是黑褐色的，只有汽艇后部的绳子上挂着几件五颜六色的衣物。

两名男子正凝视着这意想不到的彩旗，就在船只驶过他们面前的片刻，从船舱里冒出一位穿彩色衣服的姑娘。她的长发披在裸露的肩上，年轻的那位对她招了招手。姑娘靠在船长驾驶台的板壁上，犹如一只正在嗅着什么的小鹿一动不动地盯着两个男人。年轻的那位将手掌按在耳边对她喊话，让她带上他们俩。

"那有什么不可以的，过来吧！"年轻的姑娘邀请了他们。老远也能看到她的脸上露着微笑。

"隔着水怎么办？"年轻的那一位惋惜地说，"河那么宽，而你们的船是挨着对岸边上行驶。"

"那你就只好被水浸湿一下喽！"姑娘说着消失到船舱里去了。

"既然她邀请了我们，我们就到码头上找她吧！"年轻些的建议说。而年长的那一位却在琢磨着，在这种只交谈了几个字的相遇中是不是隐藏着一层更深的意思，甚至一种什么暗示？

在行车途中我们大多谈的是工作方面的问题，有时我们也分享了那些有趣的体育赛事。我们还尽力去弄明白我们所做的事情，工程师很热心地为我讲解了有关方位角、测量线以及尾端点坐标等问题，我宁可不再接着问下去了。

年轻的工程师为了能毕业，不得不从十四岁开始便离开了家。在整个学习期间他最喜欢实习。在实习期间他和他的导师们去到了偏僻的边远地区，在那里他学习了如何测量以及经受了大地测量的野外生活锻炼。老师们在白天既严格又认真，晚上便和他们玩扑克、喝啤酒和聊一些老光棍的趣闻轶事，以此为他们未来的孤独做思想准备。真正的大地测量师大多在远离家乡的野外度过他们一生中的大部分时光，有的甚至来不及成家，因为总是延误或错过机会，而丧失男性结婚的最佳时间。由于下不了决心放弃工作，只得独处终生。他们一旦干上这个行当，便无任何惊喜可言。作为最年轻者总是被派到那些荒凉的地方去，只要他还有足够的活儿可干，时光还打发得快一些，可一遇上下雨，他便不知道怎么打发时间，只得看看书，可是那些他能找到的书，大多没法引起他的兴趣。甚至在雨天里，他也去跑步，到头来只能在遇到人的唯一的某个地方停下来。

跟陌生村民坐在一块儿，同他们一起喝酒，聊些在家乡的相同场景可能聊的话题。当他喝下第五或第六杯啤酒时,便已既不需要讲话,也不需要太听别人讲话,世界被包卷起来,在这里面他可一直这么待到该睡觉的时候。头疼让他惊醒,驱赶不掉的空虚浸染着他。

一年前,他已二十七岁,被派到摩拉维亚南部测量,住在一个距海一百五十六米的村子里,周围地区的最高海拔为七米。凄风几乎刮个不停,当他登上教堂之塔,偶尔还可看到小河对岸以及奥地利村庄小石屋的篱笆外从街上一闪而过的小汽车。此时此刻一种莫名的不安全感控制了他,外部世界的时间天天在逝去,而他的时间却停滞不动。

这里的人们和蔼可亲。他们喝着啤酒,喜欢大声聊天和唱歌。他却安静地坐在啤酒杯前,没参与唱歌。有一次他回住处时走错了路,在排水沟那儿瞎转悠了一阵,结果掉进了一堆乌荆子刺丛中,半夜冻醒时,头顶上的月光照得枝头和叶子上的露水闪闪发亮。他知道该起身回住所去了——他脑子已经清醒,比任何一个白天还要清醒。恰恰因此他才意识到,对他来说,躺在哪儿,是不是会着凉或者甚至冻死,都无所谓。于是他又闭上眼睛,睡着了。

第二天早上他突然觉得不对劲,让他感到惊奇的是他竟因此而不安起来。可当星期五他该回家的时候,他又跟平时一样换了身干净衣服,因为家里那些人都在等着他们引以为骄傲的工程师啊!

在火车上他口渴极了,下车后去喝了一杯饮料,结果误了最后一班公交车。步行至少也要两小时才到得了家,且不说还正在下雨。幸亏他还没忘了跑步。尽管他在学校后面的小公园里使劲跑着,还是注意到一个两手抱着脑袋的女孩坐在椅子上。虽然他已从她面前跑了过去,但又立即返回,想知道她究竟发生了什么事。狂风卷起路上的尘土,随即下起雨来。他不知道那女孩为什么在哭,也不知道怎么安慰她,可是又不忍心任她坐在那里而不加理睬。他扶她站了起来,一起跑到一个通道里,他对她一点儿也不了解。等雨停了,便将她送到她家,并将自己的地址给了她。她还真给他写了信,可却没有告诉他那天为什么坐在公园里哭,而且从来也没提起过这事。他为如何回复她的第一封信磨蹭了一个晚上,他不习惯写信,特别是写这种类型的信,不过还是写了。

当他们几个月前举行婚礼时,他的同事和同学纷纷从全国各地聚集拢来,其中两人甚至穿着黄白相间的绑腿裤和皇家王室军事工程师们穿的深蓝长大衣骑马而至。他们迫使他带着新娘也坐到马背上,一道穿过红白相间的杆子搭成的彩门。他俩的孩子正等着在圣诞节前出生呢!

等到孩子一出生,他将永远待在家里,这实际上已是他最后一次测量活动了,从明年起他就要变成正式职工了。

他找到什么有意思的东西了吗?

没有,他大多时间都坐在办公室里,不过他每天晚上都能回家,妻子特别高兴,对孩子也更有利。

我完全没法设想我父亲在工作期间还能顾及到我母亲和我。他从未怀疑过,面对工作,其他一切都得让步,只不过我父亲跟他的父亲一样,还实心眼地相信他能够并应该完成任务。

我问他,想要生个儿子还是女儿?他耸了耸肩膀说:"这不一样吗?女人有女人的难处,而我们又有另样的艰辛。我妻子也说生男生女都一样。"他还补充了一句说:"不过她肯定认为生女儿更好,她相信跟女儿更容易合得来,再说女孩不用去服兵役。"

他从来没有专门谈及他的妻子,也许是为了在我面前保护他们的隐私吧。

三天之后我们又回到了水塔顶上我们的那个测量点。

年轻的工程师通过精确的计算确定,这个点虽然本应定在离各个指示牌边沿同一距离的地方,可是比我们原先挖的坑要稍微高一点儿,实际上我们只需将原来挖的坑拉长一点儿就行了。

我对在地面上测量远处的教堂之塔竟能如此的精确表示惊讶,同样我也简直没法相信我们竟能找到那块丢失不见的石头。

工程师重又独自开始了挖掘工作。离假定的点越来越近。而我不时扔出几锹土，抽空看看已被秋雾弥漫的田野。教堂的小塔尖在眼前晃动，从远处没法看清楚它们荒凉的模样。

"至少给我们留下块牌子吧。"工程师还寄以希望地开始顽强地狠扎着地面。

什么也没留下，我们可以再挖块新的坑，为什么不这么做呢？我还是不问的好。

跟往常一样，我们到黄昏时才回来。我看不出来他会不会为我们没找到那块石头而难过，或是不是对我们能够毫无惧怕地将标记点已被毁掉的事实记录下来而感到满意。

在家里，他趴在他的三脚桌上计算着什么，同时听着半导体收音机里的节目。他突然来到我的房间说："现在播出的节目相当有趣。"又说："您听说过大地震的事儿吗？"

我说："听说过。"

"您瞧，"他激动地说，"据说由大地震产生的这些物质的体积，全部都被计算出来了。"

"这可能吗？"我感到吃惊。

他耸了耸肩膀，表示他不能对此打包票；他还断定，它的大小可以用公尺的数乘以十，减去五十来计算。

"这可真是太少了。"

"何止少而已，这比什么也没有还要少。要知道原子是以好多公尺乘以十减去八来计算的。您能想象得到吗？"

我承认，不能想象。

九、风　景

我给文具店女老板带来了一个畸形外星人的小木偶。

不过我眼下还没将礼物送给她。因为早晨我在文具店开门之前就走了，等到这位木偶爱好者已经不在店里时我们才回来。我等着下雨，好留在家里。我不仅准备趁下雨天我在家时给她小木偶，还加上一包我曾指望在这里读完的书，可我记得这却是一个总不下雨、最干旱的秋天。

我只见过文具店女老板一次。那次我们回到黑鸦饭店去吃午饭，因我上午丢了铅笔，便去到了文具店。

店里没顾客。文具店女老板坐在柜台后面看书，"是您来了？"她吃惊地说，"我还以为你们已经走了呢，因为总也不见你们露面啊。"她站起身来，叹了一口气，"今天我周身都痛，"她揉了揉两边胯骨，"据说在赫林斯科那儿有位神医，您听说过他吗？"

她蹒跚地走到装铅笔的抽屉前，抓出一把让我挑选。

"据说他只要看一眼病人，便知道有什么毛病。他只靠从手指和眼睛里发出的功力便能治病。"

"人家都这么说。"我顺着回应了一句。在这位医师所在的那个地区我认识一位管理教区的牧师，有时去看望他。

"您认为，他会接受我吗？"

"会的，他接受每个人。"

"那儿一定会有很多人！"

"有时甚至要一直等到第二天早上。"

"据说还治好了一个完全走不了路的人。您认为可能吗？"

"关键在于生的是什么病。"我避开了直接回答，免得引起她难以兑现的希望。"您母亲的身体怎么样了？"我突然想起她母亲在住院，"她还住在医院里吗？"

"她已经回不了家啦，"她实实在在地告诉我说，"我至少已经两个礼拜没去看她了。我本想带着小女儿去看她，可小女儿恰恰在患耳病。而我若一个人去，该对她说什么呢，她就躺在那里。"

我觉得她的声音有点颤抖，便匆匆付了铅笔钱。透过门上的玻璃，我看到她如何沉重地坐下继续看她的杂志。

田野上已经开始了秋耕。一台笨重的拖拉机拽着各类犁耙。我们使劲赶路，想趁我们所要经过的地方还未翻耕之前，尽快访遍这地区的所有车站。

一个还需验查所有网点的土地测量员总是在田野上横竖穿行，几乎不放过一小块地，几乎不存在他足迹未至的村庄，每个村子他都多次走过或至少穿行过一次。因为测绘点是定在高处，他就得从山坡甚至教堂塔上走下来。他环顾阳光普照、影子覆盖的大地，看到了它的富饶与沧桑。

第一天我们就来到了一个仿佛遭受过大灾祸的村庄。房屋和从前的农场墙壁灰泥脱落，院里堆满了破烂和生锈的废铜烂铁，仓房顶棚早已破旧，四下里听不到人声见不到人影，甚至连一声狗吠都没有，只有几只燕子蹲在电线上。在一个矮山坡上立着一座小教堂，老远就能看得见教堂大门口上方新装饰的镶嵌画。工程师让我在教堂门前等着，我便沿着石缝里长出了莠草和白蕨的石阶一步步往上走。

教堂门口上方的镶嵌画由闪光的马赛克拼成，它粗陋的颜色倒是适合嵌在小饭馆和文化馆的门口上方。在镶嵌画上方的一块墙壁还刷成了白色，可是在这白色块上方却已出现了损坏与破裂的痕迹。教堂塔上的石墙看去被雷电劈成了两半，大片未经修复的灰泥徐徐脱落。

片刻后，工程师和一名教堂管理员之类的胡子拉碴的矮个子一瘸一拐走了过来。他给我们开了门，我们便走进了这儿唯一的一座建筑物里，由现代艺术家绘制的壁画盖满了半圆形的祭坛侧台的墙壁。在天使们的下方、上帝之眼以及圣母下方，绘制了艺术家对穷与富划分的世界的想象。在他的想象中富人有一张白脸，叼着大烟斗、读着《华尔街日报》，袖子上还残留着几个英文字，这些英文字意在暗示这与商人和交易所人士相关。孩子们和他们骨瘦如柴的父母都举起了黑色、黄色或棕色的手。在所有人（其中包括天国之人及天使）的头顶上方有直升机和喷气式飞机在飞行。

教堂管理员鼻音很重地为我们讲述了这幅画的作者意图。至于这位画家的名字,由于讲述的人说话含糊,我没法听清。这时有两只燕子在我们头顶上飞来飞去,在教堂圣坛与破旧的长凳上满是它们的粪便。我还记得有五个带色的提桶,七零八落地摆在墙根儿等着接雨水。我们在对他表示感谢之后便直朝坟场走去,我们得在那里的法器贮藏室的外层找寻我们的螺栓。

那坟地有些像果园,小道上铺着白色小碎石,几乎隐蔽在花丛之中的坟头一个挨着一个。几盏长明灯在大理石壁龛里闪动着光亮。墓碑干干净净,仿佛有人今天刚刚将它们清洗过。我用金属刷子清理干净了嵌在教堂墙上的一个金属钉头并将它涂成了黑色。

"等这些教堂一倒塌,"当我们坐上汽车,工程师说:"我们整个的三角网就会垮掉。"

几天之后,我们在离拉贝河不远的一个不太陡的山坡上寻找玉米地里的那块石头。玉米地很宽广,玉米高得连工程师也不得不跳到汽车发动机罩上,用望远镜观察田野。当他看到远处的红白相间的杆子尖时,便派我到前面去,我则将测杆举过头,免得他看不见我。我穿过茂密的玉米丛,朝着他指的方向走去。

当我到达那块石头所在的地方,发现石头已有三分之一露出地面。我们很容易就将石头挖了出来。这里的泥土很松软,又油又黑,仿佛在这里可直接触摸到地母肥沃的力量。我们重又将石头埋起来,还在它周围加了几锹土,好将它埋得严严实实的。

"反正水一来又会将它推光。"工程师对着这堆黑土说,"您瞧,从最后一次维修起至今减少了多少啊!"七年前进行的那次维修工程我已看到了现状。

"在这里种玉米,"工程师又说了一句,"这简直是一种摧毁!"

千百年来产生的业绩,被一个神经病经营者毁于七年之中。他所毁坏了的,谁也纠正不了啦。

我们的汽车驶进了这广阔田野的中心,疾驰中吐出来滚滚白烟。我们来不及将工具装上车离去,便突然陷入了一阵呛人的乌云之中。

我们眼里直淌眼泪，呼吸时忍不住咳嗽。要是我妻子看到这逐渐消散的乌云，又会联想到一幅什么样的画面呢？

也许远远看去，她会想到暴风雪，不断飘落的夏末秋初的茸絮，或者瀑布溅落的水花。而处在其中的我却想起了毒气室和战争。

我们也测量了离拉贝河不远的工地。绕过一条公路，沿着水泥路来到了该放着我们那块石头的地方。我们下了车，束手无策地在荒凉的工地上摸索着走。在预制板辅路的两旁冒出两个未来的高速公路的大路基，不知是谁在这里建造的，到处都堆着挖出来的结成板的土块儿。在未经触碰但仿佛已被判刑的窄条土地上绝望而孤零零地立着几棵松树，有几部巨型机器停在曾经长过青草的地方。泥坑和火山口形状的堆积随处可见。塑料口袋碎片像小孩玩的风筝般在空中飘荡。我们爬上了一个由别处工地运来的土而堆成的小坡上，根据那至今尚未拆掉的教堂塔来尽力辨认出我们身在何处。

"真像打过仗之后的战场，您不觉得吗？"我问了这么一句。自我有生以来，我国的人口没有明显增长，却增添了一批预制板房屋、仓库，以及生产导弹的人员、车库、水坑、垃圾场、体育场、飞机场、电视塔和工厂、休假屋、疗养地、高速公路、堆货场和杂物堆。我们砍下母亲的双手、双脚，挖掉她的眼睛、割掉她的耳朵，还拔掉了她的头发，在她的残躯上撒上了灰，浇上了稀释的酸液。不错，我们偶尔也为她包扎一下伤口，或者在她呻吟的口中补补牙，然后马上便把电视摄影师叫来，好让这一儿子对母亲的关爱之举名垂千古。

然而我们这些干测绘的知道得一清二楚：我们的关爱不仅是自私的，而且是骗人的。我们细心地测量母亲的喉咙、她的脉搏。我们之所以用X光透视她，叩诊她，仅仅是为了确诊她还能承受多少。可终有一天我们会犯错，会计算错，或者根本不用犯错，而是警告性地吼出："够啦！"只可惜那时已经晚了，测绘者的劳作无法阻挡贪婪的人群，母亲将死去——我们将同她一道死去。

然而我相信神话和传说所言，母亲有一天会醒来，在这个被她贪得无厌的孩子们糟蹋的世界里清醒过来，而且会顽强地赶走所有想同她开始新生活的追求者。

中午，根据所处何地，我们或者到附近去吃午饭，或者在田坎上就地而坐，吃个夹沙拉的面包，喝一瓶矿泉水。

最经常的是，我们到那带有严格的种族隔离倾向的汽车旅行休息站去待一会儿。我和其他劳动者专享一个卖酒处，穿着劳动服的人是不准进餐厅的。但是有一天，面带笑容的卖酒女郎连这个专享的地方也不让我们进去，原来这里的所有地方被办婚宴的人包下来了。

我们只好将我们那辆半军用的车子停在那些用丝带装饰的五颜六色的小汽车旁，到另外一家商店里去买东西。有一家餐馆只因我穿着劳动服而从不允许我进去。从它的一扇敞开着的窗户里传出一阵参加婚礼的人们的欢快喧笑声。就在此时，门口出现了三位穿着盛装的青年男子，簇拥着头戴花环的新娘跌跌撞撞往前走。新娘也没怎么挣扎，只是提着婚纱，有时偶尔表现出想要挣脱那些绑架者。当他们将她塞进一辆前面装饰得很漂亮的闪亮婚车上时，她竟发出了诱人的高声大笑，还从车窗向我们及其他当时拥在门口参加婚礼的人们频频招手。婚车飞快地冲上了公路。

没等我们反应过来和坐进我们那辆不大可靠的越野车，穿着节日盛装的汉子们便将我们包围了起来，带着醉汉式的迫切要求对我们说，我们的任务很简单，让他们上车，立即同他们一道去抢新娘，还答应给我们的报酬是吃喝管饱。

工程师面无表情，可后来他便从苫布下方的椅子上悄悄挪开一小捆测绘杆子，对那位明显是被绑架的新郎和另外两位参加婚礼的小伙子点头示意，让他们坐到车上。我们两人则占领了前排的两个座位，开车追赶"逃犯"去了。

每驶过一个村子，我们便在一个小饭馆停下来或者至少放慢速度，寻找用丝带装饰的婚车，终于在第五家饭馆里看到了他们。新郎和他的两个伴郎在车还没停稳的情况下便从车篷里跳下去，匆忙奔向饭馆。我跟在他们后面,从不远处听到饭厅里传来响亮的笑声,那时新郎和一位年轻伴郎正从外面走了进去。随后我又看到新娘小心翼翼地从放着人家招待她的半公升装啤酒瓶的桌旁站了起来。

其中一位伴郎匆忙付了劫持者和被劫持者以及厅里其他人的花销,随后我便和新娘一道上了车,我将司机旁的座位让给了新娘,又让新郎紧挨着新娘坐下。

工程师建议缩短路程,我们的越野车载着意想不到和异乎寻常的重量开始行驶在翻耕收割过的庄稼地里。我虽目不斜视,可却听到了车内快乐的女声悄悄话,闻到了弥漫的不寻常的花香。

也许我们一车人,肯定还加上司机都察觉出他们碰上了类似在测量生涯中最近时期的一些特殊机遇。我们小心翼翼,轻轻地摇晃着行驶在不得不越过的山脊上,同时还要穿过微微发红的荆棘丛。

车篷里的人一直在欢快地大声笑个不停。而我们两人却无声地盯着车前的旷野。工程师全神贯注,高度紧张,仿佛只差戴上一顶头盔,就会变成一位飞行员,能干地驾驶着"飞机"在紧挨着地面的上空飞行,让人不得不屏住呼吸惊讶地欣赏他的高超技巧。

我匆匆朝车里瞅了一眼,只见新娘将头倚靠在新郎的肩上。她闭上了眼睛,头上的花环歪到一边。这是一位有着圆头鼻子和满脸雀斑的普通农村姑娘,上嘴唇的上方还挂着几滴汗珠。我突然觉得,恰恰是这位姑娘或是其他任何一位姑娘与我们的紧张心情毫无共鸣。那股麻木劲儿让我觉得她们既无温柔可言,也没什么神秘感,呆板得就像那工程师年代一样。

在干活的时候我们又一次较近地接触了女性。正当我们在一条窄窄的溪边小滩中进行测量时,附近的河对岸就有几名女园工在一片紫花地里采花。她们欢快的说话声一直传到我们耳边。

我留在原地,定睛地注视身旁那条清澈透明的浅水沟,享受了片刻那种特别的安逸宁静。就连那远处塔楼通常很窄狭的墙壁,此时在秋天的云雾中和姑娘们的笑声织成的帘帐中,看上去更像是一幅结构主义的画面或剧院的舞台布景。

"等我们测量完毕,"工程师说,"我去弄点儿花来。"

即使我知道,我们就是采到了花,等到晚上它们照常会枯萎,我也没表示反对。从我们这单调乏味的测量工作中溜到一个成群姑娘们相聚的花园里去轻松一下,肯定比过一条小巧有趣的短桥还要更有意思。

肯定是为了让我们意识到,让我们不要忘记,我们是属于怎样的一个世界,效忠于怎样的一位上帝,在我们身后突然传来一阵雷鸣般的响声,而且声音越来越大,直到变成一种急速运转的汽轮机的尖叫声。

我们在身后不远处瞅见了它:在我们与雾茫茫的塔楼之间的半路上,几架喷气式驱逐机傲视一切活物,沿着那看不见的,然而肯定经过准确测量的水泥道飞速而至。我伤心地瞅了一眼另一头的花园田地,只见它吓得直打战,随即逃之夭夭。就像梦中幻影离我们而去。

飞机后来在有规律的相间时段内重复着这一仪式。在仪式中,鸟儿、牲口、人的语言能力统统牺牲于这巨大的轰鸣之中,甚至连沉默,尽管它只是一种思考而已,也为之吞没了。

我们测量完毕,上了汽车,为这一仪式增添了少许隆隆之声。又匆匆赶赴别处继续工作,为新的、被更彻底碾压的路基做准备。

人类在很久以前就追求完美。将自己想象中的所有神庙建造出来。然而却从所有神明的特征中认为只有无所不知是可以达到的。在对它的追求中我们钻进了物质的越来越琐碎的微粒中,钻进了人的灵魂深处,钻进了宇宙的深处。我们只要一感到哪里有什么秘密,便奔向那里去揭露它。而用来征服神秘空地的手段之一便是测量。我们测量地球、宇宙、速度、时间以及深度。距离既是难以想象的大,也是难以想象的小。我们绘制出各种公式、地图和计划,数据越来越精确,精确得让我们着迷。我们进入了体积,感官受到迷惑,幸而我们发明了计算机,它不仅没有感官,而且连必要的人的感觉都不具备。

神秘曾经蒙盖着一切。尽管我们并不知道，名为捷克的始祖是不是存在过，但我们肯定知道，我们的先辈们曾来到这神秘的地方，沿着他们并不了解其水流状况的河流，还有他们从没预料到谁会居住其中的密林前行；也不知道会遇见怎么样的神明、什么样的人和野生鸟兽。

在十八世纪后期，我们已测绘出第一批捷克人活动的系统图。军官们骑着马穿越大地，他们见到什么便画下什么，凭估计量出距离。不时算错一英里甚至两英里或弄混了村子的名字，不经意走岔了某地，从此留下了秘密，兴许那里曾经有过什么原始人、女妖、独角兽或外星人。

而在今天我倒是担心，我若是沿着斯坦利和利文斯通①的足迹一直走到维多利亚瀑布，恐怕就会在瀑布旁一公尺深的水中找到一块十字板。那些独角兽、森林女妖，还有外星人都藏到哪里去了呢？

星相测量家们曾经计算过，认为那些外星人即使还活在宇宙间某个地方，也绝不能在活着的时候接触到太阳系。

在科学家面前仍然存在着秘密，至少在某些学科如此。可是在我们其他人，如文具店老板、掘土工和作家们面前还剩下什么呢？

在有些我们每天驶过的地方，我看到，玉米穗在变灰，玉米粒在变黄变硬。有一天，田野上出现了收割过的庄稼地；看到它曾几何时被禾苗覆盖着的绿地而今变成了光秃秃的空地，地上没长庄稼，谁知道何时还会长出庄稼来？在后来的几天里我看到拖拉机在用它的大犁片翻地，同时用轮子将土块儿碾碎。在一个刮风的日子里，当我们打这儿经过时，我们看到田野上如何尘土飞扬。大风将土永远地刮走，我们看到的已不是田野，而是荒漠。我突然意识到，我在这整段时间内既没有见到一只鹌鹑，也没见一只山鹑，甚至连一只野兔也没见到，见到的只是无数的老鼠洞和一群群苍蝇——这就是那与世长存的

---

① 亨利·莫顿·斯坦利与戴维·利文斯通，英国著名旅行家。

生活啊!

　　石头大多数被灌木丛和杂草所包围，我们用长把镰刀砍出一条路，突然出现了一片非常茂密的灌木丛，在灌木丛的后面我惊讶地发现了一道篱笆和一栋小房子的墙壁。篱笆已经破旧，其实灌木丛这么密，又何必要这个篱笆呢？我和工程师走进了小花园，绕过小屋。墙上粉刷着褪了色的蓝色，我们透过大门看到里面唯一的一间屋子，炉旁的桌子后面坐着一位老奶奶，她正在喝咖啡。房间里散发出面包的香味。老奶奶站起身来，用小火耙子在炉子里掏了几下，扒出了一个如此大的圆面包，以至于将它放到桌子上时，木头桌都晃了一下。

　　"这面包怎么样？"她对我们说，"可我丈夫会做面包圈。他能烤出九个品种：芝麻的、黄蒿籽的、肉桂的、茴香的、胡麻籽的、胡椒的、甘草的、蜂蜜的和泡过罗姆酒的。他真是个极棒的面包师。不管烤什么，上帝都会保佑他。这儿附近四周邻里都只要他烤的面包。他本来是在地面干活的，他们却派他下矿井去挖铀，结果遇难了。当时没将他交给我，说是由他们将他埋葬了。"她从竖在炉子上方的长棍上取下一串烤好了的面包圈。"这些浇过罗姆酒的面包圈，是他用我们有时去集贸市场拿到的半成品烧成的。"她划了一根火柴，面包圈真的燃起了熊熊火焰。"他将这些面包圈抛向空中，人们纷纷去抢，在那些面包圈掉下来之前罗姆酒烧没了，香味却还在。"老奶奶走到敞开的窗子前，转动了几下那串面包圈，然后挥手一甩，就在此刻绳子自然烧断了，燃烧着的面包小轮子飞散空中，随即像大地之母——殉难者头上的光轮一样闪闪发光。

　　晚上，我从一本已有一百年历史的古旧的农民学校的课本中得知，在我们的帝国里居于第二位的捷克人聚居区属于收成最好、最富有的地域。收成不好的地区只占百分之三点五，其余都是高产地。收成最好的地区是金竿①，易北河流域低地……粮食产量高得须出口到

---

　　① 易北河流域的一个地区。

外国去。

十、工　厂

天黑之前我们驶进了发黏的秋雾之中。

在工厂附近及其最贴近的周边我们有好几个测量点。可工程师却将这些点的核实推迟到以后。我们需有特别任务部门签发的多个介绍信和许可证才进得了工厂。凑齐这些文件需要时间，我们还一直未能得到。在厂房地盘上的石头可以预测出来。在我们所测量到的石块中它算是危险性最小的。在尚未飞上天去之前，它反正还等得到我们的。

十月的天气显得阴沉，老是雾蒙蒙的，我们一走近那条始终为金竿最富饶地区的中心轴的河流，在那座一直靠这富裕土地为生的城市中心，我便闻到了浸透着雾气的一股臭味。这臭味预示着我们离推迟的目标已越来越近了。

终于，刚从主干道上一拐弯我们就看到了它，耸入灰色天空的烟囱、塔尖和砖房。我在高墙后面只能看到它的顶楼。我们停下车，走进大门。那儿的一位胖胖的女门卫问我们身上是否带了火柴，我们向她保证说没带火柴之后，她才放我们进到会客室，我们得在这里一直等工厂测量部的负责人来到。

会客室从地面一直到天花板都粉刷上了灰褐色油漆，而地板上却铺了一块踩踏得很旧很脏的赭石色地板革。谈到装饰，只见到一张谨防火灾的广告，和墙上挂的一架笨重的金属制电话。它使人想起波普艺术时期的美术作品或从博物馆收藏物中借来的陈列品。尽管我还没听说过电话机在拨动时的闪光会引发爆炸，难道这是一部安全警报器？我估计这房间并没有什么伪装，谁来到这里，肯定不会沉溺于这里面有什么在等着他的虚假幻想。

透过玻璃门向内望去，只看到水泥的庭院和几座灰色房子。大门不时打开，跑进一个像我们一样的人来到火炉旁。

一位穿着黑服和面带病容的人跑进了会客室，他根本没注意到我们，抓起电话，拨了三个数字，随后绝望得甚至哭着请求连线，让他通上电话，以便能够通报一个坏消息（就像我并不怀疑的那样）。在我身后传达室的玻璃小间里响起了一阵女人的尖笑声。当我一回头，看到了四个娘们儿，全都穿着不合身的工厂保安的深灰色制服，正弯着身子在看一份杂志。她们笑声的高尖度证明杂志的内容有毛病甚或勾人心动，就像那迷人的警察术语一样；但也可能杂志并没什么毛病，她们只是大声欢笑，以为自己已经成熟，还错误地认为，她们已掌握了腰间挎着的短枪呢。

终于，当地测量部门的负责人穿着皮革短夹克、牛仔裤、跟儿最高的半筒靴子，好让自己显得高一些，腋下还夹着一卷纸，出现在我们面前。他与工程师对视了一会儿，随后双方都认出彼此是同学，便立即讲述各自的生活，比较各自薪水的高低。

我们回到车里，工程师的老同学查看了一下我们的介绍信和许可证，骂了一通地方官员，随后与工程师一道在用纸裹着的绝对保密的地图上查看了我们的测量点。他们确定，其中的两个点比较好通过，而那第三、第四个点是在严加守卫的地方，必须首先提醒士兵们，让他们别把我们当作特务而对我们进行射击，还要弄清楚他们会否在某个地方进行射击演习，最后要弄到一个网子来作为我们的排气口，或者最好是弄到一辆保证不会引起爆炸的当地车子。这么一来至少不会因为我们曾经忘记开尾灯而受到责备。工厂测量部负责人这样辛辣地开完玩笑之后，便又离开了我们。

"但愿我们快快了事。"工程师表示希望说，"在这儿，您任何时候也不知道会搅进一件什么事情中去。不久前这里发生了爆炸，大概死了几百人。有些死者连残骸也没找到，有的只找到一只手表，那还是在两公里以外。"

当我们一再向工厂负责人细细打听这件事故时，他只回答了一句话:"纯属愚蠢至极!"他怒气满腹,"职工们对此牢骚可大啦!我们这里有死神。在两年前当火药库被炸时,正值午间休息时间,死了五人,伤了数人,玻璃碎片遍布全厂,厂外也有。"在回忆中他突然庆幸地说:"好在没有一个被炸瞎眼睛的。在这儿,只要一打闪,朋友,比方说打雷闪电,人们马上就会把眼睛捂起来。"

他没找到小网子也没找到汽车,我们只能坐着自己那辆车子,能开到哪儿算哪儿,然后就得步行了。军队得到通知,必须戒备到下午两点,然后在那儿开始飞行。

在厂里我们驶过几座大楼,然后行驶在一排排矮楼房和仓库之间。几个空的或实的罐头盒在前面那乱七八糟的杂物中滚动,肮脏的口袋、油桶、生锈的废铜烂铁堆得老高。我注意到,有些楼房的窗子被砸破了。

"就是这副模样!"小个子工厂测量员说,"我不是已经对你说过了吗?所有窗户都遭到了毁坏。"

"这里经常发生爆炸?"

"这要看你所指的'经常'是什么意思。朋友,你要是倒霉,正好赶上待在这里,爆炸一回就够你受的了。有时可能不需爆炸,你只要阴错阳差进到一个倒霉的车间,用手摸了一下那里的什么,那就惹祸啦!"

此时,我们正在等着挡在我们前面的机车挪动,将那可能装满了甘油炸药、三硝基甲苯,甚至硝化甘油等易爆材料的油罐车推过去。陪同者还向我们讲解说,靠近苯胺干活的妇女必须在四十岁以上,而且还要求她们签字表明她们是自愿参加这项有危险的劳动的。

"对她们会造成什么危险?"

"百分之十八的可能患上膀胱癌。"

"她们签字吗?"

"当然签啊。朋友,因为每个月能得到至少四百块钱的风险补偿金。"

头两块石头，虽然没有用杆子标出来，也很容易被我们找到了。我在石头上涂了记号，又在它们周围的树上画了几个红箭头，随后便继续沿着原路行驶。路旁的房子越来越矮小，只是一些没有楼层的简易房子。如果爆炸的余波传到这里，它们的屋顶会被掀掉，但墙会保留下来，损失相对少些。

我们下了车，掏出工具，接着便步行。在我们身后不远处枪声不断。"你这是白费劲儿，"小个子工厂测量员说，"所有这些都是出口商品。响声越大，臭气越小，那你正合意，连狗都不嗅一下。可只要这么一小把……"工厂测量员只叹了一口气。就在这时房子炸得飞上了天，而正在天上的飞机连人带机掉了下来。

我们在满是树林的山坡顶上找到了一块石头。在我们下方我看到了一道高高的双层铁丝围墙。里面是一个囚犯营。我甚至还看到了一座哨塔。这里的树木品种混杂，白桦和橡树叶已经变黄，仿佛有股化学臭味，好多树冠已经光秃。测量师们又弓身查看了计划，激烈地争论了一番，最后总算有了共识：第二块石头应该在铁丝围墙里面。

我们在那块可以靠近的石头上方架起了支架，重又回到汽车那儿，开车拐上了另一条公路，路过好几个冷却高塔，还有好些锅炉及管道系统，管道中正流淌着一种什么我最好是不要听到的东西。我们终于从一道旁门驶了出来，随即在森林旁停了车。我们又掏出另一根标杆，工程师总是小心翼翼地，像捧着圣饼盒一样端着那块横放在盒子里测量角度视差的仪器，穿过长在工厂围墙里的树林，沿着一路矮杆柱和大管道往前，管道有好几处咝咝作响地向外直冒水汽。

我们又爬上了一个山坡顶，绕过了半倒塌的房屋，翻过断裂倒地的树干，从另一面看到了那熟悉的铁丝篱笆围墙。

当我们找到了最后一块石头，便在它的上方费劲地立了一个水平仪。工程师力图寻找我们留在对面铁丝网后面的山顶上的支架，可除了树干和黄蒿丛之外什么也看不见。我们用长柄刀和普通镰刀打通了一条通到铁丝篱笆的路。依靠我们两人共同的力量还在那里砍倒了一棵小云杉。果真,当我们回到石头那儿,连我都能看清楚对面山坡顶上黄色的支架腿儿了。

我的年轻上司一副不满意的表情,用长柄刀重又清理了一遍刚刚伐掉树木的空间通道,然后嘱咐我留在这贵重的仪器旁边别动,他自己却朝汽车那儿走去,准备驶向篱笆后那荒无人烟的场地。

我独自一人。远处朝我传来阵阵响脆的枪声和蒸汽机的鸣叫声,除此之外倒很寂静。时值十月末,存活下来的鸟儿也不再歌唱。

我注意到,潮润的阳光穿过稀疏的树冠星星点点洒在地上。从叶子边缘有时会轻声掉下一些含有毒素的水滴。这里的一切都是潮湿和寒冷的,找不到任何一块可以坐下来的地方。

秘密直接触犯我们的自信,从而刺激我们。我们觉得,等到不存在神秘时,世界就会充满美妙和完全的确定性。即使我们眼下还不知道是福是祸。

我们习惯于信任那些最坚决地消除秘密的人,把他们当伟人歌颂。他们将我们带出黑暗。在黑暗中每走一步都有可能无缘无故地掉进瘟疫与魔鬼埋伏以待的洞穴。我们甚至没意识到,他们同时将我们抛到一条插满信号牌的讨厌的高速公路上,我们便只好从一块信号牌赶到另一块信号牌以消磨生命。

我们不仅从物质的世界消除了秘密,我们还知道,上帝是如何产生和发展的,他是人们从以神话和图画的形式表达自己对世界和自然法则的不完善的认识过程中臆想出来的。在非常原始的时代,那时人们根本连想都没想到过类似电视、汽车或什么亚氨基苯甲基之类如此了不起的东西。我们还给自己下了个定义:人是复杂的自我组成和自我调节系统。不足为奇的是,我们也准确地知道,世界和宇宙是怎么产生的。稍有一点儿不确定的是,毕竟还有一点点秘密必须费神去解决——我们考虑的是宇宙大爆炸开始发生的日子。一些人计算出它发生在一百五十亿年之前,另一些人则认为宇宙的产生比这还要早几十亿年。我们已经知道,所有可以觉察和不可觉察的宇宙与一切数不清的天体产生于无限热、无限重和无限小的微量物质。谁不相信这一点,那就让他跑到那里去亲自将一切测试一下吧!

上帝最初创造了天和地,空手创造了它们。我们知道,这种想法是多么的幼稚。世界是自己产生的,也是从微粒中演化而来的。

有一天人将走到力所能及可达到的边缘,我觉得那一天正在靠近。揭示秘密的人可能成为一名保养工、梦想者或者暴动者。人会觉得在一个地方连片刻都待不下去。在他无法跨越的边沿上的那一刻里,他或者可能垮掉,或者开始回头,可还能回到哪里去呢?

在树林间,我远远地看到了工程师的那件棕红色毛衣,瞬间在这里或那里闪过,随后我便听到一个熟悉的声音,在呼喊我将工具扔到篱笆那边去。很快我就看到,在篱笆那边,树叶四处飞溅,从远远延伸的林间通道我辨认出了一个支架脚,不过我曾照看过的、在水平仪末端的两个标记我都没看到。

我一次又一次地根据他的指令砍掉了他认为妨碍观察的枝干,直到他确认真正的阻碍是一棵硕大的白桦树为止。他领着他的同伴走了下去。我们在篱笆的上方商量了一会儿该干什么,然后他们两人作出决定说,应该将白桦树砍掉。

我表示反对:我们总不能随意砍掉这么漂亮的一棵树吧?当地的土地测量师带着嘲笑惊讶地瞅了我一眼:"指的就是这儿?"他朝上指了一下树林的伤残不全的树冠。

后来我突然想到,我该回答他说:"就是这儿!"他们把给我的锯子抛在铁蒺藜上。我得抓紧时间,眼看就到两点钟了,我们就该离开这里,可我一个人锯得倒这棵树吗?

我将像一名学生一样锯着那被小蛀虫袭击过的树木,我甚至为自己能干这种男子汉的劳动,有本事将一棵十五米高的白桦按照自己想要的方向锯倒而感到骄傲。我是不是也为这些锯倒的树木感到惋惜,这我已经记不清了。

我走向白桦,它还没觉察到自己将会有什么样的命运。我抬头看着它的树冠。晴空万里无云,树上金黄的叶子觉得它们正在展示出自己的秋天。我勉强能围抱树干,它的周长几乎有两米。我拿起斧子砍进它的白皮,又朝树干该倒下的方向砍了一个口子,然后拿起锯子,开始锯树。锯子锯得木屑四溅,我闻到了它们的香味。

锯子越锯越深,树干将锯子越夹越紧,这是它唯一的自卫——咬紧锯子,直到咬住不放。我把锯子拽出来,开始从相反的那一面锯割。我的额头直冒汗珠。我脱掉外套,继续干活儿。大树轻声呻吟,发出啪啪之声,我还听到了树冠上的树叶那十分恐惧和令人惊异的悄声耳语。

在白桦林中,曾有很多无辜女孩被符咒锁住的灵魂。

我抽出锯子,休息了片刻。我听到了从远处朝我走近的一阵轻轻的脚步声。我顺声望去,看到一名带枪的士兵,正沿着两道篱笆之间的小道朝我慢慢走近。等他从我身边走过,又回头望了望我,可并没停下脚步,也没显露出来他已盯上我。

树干如今从两面夹住我的锯子死活不肯放开,竭尽全力跟我作对。

我已经烦透了自己硬去接受这么一个任务。这对我们的测量工作有什么必要嘛,又有什么必要开车驶过田野践踏玉米,死乞白赖地非要量得那么准确不可嘛!为此我们还不得不让一棵好好的树来送命。

只不过我的惋惜之情来得太晚,树已经死了。

他们从篱笆后面喊我,问我锯得怎样了,可我没回答他们。我重又抽出锯子,拿起小斧子,像个疯子似的开始在树干锯口那儿猛砍起来,然后使出全身的力气往树干上一靠,看它往不往那边倒下,可它跟没事儿似的站着岿然不动,仿佛它的脉管没被锯断。

我知道,自古以来人便一直与大自然作斗争:杀戮牲口、砍伐森林、残害生命,好让自己活得比较长久。我们也正在残害生命,好建设那工程师年代的事业。这很快就会产生使我们无法长寿的影响。我们杀戮不是出自引领我们去生活的本能，而是出于引领我们走向毁灭的天性。

我的衬衫完全湿透了。锯子狂怒地吱吱响着，我注意到，被锯的那棵树的灵魂如何渐渐放松了那痉挛的紧张，轻声而绝望地最后呻吟了一声——咔嚓，断裂了。它的枝干还企图抓住周围的树木，可抓不住，金黄的树叶像雨点般落到了地上。

幸福的大地测量师们在对面山顶上欢呼，已经没有任何东西挡住他们的视线了。他们测量的时候，我便坐在自己的棉外套上喘息。

小士兵沿着铁丝网之间的小道走回来。他该看到了那棵倒下的树，树叶一直触到铁丝篱笆，可他对这棵树毫不关心，像其他的小兵一样，他们关心的是倒下的男人和女人。他们的手伸向的是其他的篱笆围垣。

工程师重又出现在我面前，只差二十五分钟就要到两点了。我们装上所有工具，准备拿到汽车上去。然后工程师还得向特别任务部门报告一声，我们要离开了。

他回来的时候，好笑地告诉我说，他们直向他表示道歉，说忘记将我们的活动及时向有关部门报告，他们想知道我们是否遇到过什么不愉快的事情。

小兵浮现在我面前，他像一个失魂落魄的人走过铁丝网，根本没注意我们，根本没意识到我们的存在。

"您觉得他奇怪吗？"工程师问道，"我要是处于他那个位置，我真想直接朝这篱笆围墙射击！"

十一、信

经理 K 先生：

在与我的同事相遇之时我便确定，您不仅怀疑我的工作特性，而且还怀疑他们的工作。您还将他们在艺术上所作的努力说成是没法证实的。我得知，他们中间的大多数决定抗争，并努力证明他们是艺术家，将他们写的书，他们在世界各地舞台上演出的消息，甚至他们所获得的文学奖拿来作为例证。您一定感到奇怪，为什么恰恰是我没有去干这类事吧？我可以简单地声明：我觉得类似做法有失体面，或者说白了，我宁可恭顺地而不是执拗地接受命运，我相信在这方面一定有它的道理；可是如果我假装并不希望那些像您一样的人从创作下流作品的城堡的沙发上消失的话，那我就是在撒谎。至于要做些什么才能使他们消失呢？这始终还是一个有争议的问题。

也许您也知道，连您在内谁都不是永生不死的，也不是刀枪不入的，就连那些最杰出的英雄和希腊神话中的半神半人，除了他们那射不穿的盾牌、神奇的利剑以及永不劳累的肌肉之外，也有他们的致命弱点，如脆弱的发丝和触地之需。

您的不仅高于地面，而且高于一切生命、一切人性之上的沙发就是您的盾和剑。——我暂且不谈正义二字。

谁若与您发生争执，我指的是光明正大的争执，他不仅赢不了您，而且还因承认您的专横独断是您的权利，会将您的沙发抬得更高，使为您提供权力的统治意识更强。一本书、一部戏剧——哪怕是最天才最精彩的一部作品，对您来说意味着什么？与您同时代的一位艺术家意味着什么？恰恰是在您，还有任命您的那些人在他们拥有权力位置的地方得到了它。就在您的安乐椅下面，让他在那里坚持永恒吧！让他在那里辗转难受吧！让他在那里苦苦央求去吧！让他去写您乐于用来填满垃圾篓的申请书吧！既然您此前曾为他的卑躬屈膝而感到欣慰。

哪里，在您身体的哪个部位是您的致命弱点？您有这个点吗？您到底有没有躯体？

您的躯体，与您的整个人格品性一样可以更换，并在任何时候加以替代。而不可更换和替代的是那个您和那些任命您,为你们自己而创造的这个世界。你们将这个人为的世界宣称为唯一真正的世界,因为在这个世界上只有你们自己制定的法律才有效。只有由你们宣布的真理才算真理。只要一找到一种能废除你们这个世界的不可侵犯性及完整性,将你们打回原形的力量,你们就会被彻底击中。

只有故事,来自真正世界的故事,经理先生,才是这种力量。您可以将成百份请求书扔进垃圾篓里毫不动心,但是您无法压制住成百个事件。这些故事,不管由谁来讲述,不管是怀着爱、苦难或柔情,全都是指向您卑鄙下流的作品,最终会将您击中,您将从您那看去高不可攀的高处摔下来,从您那无法击中的世界又回到您原先出道的虚无的泡影中去。我祝您至少在摔下来的同时能明白,这些故事将比您活得长久。

顺致问候!

土地测量助理员 K.

十二、坟　地

文具店女老板穿一身黑服。

她母亲的故事很简单。她在工厂里干了二十年,大多干的是货物包装工作。工资虽然很低,但似乎无多大危险。她丈夫是仓库管理员。他们从工厂分到一套位于居民区的两居室住房。有几间房子就生了几个孩子。文具店女老板不知道,关于她的母亲她还能多说点什么。有时在星期天午后能抽出空来时,她们便一道去看奶奶。在火车上母亲打开包好的小甜面包和肉排,母女一块儿吃着。短程火车缓缓驶向水泥厂。有时晚上她们一块儿看电视,电视机老旧得时常不见图像。父亲很少回家,总爱泡在小酒馆里,回家时就已喝醉,不过他表现还不错，既不大喊大叫，也不打人。

他们没外出度过假。孩子们一部分假期在少先队营地度过，另一部分时间在水泥厂那边的奶奶家里度过。

不过母亲曾经许诺过：全家大小要到海边去度一次假。她计算着，等苯胺过敏症一好，就花两个月挣点钱让全家去一趟保加利亚。父亲对此绝无反对意见，他从来没有对任何事情有过任何反对意见。可是就在他们准备启程的几个星期之前，他收拾好自己的东西，搬到一个情妇那里去了。那时文具店女老板才十四岁，她弟弟十岁。可母亲还是带他们去了保加利亚。金色的海滩上热得要命，人多得不得了。母亲不会游泳，只能躺在海滨浴场上，在第一天就晒伤了，疼得两夜只哭不能睡觉。第三天大家闹起了肚子。等稍微好了一点儿之后，天气便起了变化，大海在咆哮，他们根本无法下海。

母亲至少去了海岸，看到一只她叫不出名字来的大白鸟，贴着海浪在飞翔，甚至蹲在另一只鸟的背上，仿佛蹲在一艘船只的甲板上。母亲心醉神迷地看着它们，然后跑去找孩子们，好让他们也看看这只神奇的大鸟，可是还没等她返回海边，鸟儿便已消失不见了。

母亲在苯胺工厂又工作了三年，然后到了包装车间。去年开始尿血，但她没告诉任何人，又害怕去看病，直到十个星期前她才被送进医院，可任何医治对她来说都已经迟了。

文具店女老板在此期间去医院看过她三次。当她最后一次去看母亲时，注射了吗啡的母亲已不认识她，双眼紧闭，呼吸沉重而缓慢，文具店女老板却觉得她在微笑。也许母亲真在微笑，因为她感觉到一切磨难都在逐渐离她而去，或者她已看到什么我们看不到的东西，比方说也许是一个地球外的生物，或者是那只并非来自此岸世界的大白鸟。

就在这个夜里母亲死去了。医院发来电报。明天将在家里，也就是离水泥厂后面不远的坟地上举行安葬仪式。灰尘对死者无关紧要，只是敬供的鲜花在那里很快就枯萎了，不得不经常替换。

水泥厂所在的那个地区不在我们测量范围之内，可我们已经去过坟地。坟头大多在教堂附近，我们在那里有自己的标杆记号。

工程师必须到那些脏兮兮的定居地去访问管理教堂的正、副牧师，弄清楚自上次测量之后是否有什么变动，房屋是不是改建过，特别是教堂和圆屋顶。有时，我看到他们这些穿着白领子黑胸衣的小老头如何在门缝里摇着头，很肯定地说："没有，教堂从没检修过。"有时他们将工程师请进教堂，对他抱怨说他们的教堂如何如何从来得不到检修，越来越破旧。我则独自一人去到总是敞着门的坟地。一走进那扇小门，就感觉到了另一个世界。所有的坟地都跟我第一次见过的坟地一样，像细心养护的花园，一座座坟墓都互相比着周围所种鲜花的数量。如果上面覆盖的是茸茸的草皮，则碧绿而洁净，没有一根杂草。墓碑上栖着活鸟以及大理石雕成的鸽子。虽然这些石雕鸽子既不能飞，也不会自己梳理羽毛，但总是不带任何肮脏的斑点。我念着墓碑上一个个名字，他们中的有些人死于好几十年前，也就是在对发达的工程师年代，甚至对我们所处年代的光明未来毫无预感的年代，此时此刻我感觉到在这里仍然保持着昔日的一些东西：在这块用矮墙围起来的领土以外已经被遗忘的久远的价值，风俗，习惯。我们恰恰在这里的那些最贫穷荒芜的村子，经常会遇到一个什么人拿着铁锹或者小扒子在清扫坟墓，或至少在提着水壶浇灌干渴的花儿，要是他什么也没干，那他就站在那里沉思，兴许还在轻声祈祷。

我们在一片坟地的围墙外有两块石头，我们在那里一直工作到天黑。有一群孩子在不远的地方看着我们干活儿，月亮爬到一座座矮房子的屋顶上，神父走出来问我们是否要吃喝点什么解解乏。

我们喝了咖啡。此时他向我们讲述了一个故事，说五十年代在公墓的停棺处曾经窝藏过一个老农民，朋友们及时通知了他，"那些家伙"会来抓他。停棺处的门是锁着的，已经有些年头没使用过了。当时人们死于医院或在掩埋之前一直停放在家里。只有守墓人和牧师有停棺处的钥匙，他们还为这个农民送饭。第三把钥匙由一个做义工的因犯掌握，好在必要时打开这个死人住所。虽然坟地附近的那座城堡很一般，但可从里面将门打开，尽管这本来就是一处无用的地方，可坟地很适合藏人。我们还注意到它的围墙较高，只有在教堂塔顶上才能看得见里面。这个老农民在里面也有水喝，厕所就在停棺处后面拐弯的地方。

这个人在里面生活了近一年之久。在有月光的夜里，就在这里干点儿坟地需要的活儿。白天呢？也许看看书，听说还写了些有关自己生活的东西，可什么也没保留下来。当然，冬天一到，住在这里就越来越困难。屋里很冷，外面下着雪，一走路就会留下脚印。牧师和守墓人都劝他住到他们家里去，可囚犯很犹豫。可能是怕他们受到牵连，在那个年代一切都可能被定为叛国或颠覆破坏罪。某天早上他们在停棺处找到了已经死去的他。人们立即悄悄地将他埋掉，不过还是依照了基督教习俗。他们立刻将他留下的一切痕迹抹去。真可惜了他的那些笔记。他在孤独自处时可曾看见了那些其他人根本无法想象的事情？

我漫步在一座座坟墓之间，突然想到，不仅是那要将秘密赶出世界的切望，还有那想要逃离因其短暂性临时性而让我们害怕的生命的需求，使得我们心迷神醉地测量着、绘制着以至创造着。在那按照数字变化的世界里，不仅生命消失了，而且死亡也消失了，甚至人和地球之母统统消失了。只留下了那众多的居民、人口、土地与灾难。

有一天在另一处坟地，我看到一个长着一双招风耳和一个似曾相识的方脑袋的人低头站在一座坟墓前。起初我想不起他是谁，可当时这小老头朝我看了一眼并问道："您在找谁的坟墓吗？同志。"这声音立即让我联想起我当土地测量助理员的第一天在城堡走廊上遇到的情景，我像那次一样回答说："不，我不找。"

"我有时来这里走走。"他对我说，像表示歉意似的，"照料一下亡人的坟墓，免得它完全荒芜。"

这座坟看上去的确比别的坟墓更加荒废。墓碑上的日期说明，死者是五年前去世的。坟前没立十字架,也没栽花,只有一些干枯了的帚石楠。

"因为连一根小树枝也没人往这里放过呀!"他抱怨说,"大家都离这儿很近,不像我,还得乘公共汽车。在她活着的时候,人家老远就跟她打招呼问候,只要有什么需求,便会跑来找她,哪怕是在夜里。"

"您妻子是干什么工作的,在医疗卫生部门?"我这么猜着。

"我妻子的职位升得比我高——一直升到了县一级。"他骄傲地说,"在七十年代,赶上清党清社会,她当上了审查委员会的主席,又比我高。"我明白了,现在我正面对面地站在K经理——那位实际上仍是我不该打交道的、和蔼可亲与谦恭的信件收信人的哥哥的面前。

"她本来还可以活着,"老人诉苦说,"您看,她还不到六十岁。"他的声音在颤抖。他掏出小钱包,翻找了一通,这时有几张照片掉到了地上,我替他捡了起来。K经理若是也这么衰弱沮丧,落到这般地步,我也会替他捡的。我不是个报复心重的人。在一张照片上我看到了一个年纪轻轻的显眼的方脑袋;在另一张照片上看到一位有一头浓密长发的姑娘,我将照片交给了他。他飞快地塞进了小袋里。"喏,您看看她。"他找到了她的照片,"谁会料想得到呢?"

这是一张兄弟会的照片,这位姐姐的脸浮现其中,K经理也曾是这个组织的成员。她面无表情,毫无笑意的薄嘴唇紧闭着,仿佛显示着她的严厉或难以相处。

"我如今住在集体宿舍,"他抽咽着,"您以为,那儿有什么人会跟我说句话吗?他们彼此聊着天,我听见他们正谈得兴高采烈,可等我一走近,大家便站起身来,装作本来就打算走的样子。"

"您的孩子们没在这些照片里?"

"您别跟我谈他们,就当我们根本没有关系还让我心里好受些。女儿留在了奥地利,是我亲自为她找到的这个旅行机会,可后来她连她妈的葬礼也没来参加。她在这里缺什么呢？再说我儿子，我跟他也没关系了。您知道他参加什么了吗？"他像赶走一个可怕的幻影似的挥一下手说："参加了基督复临派①，他还试着劝我参加，说什么，'爸，世界末日快要来了，趁时间还来得及，忏悔吧！'我对他说，'你去忏悔吧！我什么也没背叛，用不着忏悔。''你最好连信都别给我寄。'同志，生活教会我心都变得硬了。"这个可怜的人满脸怒气。

我看见工程师出现在门口，正同牧师并排走着。老头也看见了他们，突然变得一脸严肃地问道："你们到底是谁？在这里干什么？"

"测量。"

"测量？测量什么？"

"土地。"

"你们有许可证吗？"

难道我们在土地测量后还需要盖个什么章？我没理他就走了。

也有可能，这种对坟地的细心养护不只是对旧时价值的一种敬重，而可解释为另外的原因。人们下意识地感觉到我们越过了生命的底线。从我们费力爬上的那个塔顶，没有通向起死回生的去路。尽管我们避开不去想死的问题，可死亡却就在我们四周。除了在这个唯一的地方之外，死亡不管在哪里都能撵上我们。但在这里它知道找不到任何东西，在这里谎言失去了意义，整个人造的世界在没有它的情况下崩溃了。而我们这些活着的人却躲避到这里来，装饰坟墓，美化我们的避难所，筑起一道看不见但也难以穿越的墙。墙后还留着那些旗帜、口号、扩音器、游行、电视显像管、轻型或重型机械，还有正在死去的海豹、浸透毒物遭受污染的食物。我们跪在任意一座坟墓前，触碰那块在这里仍然充满力量的土地。

---

① 基督复临派，亦称基督复临安息日会，是基督教的一个福音教派，创立于美国，以遵守《圣经》于"创世纪"中上帝所设立的每一周的第七天为安息日和宣扬基督再临为人所知。

工程师对我点了点头，教区牧师邀请我们进入教堂，攀上那可以俯瞰当地全景的塔顶。

我又环顾了一下四周。K 经理的哥哥独自一人站在那里，仿佛是从坟墓里长出来的。他背对着什么？他面对的又是什么？他还能指望什么呢？恰恰在此时此刻他站在自己顽固不化的孤独境遇中在想些什么呢？

我突然像触电般想到：他在仔细思量到哪里和向谁告发我们。

十三、月　亮

在第一个星期工程师便提到，他在摩拉维亚第一次测量时，地点极其偶然地就在离他宿舍不远的地方。倒霉的是，整整一个月都下着雨，他需要在夜里观测北极星，可当时连一个明亮的月夜也没等到。

要是我们能及时完成在这里的所有工作，他想让我同他到摩拉维亚去一趟。我说我乐意去，再说陪他去任何地方也是我应尽的义务。

在我们共同测量的好几个星期里，夜夜通明，连秋季的雾天也很少出现，要是有雾，也一直到早晨才出现。

有时我们在天黑时才回来，工程师便用手指头指着众星中闪烁着小熊星座的北方，在夜空里我很难认得清。北极星光芒四射。他抱怨说这样明亮的夜晚，他在整个夏天都没盼到过——如今我们来测量可够难的。

他若愿意，我倒是建议，我们可在明天进行测量。天空看来是稳定的。

"您这么想？"我当时觉得，他的确在考虑这个可能性。就在第二天早上我们去到邻近的田野上，在太阳晒得满身是汗的情况下，挖出了那块被挪动过的石头。

随着秋天的流逝，工程师的图纸上添画了几个圈圈。我们的工作接近尾声。

"明天，"他决定说，"您要是同意的话，我们差不多就可以开车走了。"

把夜间测量留在最后，这实际上是他的一个不错的主意。所有操作只有在特殊情况下才在夜里进行。许多仪式并不是无缘无故在夜间举行的。我觉得，我们的活儿也应该显得有点儿特殊地结束。除此之外，我还乐意趁共同工作结束之际替我年轻的上司做点儿什么。我自己也不知道为什么我会觉得在这一路以来或夜间工作期间，才确切地得到了一个机会。

我用不着去操心住宿的问题。工程师补充说，他已经对他妻子说过，我们将在他家过夜。

我对他的妻子有点儿好奇，但我什么也没说，只是到箱子里去寻找我最好的衣服。

第二天，我醒于一个雾蒙蒙的早上，天空乌云密布。壕沟里滚动着一股浓烟，从近处的化工厂散发出的臭气无处排放，毒雾微粒在空气中飞旋。我们装上通常使用的工具，驶向近处的村庄，工程师在那里还剩余几处需要测量。我们竖起了测量支架，工程师对这天气和让我们感到窒息的臭味很是气恼："您也看到这个化工厂了呀！"大家对它往空气中喷吐什么都不予置理，因为特殊基金会会罚他们罚金，那又何必去为空气伤脑筋呢？工程师甚至企图向我解释，效率最高的分离器和过滤器是以什么方式工作的。就在他讲话之时，我们的那些黄黄的标记都被又脏又油的沉渣盖住了。

我知道得很清楚，在我们这里很少有人去清除从前那个"工程师年代"的毒性产物，即使我们有完善的过滤器和净水器，这些产品反正也会闲置不用。灾难爆发也许只是时间早晚的问题，我无法想象任何一项完善的发明能使我们免遭因自身之贪婪所带来的恶果。

我坐在标杆旁一块潮湿的石头上，写下工程师对我喊出的那个数字。我因判断失误走错路而心烦意乱，时不时瞟一眼阴云密布的天空，希望能从中找到转机。也许我真的看到了乌云之间的一丝裂缝，我突然轻轻地吸了一口气,脱口而出:"下午会天晴。"

工程师惊喜地望着我说:"您怎么知道的?"

我耸了耸肩膀说:"您认为我们该撂下这里的事儿开车走人?"

就像我们在森林中迷路那次一样,他责任心重,而我却惦着赶路。我小心翼翼地建议我们听听天气预报。

天气预报像往常一样总是模棱两可,因为气象学家们没有个准主意。"少云、转阴、某些地方有阵雨,明天傍晚将有一股来自北方的冷空气从本地区掠过,随即而来的是持续的雨天。"

然而阳光却开始轻巧地穿透乌云。

"您真的认为会天晴?"

他至少得让我分担一小部分责任。我接受了这一点。

我们收拾起所有工具,在家里又添了一些工具,随即换了衣服便出发了。

公路在山间弯曲盘旋,我们穿过一座座我有生第一次见到的小村庄。天空呈现出碧蓝色,我似乎觉得,这也有我的一份功劳。

"可惜我们上午没走。"工程师惋惜地说,"我们完全可以开始。北极星至少要到下午四点才能看到。"

我们在一个池塘边的农庄前停了车。工程师鸣了一下喇叭,然后从车上跳出来,准备打开厚重的大木门。刚推开一条小缝,便从里面跑出一条黑白花狗,狂吠着迎接了他;接着又跑出一位满脸雀斑一头金发的纤细小姑娘,扑向他的怀里,这就是那次他在公园里遇到的那个伤心哭泣的小姑娘。

我看出工程师恨不得把我们夜间测量时需要的工具装上车,马上出发;可他妻子劝他休息一会儿,吃点东西再走。工程师的母亲和祖母也出来了,大家都来劝说我们。工程师说他要马上去看一眼小公牛,而丢下我来听这群妇女的摆布。

"他坐不住。"他母亲对我说,"在他读书的时候,总在制造个什么,修理个什么,尽做那些汽车模型、船模型。星期天从宿舍回来,又去倒腾他那些东西。他对您说过这些吧？他还赢得过一个什么奖。如今满板棚都装的这些玩意儿。"

楼上，年轻人住的地方散发出石灰、新木料及颜料的香味。工程师的妻子在擦拭着小桌子。至今我还没发现一张饭桌，别的家具也很少见，而镶木地板却是新装的，窗框则油漆过，门旁拐角处的花盆里种着一株枝叶茂盛的外国植物。

"那是一株畸形植物，"她说，"是我从老家弄来的。我们还有过一棵无花果树，每年至少结上三五颗果子。"

我总觉得，她想对我说点完全另样的东西，或者向我问些更本质的东西。我说到她的品位，她却没再说话，于是我便夸了一通，说这儿摆设布置得如何如何好；关于她丈夫，我说和他相处得很愉快。她点了点头，脸红了，立即跑了出去。

我在书架旁边的沙发上坐下来，浏览了一通，外面传来一阵低沉的狗吠，随后是鹅的叫声。

屋里有人在说话，有人进进出出。书架上的书并不多，作者大多为美国人。让我出乎意料的是，恰恰是我在年轻时也崇拜的那些作家，但也可解释为书籍出版业在十七年以前就已停滞了。

随后我们在一张只能坐下两个人的小桌旁吃了晚饭。这时工程师的妻子为我让出了位子，自己坐到沙发上去了。在我们吃饭的时候，她在钩织一片婴儿服装上的小不点儿的花边。

这些天来，陪我们进行测量工作的大多是男人，也有女工程师，据说甚至有像我们一样过着游牧生活的女测量师，这大概是一些渴望成为男人的女性。一般来说，女人用不着去准确地测量地球，就像不需要去臆造那些能产生一切的巨大爆炸一样。她们知道，她们有着能孕育出比过去和当今的爆炸更为神秘的生命的子宫。

本来还想再继续坐下去，可我突然失去了对夜间测量的兴趣。我宁可打探一下这位温柔而默默地往外眺望的女主人，哪怕只打听出一点点也好。可是工程师又忙着要去干活儿，不然又来个乌云密布怎么办？

我忙去安放已经准备好了的小木箱和其他仪器，然后打开了大门。工程师的妻子拉着狗颈圈，它使劲往前蹿着要扑向我。我突然想到，我那年轻的上司那次在公园里回到了一个不认识的小姑娘身边，他甚至没看到她的脸，是她的神态有一种神秘的力量在吸引他，否则的话，在他严格而精确的测量世界中是没有她的位置的。

"您瞧见了吧！"工程师说，"马上就要天黑了。"

我回答说，他有一个美好的家。这就是我们谈到有关他妻子的全部内容。

田野上的影子越来越长，山谷里开始变冷。随即从远处露出两个高高的烟囱，化学纸浆或一种类似的人造物质的臭味包围着我们——目的地到了。我们在林子边缘放下了带着标帜的支架，之后沿着陡峭的草场驶向山峰，那里甚至还保留了古代的木制金字塔建筑。我们在那里的一块石头上搁下了土地测量仪。我坐上汽车，在面前打开了一张印着小栏目的大纸。此时工程师找到了仍然闪亮在天空的北极星，我们可以开始工作了。

眼下我在我们的活动中没有发现任何新的或者说振奋人心的事情。反正我也不在乎工程师的望远镜是在瞄准星星还是教堂的塔。

"现在我们挪到另一座山峰去，"工程师在我们最后松了一口气，结束了这段测量时说，"到那里我们得打着灯干活。"这时他突然吓了一跳，立即跑到汽车那儿，焦急地寻找什么。后来才确定，他将用于照明的手电筒忘在家里了。我们只好重又将一切装上车，以最快的速度开车回家，工程师在路上一再大发雷霆地说："怎么不早不晚偏偏发生在现在这个时刻！"当我们因为他的疏忽而耗费宝贵时间时，他一定会不好意思地缩回头去。我突然想到，他也许是故意将测量所需的东西藏了起来，因为他想要在结束我们的活动时，至少能发生点儿特别的事情。

在他愁眉紧锁时，他的不祥预感便兑现了。

当我们在晚上九点半拿着一串电筒沿着翻耕过的田地爬到暗黑的高处时，天空中拖着一条朦胧的雾气带。

我们还得在峡谷中安放好发光的测杆。当我们做好了一切测量前的准备时，已近晚上十点，天上不见一颗星星。在这个连阳光都驱散不了雾气的季节里，夜间测量的条件显然不容乐观。

工程师爬到了车上，固执而徒劳地在满天乌云中寻找北极星。随后我们两个都坐进了逐渐变得冰冷的车上。

在夜里十一点，工程师拿着望远镜下了车，仔细观察了一下天空，然而自始至终除了乌云以外什么也看不见，便建议我们离开这儿。

我也下了车，额头上感觉到一丝轻微的凉风。

"我估计，会要天晴了。"我说。

"您真这么想？可您自己看一看！"他将望远镜递给了我。

我瞧见了山谷中远处村落的几处灯光。后来还看到了我们留在荒芜田野道路上的如同磷火般的孤单的小灯光。而天空一片漆黑，只有徐徐下降的冷雾。

"您尽管这么认为吧！"工程师说，我们又回到车上。播放了一段乏味的音乐，既没使我们兴奋起来，更没让我们感到暖和一些。

多亏树冠挡住我们的视线，让我们看不到那暗黑的天空。

从山谷某处传来一声火车的鸣叫。化学纸浆厂散发着难闻的臭味。我戴上厚厚的手套，闭上了眼睛。

一切都让我们生气：水、空气乃至食物都开始变得有毒。我们在寻找，谁该对此负责？谁没让及时建起清水装置？谁忘了计划拨钱置备烟尘分离器和除硫器？谁指示将有毒的化学粉末撒在田里？通常我们能找到这些人。可这更加令人确信：我们只是牺牲品，绝不是有罪者。

然而在工程师年代里，这一切并不只是按照工程师们和负责任的人士的意愿产生的。它之所以产生、更新、膨胀与成长，绝不是因为这个年代粉碎了我们的希望、梦想与心愿，而是因为我们的梦想太多太满了。

我们这些干测量工作的人比别人更早地知道和测算出真相：根据普遍要求所测量的道路通向越来越陡峭的山峰，而山峰上已无路可通，只会摔下来。可我们还是测量着计算着，也许要这样一直干到最后一口气，因为除此之外已不能有别的办法了。否则我们又会遭到大声呵斥。我们还将发明出一种新的更有效的过滤器，新的危害性更小的能源，新的对付新疾病的医药，新的代替已死去牲口的牲口，新的抗毒物质或更有效的重复抗毒的物质，等等。只要我们还未登上这顶峰，在任何过滤器、任何抗毒物品都帮不了我们之时，我们一呼吸，头脑便会晕眩，肺便会爆炸，心脏便会停止跳动。人类只有结束了对于关心自身祸福的普遍意愿的过度服务时，才能结束这一切祸害。

在十二点时工程师又下了车，然后大声喊道："我这是在做梦啊！"

我也下了车。天空豁然明朗，秋天的星星亮得似乎可以触摸得到。

我们还得等到半夜时分，这个时间是工程师之前在车后灯前调校的准确时间。此间我在车前板上固定了一根点燃的蜡烛，好让我们能稍微看清一点儿。

我注意到，周围的青草闪烁着亮光，可能是月光照在露水上或薄霜上的反光。严寒已经降临，鸟类、牲畜乃至需要藏身处所的流浪者们开始了艰难的时刻。我严严实实裹在棉大衣里。在此刻我仿佛听见从外面、从寒冷的远处传来一阵模糊的耳语声。我看了一眼洒满月光的田野，清楚地看到了山谷中灰色坟墙后的小塔，就在此时我甚至能一个个字地听得清清楚楚："我自己也不知道，究竟停尸房是我的整个世界，还是整个世界变成了停尸房。"

我突然想到，我几乎可以肯定，就是这句话中的某段，更可能是后面那句，就像那活着时就得躲藏在停尸房的老农所记载的，那位找到了已经死去的他的牧师读到了这句话。这句与其说是出自基督之言，不如说出自当今世界的忧伤的询问，对他来说并不值得去为之冒风险而保存，于是将它抛进了火里。

我倒挺想再听听古时的什么书文，可工程师已经喊出了第一个数字，我不得不集中精力，免得出错，犯下可能毁掉我们努力的所有成果的错误。我还得跟踪工程师的数据资料。他似乎已经很累，但他并没出错，测量的角度已向他表明，该根据它寻找北极星。

在第三天早晨之前几分钟我已写完最后一行数字。大弓着腰站在仪器前的工程师已经冻僵了，但他在我面前仍然显得很满意，甚至很激动。

"您有一次说过，"他回忆说，"您很想看看星星或者月亮。"他指着几乎满圆的月亮说。

我立即下了车，站到观察仪那里，装上了接目镜，将镜头对准我所感到的月球的方向。

毫无疑问，我本可以在我这五十年生命中的任何时候去到天文台，用倍数大得多的望远镜观察夜空，可这下倒好，我却从来没去过。有些东西，你就得在这最合适的时刻看到——也许我预料到，有一天我将在凌晨三点钟，在我做测量工作的最后一天，在寒风劲吹的山岗上挨着冻，站在这里观察月球。这种观察不是任何一个人可以渴望得到的普普通通的观察体验，它是对我们这些风雨无阻、翻山越岭的土地测量员的一种奖赏。

于是，我看到过它。月亮，这个我曾在书中、电影中，甚至从第谷、哥白尼、西奥菲勒斯①这些月球上的环形山，或云海、黑海②以及不知名的什么海的电视镜头中看到过它，而现在我从这灰色画面中

---

① 第谷、哥白尼、西奥菲勒斯，在此均为月球环形山的名称。
② 月球表面低洼阴暗的平原区域称为"月海"，此处的"云海"与"黑海"均为月海。

所看到的是确确实实的、光芒四射的、物质的并且投射出影子的月亮。

我甚至感到惊奇的是，这一奇景让我激动，让我感到月球上的景色越来越像一张脸，一张顺从的面孔。我突然认出了这是我父亲的相貌。父亲从另一个世界的远方问我对此有何感想。我不得不承认，我很喜欢这儿，这么近距离地观看月球是很神奇的。"你是否真的意识到，人们很早以前就曾经在这儿待过？"他问道。我承认，这就如同人可以游走于地面，当看到物质的内部或说声："亮灯吧！"便真的有灯光亮起一般神奇。你们创造出的、亦即我从这儿出生的这个世界，如同你们所创造出的那些可怕的结果一样奇怪。而我，尽管害怕这世界，奋起反抗这世界，却在干着这样的事，因为我一直相信，这种奇迹中有些东西能永世长存；尽管我的这一信念除了愿望之外说不出什么理由，来让你们的努力，你们的希望和天真可笑，以及海阔天空的梦想别永远一去不返地落空。

后来，我们将地测仪放进盒里，将一切装备放到车上，开车下山奔向立柱，立柱上那一直闪着的黄色亮光招引了早已熬过冬天的昆虫。

当我们在临近清晨四点钟回到人们早已入睡的农庄时，工程师将我带到他夫人为我准备的房间，没等我来得及说声"晚安"，他便几乎是礼节性地说了声："谢谢您与我的完美合作。"

他没说明，他指的是我忘我的记录？还是我不顾疲劳与他坚持到底？或者更可能是指我对空空如也晴朗的以及乌云密布的天空的那种神奇的预知能力。

十四、旗　帜

最后一个早晨，我被头顶上方一个奇怪的声音惊醒。它反复从上方落到天花板上,好似有人在往顶间倒沙子。

"大概他们在拆我们的房顶。"我这么猜测说,但工程师不同意,说文具店至今还开着,他昨天还见到波科尔娜太太,她正跟她的金丝雀在院子里修身养性。

此刻我已吃过早餐。工程师穿着社交礼服,到人民委员会去辞别,感谢他们给我们提供了舒适且免费的住宿,他还从那里要了那个几乎还是全新的电炉子。它一直搁在我住着的那间房里闲着没用。工程师确定:反正他们也会将它扔到废铁堆里去的。

我从箱子里掏出了那个畸形的外星人小木偶,将它包在一张旧报纸里,走到房门外。

我透过文具店的玻璃门看到里面有好几位顾客,便决定等一等。当我稍稍退后几步到了广场上时,就可看到我们住房的屋顶和上面的一个大窟窿,从窟窿里正好露出一个男人的上半身,一双灵巧的手正取走一个接一个的袋子,窟窿迅速变大。

最后一位老太婆终于走出了文具店,我可以进去了。"是您啊!"文具店女老板说,"您的朋友不是说你们的活儿已经结束了吗?"

"是结束了。"

"今天我忙得还没空坐下来一下。"她高兴地说,"从早上起就没断过顾客。"

"怎么您还在卖东西?"我惊奇地说,"他们已经在拆您的屋顶了呀!"

"他们什么也没对我说过啊。"她耸了耸肩说。

"我们已经收拾好东西了。"我把话题转到我为啥来到这里,"我想送您点什么。"

"给我?"她接下我的小纸包,"我可以打开看一下吗?"

从报纸包里掏出一个小木偶来并不费劲。"不,"她叫了一声,"这不能要!"

"给您留个纪念。"

"不，这不行！您为什么要把这个送给我呀？您不能这么做！还送我东西。我的老天爷，这真漂亮！简直像个真人，这不完完全全就是他吗？"

两位小姑娘还有一名提着箱子的越南人进到了店里。可她根本没注意。"这肯定很贵，这样的东西。而我……我该回送您点什么呢？"

她开始匆匆忙忙在一个抽屉里翻找。趁她顾不过来，我祝福了她一句，便走出了小店。

屋顶上的窟窿就在这一刻之间变得更大了。

工程师从人民委员会回来了，显得格外满意。因为他们允许他把炉子带走，只是让他必须把门外的那个炉灶安放到他们要求的地方。"我们还得将旗子挂出去庆祝二十八号①这个节日。"他对我说，"可我没理睬这个。反正我们要走了。您认为我们俩搬得动这炉灶吗？"

我表示怀疑。幸好屋里有几名铺屋顶的工人，他们肯定会帮我们的忙。正当工程师去与他们商谈之际，我因想到在这两个月中第一次要与他们共享床铺而乐不可支，便打开了两面旗子。这旗子几乎没有用过，只是旗子边缘有些水泥灰。我重又将旗子卷起，拿到楼下的门口，随后从杂物棚里拽出一架梯子，将两面旗子固定到几根专为绑旗子而准备的生了锈的铁丝上。我是有生以来第一次绑旗子，感觉很好。我在合适的地点与时刻完成了这一工序。

我们还得归还所有借来的东西。工程师坚持连那张没有靠背的椅子也要放到它原来的地方去。到最后，我们还得将借来的床铺抬回到城堡那儿去。

记得在第一天，当工程师在办公室填表时，我坐在那儿等待的同一条走廊里，就像那时我靠在窗栏边一样，只见花圃中的玫瑰已经开

---

① 1918年10月28日，从奥匈帝国独立出来的捷克与斯洛伐克合并，成立了捷克斯洛伐克共和国。

败,有几朵干枯了的黄花至今留在枝上,青草地已在落叶之下消失,庭院里满是影子。可是坐在墙边椅子上的几位老太太还在尝试着抓住阳光留下的余温,在她们面前有位留着全白头发的老大爷半蹲着往沙地里划拉着什么。即使在远处也能大约分辨出他在画圆与椭圆。我突然闪过一个念头:这是一些平面图形和线图。这位老大爷在给老大妈们卜卦,是想向她们预卜这个到最后一刻仍像是一个秘密的未来?或甚至是想揭示在最后一刻之后那尚未显现的秘密?

在他急切的听众中有一位让我觉得似曾相识。真的,当我仔细打量了一下她们的周围,便看到了石柱脚放着一只装着金丝雀的鸟笼。

我突然想到,也许该到旧相识面前去告个别,可是这样做可能会令她觉得心里不舒服,为自己离开了曾经向它诉说衷肠的住处而感到羞耻。这时所有老太太都一下子站起身来,开始各自走散,连白发预言家也站了起来,用他那穿着方格花纹便鞋的一只脚抹掉他画的圆圈,并未理会那个我很熟悉的方脸盘的老人正朝他走来。

我所熟悉的那位固执的老头儿走到空椅子那儿,目光盯着地上残留的划痕,很明显并没有从中读出任何足够可信的秘密的根据来。于是他继续走他的路。当他快走到我跟前时,便喊道:"我已经弄清楚您是谁了!这就好了!"随后扮了一下鬼脸,苦涩地表示说:"您看见了吗,同志?这里都是这样对待人的。我们不管到哪里都是这么干的。"

对,我们不管到哪里都是这么干的。而我们这些尽全力为现有的一切而工作的人至少不该将事情弄得更坏。尊敬的先生啊,您看得到,我并不是在您面前自吹,然而我同意您的误入歧途的儿子的意见,我们该少发牢骚多悔罪。

我们将床铺抬进了仓库,重又回到了我们的家。承蒙两位盖屋顶的工人帮助,我们搬走了一个新炉灶,将它放在车篷里。随后我们将所有土地测量的贵重仪器及破烂货:贵重的土地测量仪、不值钱的扫把、测量标杆、圆桶、装着没烧完的煤的袋子,还有铅笔、毛刷、铲子、被褥、装满了文件的小箱子、小斧子、长镰刀和装着一半颜料的洋铁罐，塞了满满的一车子。

我还搬走了我的箱子、被褥和行李包。

我与工程师告了别，还请他代我向他妻子问好，祝福他俩那健康漂亮的小女儿一切都好。我像通常习惯的那样打开了铁门，让工程师先走，我随后。车停下来，我下了车，好让我们身后那扇门最后一次关上。我还瞅了一眼天空，那两面旗帜在迎着秋风飘扬。再向上一点儿，在曾经有过的屋顶上面，我看到了施工工人们的身影。

当我认识的那位文具店女老板在胸前抱着小木偶跑过来时，我重又坐进车里。当她看到我已坐好，便停下脚步，向我挥手致意。

我开动了车，又一次回头，只见她仍站在那儿，一只手紧紧握住那畸形古怪的小木偶，另一只手拿着一块彩色的手帕对我挥动，仿佛我也是个什么人，一个永远离她那凄凉的星球而去的外星人。

一九八八年

"蓝色东欧"译丛（部分书目）

第一辑

- **《石头城纪事》**（小说）
  【阿尔巴尼亚】伊斯梅尔·卡达莱 著　李玉民 译

- **《错宴》**（小说）
  【阿尔巴尼亚】伊斯梅尔·卡达莱 著　余中先 译

- **《谁带回了杜伦迪娜》**（小说）
  【阿尔巴尼亚】伊斯梅尔·卡达莱 著　邹琰 译

- **《石头世界》**（小说）
  【波兰】塔杜施·博罗夫斯基 著　杨德友 译

- **《权力之图的绘制者》**（小说）
  【罗马尼亚】加布里埃尔·基富 著　林亭、周关超 译

- **《罗马尼亚当代抒情诗选》**（诗歌）
  【罗马尼亚】卢齐安·布拉加等 著　高兴 译

第 二 辑

- 《我的疯狂世纪（第一部）》（传记）
  【捷克】伊凡·克里玛 著　　刘宏 译

- 《我的疯狂世纪（第二部）》（传记）
  【捷克】伊凡·克里玛 著　　袁观 译

- 《我的金饭碗》（小说）
  【捷克】伊凡·克里玛 著　　刘星灿 译

- 《一日情人》（小说）
  【捷克】伊凡·克里玛 著　　高兴、杜常婧 译

- 《终极亲密》（小说）
  【捷克】伊凡·克里玛 著　　徐伟珠 译

- 《等待黑暗，等待光明》（小说）
  【捷克】伊凡·克里玛 著　　杜常婧 译

- 《没有圣人，没有天使》（小说）
  【捷克】伊凡·克里玛 著　　朱力安 译

- 《花园里的野蛮人》（散文）
  【波兰】兹比格涅夫·赫贝特 著　　张振辉 译

- 《带马嚼子的静物画》（散文）
  【波兰】兹比格涅夫·赫贝特 著　　易丽君 译

- 《海上迷宫》（散文）
  【波兰】兹比格涅夫·赫贝特 著　　赵刚 译

- 《父辈书》（小说）
  【匈牙利】瓦莫什·米克罗什 著　　许健 译

第三辑

- 《乌尔罗地》（散文）
  【波兰】切斯瓦夫·米沃什 著　韩新忠、闫文驰 译

- 《路边狗》（散文）
  【波兰】切斯瓦夫·米沃什 著　赵玮婷 译

- 《第二空间——米沃什诗选》（诗歌）
  【波兰】切斯瓦夫·米沃什 著　周伟驰 译

- 《无止境——扎加耶夫斯基诗选》（诗歌）
  【波兰】亚当·扎加耶夫斯基 著　李以亮 译

- 《捍卫热情》（散文）
  【波兰】亚当·扎加耶夫斯基 著　李以亮 译

- 《索拉里斯星》（小说）
  【波兰】斯塔尼斯瓦夫·莱姆 著　赵刚 译

- 《遗忘的梦境——查特·盖佐短篇小说精选》（小说）
  【匈牙利】查特·盖佐 著　舒荪乐 译

- 《流星——卡雷尔·恰佩克哲理小说三部曲》（小说）
  【捷克】卡雷尔·恰佩克 著　舒荪乐、蒋文惠、程淑娟 译

- 《神殿的基石——布拉加箴言录》（箴言）
  【罗马尼亚】卢齐安·布拉加 著　陆象淦 译

- 《十亿个流浪汉，或者虚无——托马斯·萨拉蒙诗选》（诗歌）
  【斯洛文尼亚】托马斯·萨拉蒙 著　高兴 译

第四辑

- **《耻辱龛》**（小说）
  【阿尔巴尼亚】伊斯梅尔·卡达莱 著　吴天楚 译

- **《三孔桥》**（小说）
  【阿尔巴尼亚】伊斯梅尔·卡达莱 著　施雪莹 译

- **《接班人》**（小说）
  【阿尔巴尼亚】伊斯梅尔·卡达莱 著　李玉民 译

- **《绝对恐惧：致杜卞卡》**（小说）
  【捷克】博胡米尔·赫拉巴尔 著　李晖 译

- **《严密监视的列车》**（小说）
  【捷克】博胡米尔·赫拉巴尔 著　徐伟珠 译

- **《雪绒花的庆典》**（小说）
  【捷克】博胡米尔·赫拉巴尔 著　徐伟珠 译

- **《温柔的野蛮人》**（小说）
  【捷克】博胡米尔·赫拉巴尔 著　彭小航 译

- **《无常的夏天》**（小说）
  【捷克】弗拉迪斯拉夫·万楚拉 著　张陟 译

- **《赫贝特诗集（上、下）》**（诗歌）
  【波兰】兹比格涅夫·赫贝特 著　赵刚 译

- **《垃圾日》**（小说）
  【匈牙利】马利亚什·贝拉 著　余泽民 译

第五辑

- **《壁画》**（小说）
  【匈牙利】萨博·玛格达 著　舒荪乐 译

- **《鹿》**（小说）
  【匈牙利】萨博·玛格达 著　余泽民 译

- **《两座城市：论流亡、历史和想象力》**（散文）
  【波兰】亚当·扎加耶夫斯基 著　李以亮 译

- **《另一种美》**（散文）
  【波兰】亚当·扎加耶夫斯基 著　李以亮 译

- **《思想的黄昏》**（随笔）
  【罗马尼亚】埃米尔·齐奥朗 著　陆象淦 译

- **《着魔的指南》**（随笔）
  【罗马尼亚】埃米尔·齐奥朗 著　陆象淦 译

- **《乌村幻影》**（小说）
  【罗马尼亚】欧金·乌力卡罗 著　陆象淦 译

- **《裸浴场上的交响音乐会——罗马尼亚20世纪小说精选》**（小说）
  【罗马尼亚】诺曼·马内阿等 著　高兴等 译

- **《我行走在你身体的荒漠——立陶宛新生代诗选》**（诗歌）
  【立陶宛】阿纳斯·艾利索思卡斯等 著　叶丽贤 译

- **《魔鬼作坊》**（小说）
  【捷克】雅辛·托波尔 著　李晖 译

第 六 辑

- 《简短，但完整的故事》（小说）
  【波兰】斯瓦沃米尔·姆罗热克 著　茅银辉、方晨 译

- 《三个较长的故事》（小说）
  【波兰】斯瓦沃米尔·姆罗热克 著　茅银辉、林歆、张慧玲 译

- 《挑衅》（小说）
  【阿尔巴尼亚】伊斯梅尔·卡达莱 著　李焰明 译

- 《娃娃》（小说）
  【阿尔巴尼亚】伊斯梅尔·卡达莱 著　张雯琴、宋学智 译

- 《天堂超市》（小说）
  【匈牙利】马利亚什·贝拉 著　余泽民 译

- 《秘密生活》（小说）
  【匈牙利】马利亚什·贝拉 著　余泽民 译

- 《蓝色阁楼寻梦》（小说）
  【罗马尼亚】阿德里亚娜·毕特尔 著　陆象淦 译

- 《两天的世界（上、下）》（小说）
  【罗马尼亚】乔治·伯勒伊泽 著　董希骁、Mara Arion 译

- 《生活边缘的女孩》（小说）
  【罗马尼亚】米尔恰·格尔特雷斯库 著
  张志鹏、林慧芬、陈进、李昕 译

- 《希特勒金钱》（小说）
  【捷克】拉德卡·德内玛尔科娃 著　姜蔚茜 译

· 部分书名为暂定，以出版时为准 ·

第七辑

- **《致爱丽丝》**（小说）
  【匈牙利】萨博·玛格达 著　舒荪乐 译

- **《对欢乐史的贡献》**（小说）
  【捷克】拉德卡·德内玛尔科娃 著　覃方杏 译

- **《患病的动物》**（小说）
  【罗马尼亚】尼古拉·布列班 著　陆象淦 译

- **《去往巴巴达格》**（游记）
  【波兰】安杰伊·斯塔修克 著　龚泠兮 译

- **《伊莎贝拉的中国情人》**（小说）
  【斯洛伐克】爱莲娜·西德维格优娃 著　荣铁牛 译

- **《木屋旅馆》**（小说）
  【阿尔巴尼亚】迪安娜·楚里 著　陈逢华 译

- **《迟来的莫扎特》**（小说）
  【阿尔巴尼亚】巴什金·谢胡 著　李玉民 译

- **《弗拉迪米尔·霍朗诗歌精选集》**（诗歌）
  【捷克】弗拉迪米尔·霍朗 著　徐伟珠 译

- **《瓦斯科·波帕诗选》**（诗歌）
  【塞尔维亚】瓦斯科·波帕 著　彭裕超 译

- **《恰佩克散文精选集》**（散文）
  【捷克】卡雷尔·恰佩克 著　徐伟珠 编译